용, 마법사 그리고 변신

김정진 소설집

용, 마법사 그리고 변신

김정진 소설집

북치는마을

머리글

　동서양을 막론하고 설화문학은 대개 아동문학적 성격이 강하다. 그렇기 때문에 설화문학에서 발전한 판타지 소설은 동화처럼 순수한 면모가 상당량 드러난다. 설화문학은 본시 구비문학의 일종으로 각 민족에게는 그 민족 고유의 이야기들이 있기 마련이다. 설화에는 그 하위 구분으로 신화, 전설, 민담 등이 있으며 각각 다른 특성을 보인다.

　신화는 천지의 창조, 건국 혹은 민족이나 성씨의 시조 탄생 등의 신성한 이야기가 대부분이다. 전설은 특정한 장소나 지명이나 신비한 사람에 대한 다소 초월적인 이야기이며, 민담은 흥미 위주로 창작된 이야기로서 오늘날의 소설과 매우 유사하다 하겠다.

　오늘날 소위 판타지라고 하는 문학 장르의 조상격인 설화에는 민족의 전통 사상과 가치관, 정서 등이 다양하게 녹아 있으며, 설화를 기반으로 하여 재구성되거나 변형되고 혹은 아주 새로운 문학이나 예술이 지속적으로 만들어진다.

　이처럼 따라서 설화가 여러 세대를 거치면서 구전되던 것이 기록이 되면 문헌설화가 되는 것이다. 그러므로 문헌설화는 기록문학으로서 세월이 거듭되면서 다양하고 변형적인 다양한 판타지 문학으로 발전해 왔다고 할 수 있다.

이 책에서는 순수소설적인 단편이 판타지로 변형되거나 우리나라 전통적인 소재에서부터 서구 중세 판타지의 이야기까지 다양한 저작 유형이 시도되었다. 통상 판타지는 장편구도이기 때문에 단편 판타지는 의미가 없다거나 수익성이 없다는 등의 시각이 존재하는 것도 사실이다.

필자는 대중적인 소설보다는 수수한 리얼리즘 소설을 집필하다가 우리나라 설화문학 중 특히 신화와 전설을 바탕으로 몇몇 작품을 출간하면서 판타지 소설을 지속적으로 집필하고 있다. 판타지 소설은 신화와 민간 전승된 전설에서 받은 영향이 작품 내부에서 질서를 만들고 결국 하나의 테마를 이루는, 문학 내적으로 일관성 있는 장르이다. 말하자면 하나의 작은 우주를 만드는데 배경에 포함된 환상적 요소들이 세계관을 나타내게 된다. 이러한 구조 내에서, 환상적 요소는 환상적 시공에 놓인 새로운 세계로 캐릭터를 끌어들이기도 하고, 환상적인 요소가 세계의 일부를 이루는 환상 세계 자체가 될 수도 있다. 결국 판타지는 작가가 스스로 만든 규칙에 따라 새로운 신호는 영웅 그리고 마법과 기타 환상적 장치들이 현란하게 사용되지만 소설의 내적 일관성은 다른 소설과 같이 매우 뚜렷하게 유지되는 것이다.

　이러한 시각에서 이 소설을 읽으면 책의 제목에서와 같이 이야기가 어떻게 환상세계를 이루게 되는가를 독자 여러분들이 스스로 알게 될 것이다.

제천에서 김정진 씀

목차

견공판타지

견공판타지

1

개는 개과에 딸린 동물로 인간사회에서 가장 오래된 가축이다. 성질이 온순하고 영리할 뿐만 아니라, 냄새를 잘 맡고 귀와 눈이 밝아 도둑을 잘 지키며 사냥과 군사용으로도 부린다. 품종이 많아 초대형의 세인트버나드에서 손바닥에 올려놓을 수 있을 정도로 작은 테리어에 이르기까지 전 세계에 걸쳐 160여 종이나 된다.

꼬리는 몸길이의 절반 이하로 비교적 짧은 편이다. 귀는 삼각형으로 곧게 선 것과 늘어진 것 등이 있다. 눈은 동그랗고 입술은 두툼하며 끝이 뾰족하지 않다. 발가락 수는 앞발이 5개, 뒷발이 4개이다. 피부에 땀샘이 없어 혀를 내밀어 침을 흘려서 몸의 온도를 조절한다. 아무것이나 잘 먹으며 평균 십여 년가량 산다. 아무거나 잘 먹는 건 영락없이 김영필을 닮았다. 어쩌면 그놈이 개였는데 마법의 저주에 걸려서 인간행세를 하고 있는지도 모른다.

전 노조 부위원장 김영필이 코인 투자에서 따따블로 챙긴 비자금으로 남한강 변에 돈 냄새 제법 풍기는 카페를 차렸다고 해서 한번 들른 그곳은 그 후로 내 단골 드라이브 코스가 되었다. 그는 개처럼 냄새를 잘 맡았는데 특히 돈 냄새를 기가 막히게 맡았다.

언젠가부터 한강 변은 알몸뚱이들이 애욕을 불태우는 방들로 가득 차버렸다. 사실 난 그전에 거기서 그 불장난의 전과가 있었지만 그건 지금은 얼굴과 이름도 가물가물하는 대학 이년생 여자아이와의 해프닝이었다. 물가의 여관방에서는 물소리가 들렸고 새벽에 우릴 감싸 안은 안개가 무럭무럭 피어날 때 즈음 나는 차마 그것까지는, 그럴 수 없다고 내가 뱉어놓고도 스스로 말이 안 된다고 여겼던 핑계를 댔고 여자아이는 그 습습하고도 잡아떼어버릴 수 없는 안개로 나를 포위했다.

이십 년이 지났건만 한강은 그대로였다. 혜숙이와 만나면 으레 양평을 끼고 도는 남한강 변 카페촌으로 차를 달렸다. 부근의 러브호텔 밀집 지역은 여자라는 개념을 모호하게 하는 야릇한 효과가 있었다. 그녀는 지역 소설가 모임에서 우연히 알게 된 그날로 소위 살을 비비는 친구가 되었다. 둘 다 직장을 다니면서 소설을 쓴다는 사실이 동지애를 촉발시켰고 단기간에 격의 없는 사이가 된 것이었다. 지난주 그녀의 오피스텔로 오라는 명령조의 전화를 받고 나는 퍽 혼란스러웠다. 중요한 이야기가 있다는 바람에 솔직히 더 가기가 싫었다. 그녀에게 가지 말아야 한다는 양심의 망설임과 가고 싶은 섹스 에너지의 꿈틀거림 사이에서 나는 종일 일이 손에 잡히지 않았다. 더욱이 노조의 와해를 지켜보면서 마지막 골수분자인 종필에게 우리의 인감과 노조 임원 사직서까지 주어버리고 나자 회사와 집과 소설과 여자 문제가 온통 머리를 뒤흔들었다.

"내가 김영필 저 새끼처럼 니들을 배신하면 나는 개새끼다!"

이 한마디로 나는 종필을 설득했다. 하지만 나는 그를 저버렸다. 하지만 그건 대세였다. 전적으로 종필이가 무리수를 두고 있는 거였다. 파업 기간 동안의 손해배상 가압류금 십팔억을 그 누가 마련한단 말인가. 총무간사인 손종필이도 손을 들고 말 것이라고 모두 떠들었고 나도 그렇게 믿고 싶었다. 그래서 나는 모든 걸 흘러가는 대로 내버려 두기로 했다. 신호는 노조가 없어지고 사장단은 제 맘대로 지랄하겠지, 어차피 공장은 개네들 거니까. 이젠 어떤 상황이 과거처럼 흑백론으로 치닫지 않았다. 말하자면 해야 할 것과 아닌 것으로 나뉘지 않게 된 것이다. 가뜩이나 각박해지는 삶이 더욱 어려워지는 건 바로 그 분열된 일상 때문인지 몰랐다. 종필이가 나에게 개새끼라고 욕을 했지만 나는 태연하게 노조를 나와 소설공모전에 당선되어 작가의 길을 가게 되었다. 사람들이 나를 개라고 욕을 한 다음부터 나는 소설을 개의 속임수 같은 필명이 아닌 본명을 쓰기로 했다.

께름직한 가운데 약속을 이행하라는 아내의 채근으로 우리 가족은 점심을, 교외의 지붕이 나지막하고 푸른 담배 연기와 페치카의 장작에서 회색 연기가 꾸역꾸역 솟아올라 퍽이나 메케한, 카페에서 먹었는데 거긴 회반죽을 흙손으로 이리저리 자국을 낸 산타페식 허연 벽에 쇠스랑이나 그야말로 무림중원을 연상시키는 창과 칼들이 살풍경하게도 즐비하게 걸려 있었고, 서구 중세의 투구나 하드웨어들이 차르랑 거리며 흔들거렸으며 메뉴로 쓰는 나무칼에는 유난히 낙서가 많았다. 거긴 김영필의 두 번째 카페였다. 그는 대형 인쇄소 말단 직원으로 노조에서 으쌰으쌰하다가 일약 강변 카페 체인점의 총수가 된 것이었다.

블루 컬러링을 해서 더욱 시퍼런 양날의 손잡이 끝에 왕방울이 달린 길쭉한 칼 아래 대낮부터 술 취한 커플이 포옹을 했고, 짙은 감청색 정장을 한 치들은 빚 독촉을 해도 돈을 갚지 않는 누군가를 처치할 것을 약속했으며, 야전잠바 깊숙이 찔꺽눈을 게슴츠레 뜬 헝클어진 머리칼의 청년은 위스키 잔을 들여다보다가 희뿌연 먼지 속에서 눈물을 떨구며 이를 빠드득 갈기도 했다. 카페라는, 소위 인간군상이 모여 술을 먹는 이 특별한 장소에서 인간은 무언가를 역사적으로 지껄여 왔고 지금도 어떤 얘기를 시종 떠벌리는 이 족속들은 거기서 어떤 광기를 키우고 있는지도 모른다.

사실 지금 내가 하고 있는 이야기는 아무도 믿지 않을 테지만 엄연한 사실이다. 영필이가 투자를 종용했고 자신의 모든 히든카드를 보여주었고 나는 일억 정도만 없으면 되는 상황에서 별안간 나는 내가 소원을 비는 주문을 외고 있는 것을 알아차렸다. '영필이가 개가 되어버리면 이게 다 내 건데.....' 라고 말하고 몇 번의 주문과 함께 술을 연거푸 서너 잔을 마셨을 때 술자리에 있던 영필이가 푸들 강아지가 되어 있었다. 아니 언제부터 강아지가 거기 있었는지는 몰라도 적어도 영필이는 더 이상 이 세상에 나타나지 않았다. 그래서 결국 나는 카페의 비밀스러운 그렇지만 실질적인 서류상의 주인이 되어버렸다.

옆 테이블의 유니폼을 입은 일군의 사람들은 카페 주인이 자주 바뀌는 문제에 대해 토론을 하고 있었는데 경찰과 소방서와 세무관계자, 안기부 추천을 받은 동냥아치들 그리고 장애인 협회의 정기적 방문을 빙자한 수금이 잦은 때문이라며 한숨을 들이쉬고는 함께 건배를 했다. 그들은 우리도 빨리 미국처럼 강대국이 되어야 한다고 했다.

나는 그 아이디어에는 반대다. 사이즈로 말하자면 나는 이 카페촌 정도의 나라를 원한다. 소국과민(小國寡民)의 전형이 아닌가. 군인과 경찰과 세무쟁이들이 끝없이 판치는 거대한 국가는 끊임없이 인간의 욕망을 부채질하여 이성을 잃게 만든다. 조그만 정부, 혹 그것은 아주 없어도 좋은, 작은 나라에서 사는 게 꿈이라면 너무 소박한가? 그 꿈을 말할라치면 언제나 정치적 대야망의 소유자 종필이가 떠오르지만 이번은 그에 대한 미안한 자책으로 더 이상 그와의 결부된 상상이 이어지지 않았다. 하지만 영필이는 나타나지 않았고 혹시 그가 재림한다거나 부활한다거나 푸들마법이 풀리지 않을 거라는 확신이 나에게는 있었다.

우리 자리에서 창가 쪽으로 사선 방향에 위치한 테이블에서는 목하 문학론이 벌어졌는데 누군가 주워섬기는 이름 중에 내 이름이 튀어나왔고 지난겨울 발표한 <술 그림자>라는 단편에서 육십 대 남자와 사십 대 여자와의 관계에 대한 비판 소리가 드높았다. 특히 발기부전의 육십 대 남자를 여자가 끊임없이 유혹하고 정사를 반복적으로 시도하는 시지프스적인 작태를 베껴먹은 작가는 내용에서는 퇴폐적이고 형식에서는 파렴치한 작자라고 하자 그 옆의 친구는 주먹을 쥐면서 느리게 말했다. 개 패 죽인 몽둥이 삼 년 우려먹는다고 수없이 반복되는 우리 사회의 불륜 소설은 법으로 금지해야 한다고 했다. 나는 그들의 대화에 끼어들고 싶은 감정과 그 자리를 모면하고 싶은 심정 사이에서 우두망찰했고 아내와 아이들은 아무 일도 없다는 듯 모른 척하고 있었다. 나는 사실 식구들에게 먹이를 물어다 주는 개라는 생각을 떨치지 못했는데 더러 아내가 그런 시선을 던져줄 때 나는 그 의미를 확신했다.

회벽을 칠한 음각화들은 그리스 신화의 반인반마나 이집트의 스핑크스 혹은 유니콘 같은 괴상한 짐승들은 음흉한 미소를 흘리고 있었고 그 웃음 같기도 하고 괴로운 것 같기도 한 표정들은 누군가의 고통을 대리해서 선회비행을 하는 날짐승들의 포즈 같았다. 그로테스크한 공간은 확실히 낭만적이기 때문에 그걸 좋아하게끔 되어 있는 인간들은 이런 곳에 몰려들기 마련인데 아무도 그걸 말하거나 느끼지 않는 것 같았다. 낭만적 분위기와 용서라는 단어가 함께 떠올랐을 때, 나는 아이들만 없다면 당장이라도 혜숙이와의 관계를 적당히 둘러대고 용서를 받고 싶었다. 그러나 입 안에서 맴돌던 <혜>자는 끝내 나오지 않았다. 말하자면 나는 아내와 혜숙이라는 두 주인을 섬기는 개다.

귀갓길에 카페의 인테리어를 떠올려 보려 했지만 정확한 기억이 나지 않았고, 다소 식은 피자와 김빠진 맥주와 독일산 포도주와 딸이 추가 주문한 파르페와 바람이 불면 휘뚝거리는 새마을 깃발만이 기억될 뿐이었다.

"그냥 몸뿐이었는데 마음이 따라가는 게 이상하지 않아요?"

"혜숙이 남편에게는 그렇게 안 되나 봐?"

"몸이 거부하는데 뭐가 되겠어? 자기 마누라는 어때요?"

"우린 아직 아무 문제없어"

"근데 왜 자꾸 나랑 이러는 거지?"

"그걸 모르겠어요? 가르쳐 줄게, 한 번 더 자자"

"혜숙이, 난 말야, 난 개가 아니야"

"개가 좀 되면 어때요?"

"나…… 가끔 경찰이 쇠고랑을 들고 오는 꿈을 꿔……"

"내 남편은 대공 분과야, 간통은 안 다뤄요, 어허! 빨리 자자니까?"

돈암동에서 양수리로 점심을 먹으러 나간 우리는 어느덧 서울 쪽으로 달리고 있었다. 그러니까 돈암동은 우리를 날숨처럼 뿜어내놓았다가 그 멀리에서 다시금 들숨처럼 빨아들이고 있는 형국이었다. 나는 왜 돈암동을 벗어나질 못하는 걸까? 태어나서 사십 년 가까이 살았으면 뜰 때도 되지 않았을까? 대개 약속 장소를 돈암동으로 정하고 시내 나이트클럽에서 죽이 맞아 꼬신 여자아이도 기어이 돈암동 여관방까지 끌고 오곤 하는 건 무슨 지랄인지 도무지 알 수가 없었다. 아마도 그건 내 조국이라는 믿음이 돈암동 바닥에 깔려 있어서일까. 미아리 고개 아래에서 삼선교 다리 전까지의 동네는 고요한 밤중에 서로 외쳐 불러 술 한잔하자고 할 수 있는 거리이다. 그렇다. 거긴 통하는 마음만 있다면, 혜화동 대학로의 환락가나 길음동 텍사스의 사창굴까지 가지 않아도 즐거운 대작을 할 수 있는 곳이다. 언젠가 신문에서 사백 리 길의 자기 고향인 진도를 찾아온 진돗개 이야기를 듣고 나는 문득 돈암동 개라고 생각했다.

친구 아이 돌잔치에 가야 한다는 의무감이 일요일의 도로 체증 속에 갑갑증을 일으켰고 차들이 서버린 거대한 주차장 같은 길 위에서의 자질구레한 교통법규가 나를 또 혼란스럽게 했다. 불법 유턴으로 차선을 바꿔 팔당으로 쌩쌩 달리자 불행을 벗어난 기분에 입가에 미소가 그려졌다. 하지만 불행은 과연 혼자 오지 않는다더니 길 한구석에 사이드 카의 경찰들이 검은 가죽 유니폼을 몸에 쫙 달라붙게 입고 무리 지어 나에게 손사래를 쳤다. 소리 없는 스피드 건을 쏘아 대는 그들은 거미 형상이었다. 다른 차들은 그 앞을 지날 때는 애벌레처럼 기다가 경찰들을 조금 지나쳐서는 궁둥이에 비파 소리가 나라하고 냅다 달리기 시작했고, 난 기어이 거미줄에 걸리고 말았다. 내 차를 세운 말장화의 경찰은 지극히 예의 바르게 입을 열었다.

"과속이십니다. 어딜 그렇게 바쁘시게 가시느라고....구십팔 킬로 되겠습니다."

그가 디민 스피드 건의 안쪽에는 구십팔이라는 빨간 숫자가 켜져 있었다. 나는 고개를 좌우로 저으며 애서 기계를 외면했다. 가로수와 강변의 푸르스름하고도 은은한 파장과 몇 마리의 물오리가 자유롭게 비상하고 있는 한강 수면이 눈에 들어왔고 거기에 오버랩되는 말장화의 검은 가죽장갑이 점점 짙어졌다.

"자자, 운전면허증 빨랑 주시라니까!"
"아니 그게 내차 건지 그리구 그 스피드 건이 정확한 것인지 어떻게 믿어요? 나는 팔십 킬로 정도로 달린 거 같은 데...."
"이보세요! 알 만한 분이 왜 그러셔! 이건 백만 원이 넘는 고가 장비야!"
"이보슈! 그렇게 따진다면 내 차는 이천만 원이 넘는 고가 장비야, 누구께 더 비싼데 이래? 정말, 소위 경찰국가에서 경찰 교육을 겨우 요 정도로밖에 못 시키나?"

"여보! 좀 가만 계세요, 경찰 선생님! 한 번만 봐 주세요. 잘못했어요."

"나는 선생이 아니요, 경찰이요, 면허증 주쇼, 성명.... 김영필, 면허번호 서울 88-274035...."

"이보슈! 이거 너무 하는 거 아냐? 서울로 들어가는 길은 꼼짝도 못해서 뒤로 돌아가려는 건데, 여기서 과속 단속을 해? 아니 처음부터 차를 팔십 킬로 이상 나가지 못하게 만들었어야지 백 팔십 키로도 더 나가게 만들어놓고 국민들 돈을 뺏어 먹어? 애기 볼따구니 밥풀을 떼어 먹을…뭐 이런 드러운 정부가 다 있어? 에이 썅!"

"당신 지금 국가원수 모독이 하고 싶은 거요? 아님 공무집행 방해요?"

"국가원수 모독? 개가 다 웃겠군, 이러지 말구, 좀 봐줘요, 이거...."

만원을 건넸다가 민망하게 거절당한 아내가 이내 포기하고 우린 스티커를 받아들고 다시 시동을 걸었다. 거미줄도 쳐야 벌레를 잡는다고 정부가 과연 그런 의도로 도로를 닦았다는 확신은 머리를 점점 무겁게 만든다. 환기를 시킬 양으로 난 가족들에게 경찰 비리에 대해 말꼬를 텄다.

"저 경찰의 말장화 같은 부츠 보이지? 저기에는 말이야 공무를 집행하는 경찰관의 노고 어린 발 냄새 말고도 부정의 상징인 만 원권이 가득 차 있다는 사실을 넌 어떻게 생각하냐?"

"여보 아이들에게 그런 이야기는 어울리지 않아요. 얘들아, 우리 오해 말자, 아빠 말씀은 너희들은 혹 나쁜 경찰 아저씨들을 보더라도 우리나라 경찰이 모두 그렇다고 생각지 말라는 거야. 만일 그렇다면 우리나라는 더 이상 존재할 수가 없는 거겠지? 그치?"

"하지만 경찰은 총이 있잖아? 우린 칼도 없는데"

아들의 문맥을 알아차릴 수 없는 한마디에 차 안은 조용해졌다. 그리고 그런 어색함은 가장인 나의 책임인 것처럼 되어버렸다. 아내는 내가 너무 사물이나 사람들의 관계를 곧이곧대로 보고 그걸 소설가답지 않게 아주 정확하게 말하려고 하는 점은 사회의 이해관계에 있어서 치명적인 약점이 될 수 있다고 강다짐을 했다.

설핏 잠이 들려는데 초인종이 폭발음처럼 울려났고 검은 옷의 사복 경찰 네 명이 신발을 신은 채 마루로 마구 들어와서는 임의 동행을 요구하고는 내 어깻죽지를 꼼짝 못 하게 꽉 잡고서 나를 짐승처럼 다루었다. 포위망을 구축한 그들은 이내 나를 뺑 둘러쌌고 힘이 다 빠진 나는 몸을 움직일 수가 없었다.

겨우 정신을 수습하고 영문을 묻자 그들은 욕설과 함께 발길질을 가해 왔고 실랑이 와중에 내가 아끼던 크리스탈 천사 조각상이 깨져버렸다. 이미 쓰러져버린 아내의 뒷모습은 처절했고, 마루에 뒹구는 유리조각들은 집 앞 성당의 아라베스크 무늬의 유리 조각 모자이크들이 산산조각이 나서는 우리 집 유리창으로 들입다 날아 들어오는 개떡 같은 기분을 갖게 했다. 더더욱 결딱지가 난 파편의 기분을 맛보게 한 건 나를 끌어내던 치중의 한 명이 무전기를 틀고는 악을 쓴 볼멘소리였다.

"뭐라구? 천이백십팔 호라고? 이봐! 풀어드려. 이거 실례 많았수다! 여기는 천백십팔이죠? 첩보 수사상 약간의 착오가 있었습니다. 그럼 실례, 공무가 워낙 중차대하고 바빠서....어이! 모두들 철수!"

　혜숙이와의 관계 때문에 일어난 아수라장이거니 하다가 경찰의 일방적인 실수라는 게 밝혀지자 분통이 터졌다. 반드시 소송을 걸어서라도 이번 사건에 대해 단돈 몇 만원이라도 받아내야겠다고, 또 치료비와 정신적 보상금을 반드시 받고야 말겠다고 악을악을 쓸 때 누군가 나를 흔들었다.

　"일어나요. 여보! 이러다가 돌잔치에 늦겠어요!"

　아내는 집요했고 매사 능수능란했다. 그녀가 나를 달래는 동안 그녀의 다정함이 내 온몸을 푸른 초원 위에 샅샅이 깔린 아침 이슬처럼 만들어 주었다. 경찰에 관한 꿈을 꾸는 건 혜숙과의 불륜 때문만은 아니리라, 노조에서 지원하는 소년 가장인 열한 살짜리 영석이네에 더 이상 신경을 써 줄 수 없는 미안함과 종필과 그의 어린 애인에게 그 일을 반강제로 떠넘겨 버리다시피한 노조 임원들, 아니 이제는 탈퇴한, 종필의 표현대로라면 쓰레기 같은 위인들의 양심 가책이리라. 모든 게 포스트모던한 다원주의 때문이라고 치부할 수 있을까? 사실 사단은 벤처기업에 투자하면서 증권에 눈을 뜬 때문이었다는 게 정확할 것 같다. 노조 간부라는 작자들이 모두 큰돈이 생기자 다른 개인사업과 여자와 여가에 눈을 돌리게 된 것이었다.

2

십수 년 전 친구들 결혼식이 그렇더니 요새는 장례 부의금이나 생일 잔치 축의금 내기가 가난한 집 제삿날 돌아오듯 했다. 갓난쟁이의 촉촉한 피부와 젖 냄새와 침 냄새 그리고 고소한 땀 냄새가 그립다는 아내의 웃음에 아들이 동생을 원한다고 하자 딸이 다소 멋쩍은 웃음을 지었다. 차는 강가를 부지런히 달렸지만 강은 어지간히도 길었다. 내가 앞차를 거푸 네 대를 추월했을 때 피씨에스가 울렸다. 경찰이었다.

"어디쯤 가고 있소?"

"제삼한강교인데, 누구시죠?"

"아하 한남대교군!"

"그런데 누구시냐니까요?"

"어디로 해서 갈 거죠?"

"남산 순환로에서 혜화동으로 거쳐 돈암동으로 갑니다만...."

"차 번호가 구천십팔이죠? 차종은 아반떼 은회색이구요? 으흠 비교적 가까이에 있군, 내가 따라잡을 수 있겠구만, 이따 봅시다"

그가 일방적으로 전화를 끊자 식구들은 갑자기 불안해졌다. 아내와 딸은 겁에 질린 표정이었고 아들은 무척이나 긴장해 보였지만 첩보영화에 대한 호기심의 눈빛을 반짝거렸다.

오랜 운전으로 눈꺼풀이 끈적이기 시작하자 낯익은 거리가 나타났다. 이미 어두운 거리에 가로등이 하나둘 꽃처럼 피어났다. 돈암시장 네

거리에서 낯선 사람이 차를 막아섰다. 몽니 있게 생긴 그의 입은 무지하게 커 보였다.

"돈암동 네거리에서 잡았다! 수신 양호! 교신 끝! 으흠! 실례합시다!"

경찰은 너무나 빨리 거수경례를 했기 때문에 실제 그가 경례를 했는지 안 했는지 나는 정확히 기억할 수가 없었다. 나는 그가 혜숙이와 관련이 있지 않을까 하는 불안감에 휩싸였지만 그가 이내 안심되는 말을 했다. 그는 구청 차원에서 고발된 지방세 체납에 대해 수사 중이며 이번 구의회 결과 악성 체납자 중 시범 단속을 위해 나왔다고 했다. 그는 범칙금 체납이라는 중차대한 사태는 곧 범법 사건이라고 규정하고 차량 가압류의 당위성과 나를 어떤 식으로든 범인으로 몰고 가려는 인상을 강하게 풍겼다.

"이거 보세요! 왜 하필 치사하게 딱지를 떼이고도 벌금을 안 내서 이 망신을 당하는 겁니까?"

"뭐요? 아니 왜 하고많은 사람 중에 내가 시범 케이스로 걸려 가압류가 된단 말이요?"

"모두 가압류 대상인데 경찰이 일일이 쫓아다니며 압류를 할 수 없는 노릇이니까? 댁이 재수가 없다고 봐야지 뭐. 일단 지금 운행 중이니까, 오늘 자정까지 관내의 파출소나 경찰서로 차량을 인도하시기 바랍니다. 여기 사인하시고 만일 안 오면 벌점도 추가되고 내일 아침 강제 집행됩니다. 안 오시지는 않겠죠?"

말눈치가 그는 계속 나를 주시할 것임을 시사했는데 경찰의 추적은 집요하다고 말하는 그의 입술은 진저리가 처질 정도로 갈라져 있었고 결국 그는 나를 범죄자로 몰았다. 그는 내 면허증을 요구했지만 나는 소설가라고 적혀있는 명함과 차량등록증을 건네주었다.

"저 위에서 아주 관심 있게 주시하고 있어요, 이건 장난이 아니에요! 지방지에 보도되고 시범 홍보용 자료로 만들게 되어 있단 말요!"

그는 잠깐 내 명함을 들여다보고 내 이름을 불러댔다.

"소설가 이중대 씨! 그렇게 살면, 당신 말야, 평생 인생 이중대야! 알 아들어?"

손가락 하나를 계속 흔들어 대던 그는 나의 차를 흘깃 보고는 무언가 말을 더하려다가 그냥 빤짝거리는 그의 차로 기어들어 갔다. 아마도 그는 차량등록증과 명함의 이름이 달라서 그랬던 같았다. 작게만 보이던 아이들은 믿을 수 없을 만큼 든든하게도 전적으로 내 편이어서 아들에게 포옹을 해주려고 했지만 경찰에 대한 욕설을 마음껏 하는 아이들에게 애들 엄마는 조용히 웃어 보이며 타일렀다.

"혜숙이는 왜 애를 갖지 않는 거야?"
"남편이 씨 없는 수박인데 어떻게 갖겠수?"
"나랑 이러다가 애라도 털썩 생기면 어쩌려구"

"털썩? 그럼....으음...그냥 털썩하지 뭐. 후후후."

"아이구, 난 모르겠다......후우."

"담배 끄구 이리 와봐, 여기 그리구 여기 좀 천천히 주물러봐."

"내가 마치 여왕의 충견이 된 느낌이야. 혜숙이 남편은 봉건, 아니 선사시대 섹스 스타일이지?"

"사실 섹스는 살면서 해볼 만한 것들 중 제일 소중한 거 같애, 살아 있다는 걸 이때만큼 강렬하게 느끼는 건 별로 없잖아, 말하자면 불현듯 떠난 여행에서 미처 예상하지 못한 기쁨을 만나는 일보다도 더....사실 계획하지 않았던 기쁨만큼이나 삶을 축복해주는 게 또 있을까? 입이나 목, 니플, 크리톨리스나 허벅다리 안쪽 심지어 등허리 한복판에 그런 것들이 널려 있다는 걸 아는 사람들이 지구에 그다지 많지 않다는 거! 정말 웃기는 얘기 아냐? 자기 참 잘 주무른다!"

"혜숙이는 참 아이 같은 구석이 있구만"

"자기는 아이를 좋아하는 구석이 있구?"

잠시 후 아내와 아이들은 불쾌감과 불안감에서 서서히 벗어났고 자동차는 좀 더 속도를 내기 시작했다. 길은 점점 어두워지고 바야흐로 달릴 만하니까 도로는 끝났다. 친구 집 골목은 좁았고 차를 대는 어려움은 자동차가 발명되기 훨씬 전에 차가 없어서 삶이 불편했던 시대보다 더 불편한 느낌이었다. 방안에는 담배 연기가 포화처럼 피어올라 있었다. 이미 다른 부부가 와 있었는데 그들은 아이를 갖지 않기로 계약 결혼한 노조 홍보부장과 은행원 여자 부부였다. 먼저 고개를 주억거린 여자는 남자에게도 인사를 종용했다. 남자의 눈인사가 왠지 서먹했다. 무엇이 두려운 걸까. 여자는 이제 은행을 그만두었지만 그녀에게는 웬일인지 돈 냄새가 났다. 이미 세 가족이 상당히 기다렸지만 성격이 지랄 맞은 총각이 아직 오지 않아 객담은 지루하게 이어졌다. 이윽고 문밖에서 실랑이 소리가 난다. 그들은 계약 위반과 쪽팔린다는 소리를 크게 냈다. 남녀가 등장했다. 그는 머리를 긁으며 그녀는 입을 가리며 방으로 들어왔다.

"이 색시는 누구야?"

아이의 돌잔치는 그렇게 늦게 온 둘의 관계를 누군가 물으며 시작됐다. 각자 반지와 옷 나부랭이와 현금을 내놓으며 쩝쩝거리는 동안 술 취한 총각이, 파트너가 화장실에 간 사이, 오늘 돈 수억 깨졌단 소리에 우린 모두 필요 이상으로 놀랐다. 그는 그녀를 술집에서 방금 사 왔다는 것이었다. 단골 술집의 여자를 하루 사는 데 무려 백이 깨졌으니까 그녀에게 잘해 주라는 소리를 두서없이 지껄였다. 애인이 있는 척해서 장가 들란 채근에 시달리지 않으려면 그 사실을 밝히지 말았어야 했지 않느냐는 내 질문에 그는 털어놓는 게 더 낭만적이라고 대답했다. 그러자 돌아이 아빠가 시니컬한 표정으로 총각의 말을 받아쳤다.

"우리가 이렇게 된 건 다 돈 때문이야. 그 개 같은 돈!"

분위기가 조금 조용해지자 두런거리는 소리가 점점 커지더니 급기야 은행 여자와 술집 여자는 설전을 시작했다. 은행원 부부가 아이를 낳지 않는 것은 아이를 싫어해서와 키우기의 어려움을 그 이유로 들었는데, 술집 여자는 아이가 얼마나 사랑스러운지 모르는 사람은 자신이 아이였다는 사실을 잊어버린 바보라고 지적했다. 은행원은 불쾌하다고 말하고 자신의 사촌 언니의 딸이 가출하여 결국 사망했는데 그 아이가 십팔 세의 나이로 티켓다방에서 몸을 팔다가 교통사고로 죽었다고 했다. 그 다방에서 같이 몸을 팔던 친구 아이의 말은 남은 가족을 더욱 씁쓸하게 만들었는데 기억되는 마지막 말은 자못 살벌했다.

"그년 허벌나게 했지라!"

개가 죽은 것도 여관과 다방을 오가다 새벽 쓰레기차에 치여 죽었다는 것을 강조하며 술집 여자가 몸을 파는 것은 분명 사회악이라고 단호하게 말했다. 잠시 서먹해지자 분위기 전환을 위해 돌 아이의 엄마가 애들 아내에게 중재를 요청했다. 아내는 불현듯 술이 많이 남으면 안 되니까 병을 딴 술만을 모조리 먹어 치우자고 제안을 했다. 이상하리만큼 일사불란하게 사람들은 내 아내의 요청에 선선히 따랐다. 싸움은 금세 건배 합창으로 변해 버렸다. 그들은 말하자면 어떤 약속을 지키기 위해 여기 모여 있는 사람처럼 약속만 남기고 싸움이나 갈등이나 나름대로의 의견은 버린 사람들처럼 보였다.

내가 돌잔치에 왜 애가 없냐고 묻자 아빠가 애는 본가의 친척 집 돌잔치에 갔고 여기서는 지인들과의 약속도 있고 축의금도 챙겨야 하기 때문에 애 없이 빈 잔치만 하는 거라고 친절하게 일러주고는 그는 이내 은행 여자에게 부드러운 미소를 지어 보였다.

나는 경찰 이야기를 할까 하다 그만두었다. 난 피곤하다고 입속으로 말한 것 같은데 돌집 아이의 여자는 누우라고 했다. 난 찬 공길 쏘이겠다고 나와 혜숙에게 전화했지만 그녀는 전화를 받지 않았다.

열 시쯤 은행원 부부가 일어섰고 총각과 술집 여자는 덩달아 갈 채비를 했다. 집 앞까지 따라나온 돌집 아이 아빠는 은행원 여자에게 무언가 말을 하려다가 고개만 꾸벅하곤 돌아섰다. 그는 노조 운영 위원에서 탈퇴한 후로는 이직을 하려고 무던히 애를 썼는데 정작 회사를 옮기지 않은 건 노조 간부들과의 의리와 끈끈한 정 때문이라고 말하곤 했었다.

지난달 전직 노조 위원장이 새 회사를 창립하면서 사무국장인 나를 제외하고 모두 그의 새 인터넷 사업에 공동 출자 형식으로 따라나간 후로는 아무도 노조에 관심이 없게 되었다. 다만 사장의 처조카인 총무과 오주임이 다음 주부터 노조 위원장이 된다는 사실을 나만 알고 있었지만 그 누구에게도 말할 수가 없었다. 그 작자는 노동쟁의를 노동쟁이로 알고 있는 치였기 때문이었다. 쟁의(爭議)를 미쟁이나 석수쟁이 정도로 알고 있는 치가 노조를 이끌어가게 되었다는 소식을 홍보부장이나, 돌 아이 아빠나, 저 성질 개 같은 소위 닉네임이 미친개라는 총각 녀석에게 말했다가는 한바탕 난리가 날 게 뻔했다. 아무튼 모든 서류와 도장을 지닌 종필이에게 책임을 전가해놓고 다시금 회사 측에 종필의 거처를 알려준 건 배반은 아니었을까?

돌집의 대문 앞에서 각자 차를 타고 집으로 돌아가려는데 아내가 술집 여자와 은행 여자에게 뭐라고 속닥거리더니 그들은 무언가 중대한 결정을 했다면서 이구동성을 소리를 질렀다. 그리고 술집 여자는 다른 여자들과는 점점 다정다감한 웃음을 흘리면서 짐짓 친한 제스처를 보였지만 총각 남자에게는 갈수록 데면데면하게 굴었다. 짜다든지 정력 부족이라든가, 뭔가 모자란다는 식의 여지를 놓기 시작한 것이었다. 술집 여자의 불만은 나이트클럽을 가든가 밤을 달려서 강릉 같은 바다를 가든가, 하다못해 일류 호텔의 폭신한 침대로 가지 않은 것이었다. 남자의 의견은 달랐다. 하룻밤에 백만 원이나 썼는데 더 이상은 곤란하다는 것이었다. 그는 돈과 쾌락의 관계라든가, 목적 달성을 위한 지속적인 노력 따위는 이미 출혈이 된 돈 때문에 다 잊어버렸다는 것이다. 은행 여자가 가히 알 만하다는 듯이 고개를 몇 번 끄덕이더니 돈의 위력에 대해 이야기하기 시작했고 은행원의 남자는 아직 아무 말도 하지 않았다. 그는 아내의 장광설이 이어지는 동안 아이를 낳지 않은 자신에 대한 동정 어린 표정으로 나의 아이들을 부럽게 바라보고 있었다. 그의 표정은 그의 실직과 아내의 횡포와 발기 불능과 원만하기만 하고 결과가 없는 대인관계와 식욕부진까지도 알려주는 하나의 코드와도 같은 이미지를 만들어 냈다.

혜숙은 전화를 받지 않았다. 아마도 삐친 게 분명했다. 그녀에게 가면 갈수록 나는 함정에 빠지거나 적에게 포위당하는 형국이지만 거길 가지 못해 안달인 나는 도대체 어떤 놈인가, 알다가도 모르겠다. 그녀가 계속 전화를 받지 않는 게 이토록 괴롭다는 건 아마도 내가 그녀를 몸뿐만 아니라 마음까지 사랑하게 되었다는 그녀의 주장을 인정하는 건 아닐까?

이렇게 헤어질 수 없다는 술집 여자가 아이디어를 냈다. 남한 강변의 카페 겸 러브호텔 겸 해장국집을 알고 있는데, 거기에서 밤새 모닥불을 지피고 소위 불멍을 때리며 밤을 지새운 뒤 신새벽에 해장국을 먹는 것이 그녀의 올해의 소원이라고 말했다. 그녀의 헤어스타일에서 혜숙이 또 떠올랐다. 양평으로 가는 길에 혜숙의 집을 거쳐야 했다. 돈암동에서 청량리를 거쳐 망우리로 가는 도상에 혜숙의 오피스텔이 있었다. 운전하는 아내 몰래 창밖을 흘깃거렸지만 혜숙을 볼 수는 없었다.

"혜숙이, 우리 꽃게탕 끓여 먹을까?"

"그게 먹구 싶어요? 왜? 집에서 싸모가 안 해줘?"

"집에서야 애들 위주지 뭐."

"자기, 집에서는 왕따구나."

"혜숙이는 맛있는 거 먹을 때 밤새 잠복근무하는 신랑 생각 안 나냐?"

"난 아직까지 뭘 먹다가 그따위 생각해 본 적이 없어, 그나저나 슈퍼에는 같이 가 줄 거지, 낭만적인 부부처럼 말이야."

"내 낭만은 너무 낡아버렸어."

"낭만은 늙거나 낡지 않아, 자기가 자신이 없는 거겠지."

차는 배처럼 강물 곁을 흘렀고, 별은 차창이나 스쳐 지나가는 강변의 찰랑이는 물결 위에서 너울거렸으며, 바람은 강 건넛마을의 희미한 불빛과 그 위에 나지막한 구름들을 이유 없이 흔들었다. 간격을 일정하게 해서 가는 자동차들은 하나의 행렬을 이루었다. 남한 강변의 카페로 향하는 자동차 세 대는 어두운 축제 행렬이 되어 아스팔트의 검은 얼굴을 느리게 누르고 나아갔다. 사람들의 들뜬 기분이 어두운 길을 누르고, 길은 차를 치받고 덜컹거리는 소리는 밤의 정적을 뜨개질하듯 뜨끔뜨끔 찔러 댔다.

3

카페는 어둡고 강은 차갑게 보였다. 러브호텔의 음습한 주차장에는 홍등가에나 어울릴 듯한 진분홍빛 백열등이 하나 끔벅거렸고, 주차장 곁에 강으로 난 막다른 길의 바리케이드에 <도로 없음>, <추락 주의>의 팻말이 붙어 있었으며 검은 물결 출렁이는 강물에는 철 지난 선착장에 포장된 모터보트들이 꽁꽁 묶여 있었다. 남한강변의 최고의 드라이브 코스는 낮에 보았던 낙엽이 휘날리는 강변 카페의 이색적 분위기는 대체로 어둡고 단조롭게 묻혀 있었다.

도착하자마자 헤드라이트에 비친 먼지 기둥 속에서 모두 거의 동시에 차의 시동을 껐고, 차에서 제각각 내린 일행은 일사불란하게 일 층의 카페로 들어섰고, 카페의 육중한 문이 닫혔다. 언제나 문간에 매여있던 푸들 강아지가 오늘은 없었다. 아내는 깨운 딸을 걸리고 자는 아들아이를 업고 서서 자리를 찾았다. 총각과 술집 여자는 창가에 가서 벌써 시시덕거렸고 은행원 부부는 싸웠는지 따로 앉아서 서로 다른 방향을 응시했다. 아내는 차와 술값을 지불하며 씁쓸하게 웃었고 나는 아내의 못마땅한 얼굴을 오랜만에 보았다. 별안간 문이 열리는 소리에 아내의 찌푸린 얼굴 뒤로 은행 여자의 환한 얼굴 그리고 그 뒤로 돌집 아이 아빠의 거무튀튀한 얼굴이 나타났다. 그의 찬바람 묻은 표정에는 황급히 길을 달려온 분위기가 역력했다. 숨을 거칠게 몰아쉬곤 셀폰를 흔들며 당혹감을 감추려고 애쓰는 그에게 아무도 동정하거나 반기지를 않았다. 다만 먼 길에 대한 보답으로 웃는 은행원 여자와 고개를 테이블 밑으로 박아버린 은행 남자의 색다른 모습이 대조되었고, 밤길을 간간이 지나쳐 달려가는 차들의 헤드라이트에 순간적인 번득임을 통한 유리창만이 밤길과 정지된 사람들의 대조를 위해 번쩍일 뿐이었다.

눈이 피곤할 때 차의 헤드라이트를 규칙적으로 보고 있으면 잠에 빠져들기 십상이었다. 그리고 이렇게 잠이 들 때 불알이 간지러울 정도로 기분이 좋다거나 상상하고 싶은 것을 눈의 피로감 없이 마음껏 그리는 것은 나를 행복하게 했다.

카페 실내에 연무가 찼고 실내의 허무한 인류는 흐느적거렸으며, 칼이나 창 같은 장식들은 술 취한 듯 일렁거리는 것처럼 보였다. 우리 가족은 슬로우비디오처럼 입을 열어 아까 점심을 먹은 그 카페라고 합창을 했고, 돌아이 아빠와 은행여자는 우리들의 목소리가 너무 크다는 짜증난 표정을 짓고는 창, 칼이나 쇠스랑 같은 철구류들이 즐비한 카페의 가장 은밀한 곳으로 옮아앉았다. 모두의 시선은 그들에게 향하지 않고 머리를 테이블 밑으로 집어넣은 은행 남자에게로 갔다. 그는 석고상처럼 굳어 있었다.

꼭 그를 위로하기 위해서는 아니었지만 우리는 다시 포커판을 벌였다. 미친개 총각은 노조 탈퇴 선언 후 위로를 받아야 했고, 은행 여자의 남자는 실직 상태에 대한 위로가 필요했고, 나는 혜숙과 아내에게 죄스러움을 잊는 대신의 안도감과 차량 몰수 사건에 대한 위안이 필요했다. 판이 점점 커졌지만 실제 열심히 카드를 치는 사람은 없는 듯 보였다. 카드를 돌리면서 총각은 종필의 근황을 물었다. 그는 나에게 눈을 찡긋하면서 열여덟 먹은 미자라는 아이를 임신시킨 게 회사 측에 약점 잡힌 꼴이니까 그도 결국은 노조에서 손을 떼게 될 거라고 했다. 나는 더 이상은 아무 말도 할 수 없었다. 임원에게 받은 봉투에 오백이 들어 있었다는 말도, 노조 조직부장 종필이가 회사 앞 국도 건너 소년 가장 영석이네서 머물면서 미자와 그 집 아이들을 돌보고 있다는 정보를 건네준 것도, 그가 눈을 찡긋한 속내는 혜숙에 관한 일일 테지만 전 노조원과 아내가 곁에서 카드 패를 읽고 있는 동안 나는 호흡을 할 수 없는 공기층에 의해 완전히 둘러싸인 느낌이었다.

문밖에서 굉음이 울린 직후 카페 문이 연거푸 열리면서 사람들이 이동이 부산했다. 데이트에 열중이던 남녀는 혼비백산한 듯 자리를 떴고 들고 나는 차량들에 의해 생겨난 포화와 같은 연기를 뚫고 경찰 오토바이 한 대가 들이닥쳤다. 먼지는 헤드라이트에 의해 오렌지 빛으로 피어오르고 불기둥들은 움직이는 연기에 여러 갈래의 선을 그어 댔다.

경찰은 정복차림으로 카페에 들어와서는 거의 비슷한 표정으로 우리들을 응시했다. 경찰은 정확하게 바닥에 그려진 발 모양들만 골라서 밟고 걸어 다녔다. 그는 어두운 실내에서도 선글라스를 벗지 않았고, 입술만 움직여 아무도 빠져나갈 수 없다고 나지막하게 말했다. 경찰은 잠시 침묵을 한 후 이윽고 입을 열었다. 그는 구역 책임자가 아니라고 말하고는 수배자를 추적하다가 이 구역에서 도박 신고를 접수하고 우연히 이 앞을 지나다가 들러봤다는 설명이 장황했다. 그는 매우 낮은 목소리로 자신은 관할은 아니지만 수사를 하겠다고 했으니 곧 다른 경찰들이 출동할 것이라면서 선글라스 옆으로 손을 바싹 붙여 보였다. 대단히 빠른 거수경례였다.

"자아 모두들 테이블에서 떨어져 않아요. 판돈은 얼마고 지금까지 몇 시간 째죠?"

"아, 이거 장난이에요, 그리구 방금 시작했죠. 뭐, 그냥 한번 봐주세요 여, 여기 보, 보세요. 바둑돌로 장난한 건데요. 뭐."

은행원 여자는 더듬으며 연신 머리를 긁었고 경찰은 지휘봉을 테이블의 돈뿐만 아니라 사람들의 옷가지 서껀 양복 섶이나 치마 끝도 이리저리 툭툭 쳐 보았다.

"아! 이거 판이 크구만! 십만 원권 수표도 많고 한판에 돈이 삼십만 원씩 백 판을 쳤으면 삼천만 원짜리니까 무조건 입건이라구 봐야겠구만."
"뭐라구요?"
"이대로라면 여기 모든 사람은 서까지 동행해야 합니다."

그는 제법 말을 단호하게 했다.

"이건 보통 사건이 아닙니다. 그냥 가는 방법도 있긴 하지만은....이건 안 되겠어요. 정말!"

그는 확신에 찬 얼굴로 고개를 힘주어 끄덕였다. 나는 하마터면 따라서 고개를 움직일 뻔했다. 돌아이 아빠는 경찰을 데리고 카페의 장식용 창칼이 줄줄이 걸려 있는 코너에 가서 속삭이기 시작했고 경찰은 뭔가를 알았다는 듯이 연신 고개를 끄덕였다. 잠시 후 경찰은 코웃음을 쳤고 뇌물공여에 실패한 돌아이 아빠는 망연자실한 채 머리를 긁적였다. 그리고는 그는 나를 가리키면서 저명한 소설가 이중대 씨라고 하면서 다시 한번 봐줄 수 없겠느냐고 했고 그는 콧방귀를 끼면서 지역경찰이 올

때까지 카페 밖에서 기다렸다가 문제를 해결하겠다고 잘라 말했다.

　자칭 진정한 자유주의자라는 은행 남자는 경찰이 나간 문에 대고 더러운 정부의 야비한 개새끼들이 판치는 파쇼가 우리의 문화를 죽인다고 소리쳤고 그를 제지하는 돌아이 아빠는 입만 살았다고 야지했다. 돌아이 아빠가 집어준 돈 십만 원으로 성에 안 찬 경찰은 카페 밖에서 기다리며 안에서 액수를 조절해주기를 바라는 눈치였다.

　모두 모여 뇌물 액수를 상의하는 동안 난 마지막으로 혜숙에게 전화를 했다가 이번에는 메모를 남겼다. 가입자가 핸드폰을 꺼놓았다는 메시지가 들렸고 그녀가 막연히 기다릴 것이란 생각이 그녀를 더욱 측은하게 했다. 창밖으로 보이는 어두운 길에는 간간이 지나가는 자동차의 불빛에 의해 불 꺼진 카페의 간판 <포위된 낭만>이라는 글자가 도깨비불처럼 언뜻 나타났다가는 이내 사라져 버렸다. 문밖의 경찰은 오백을 요구했고 사람들은 뜨악했지만 구속과 뇌물공여 사이에서 망설였다. 커튼이 무겁게 늘어져 버린 실내에서 경찰과의 흥정은 점점 힘들어져 갔다. 몇 십 정도 깎아줄 요량으로 카페에 들어온 경찰은 마지막으로 손가락 네 개를 펴곤 소설가도 계시고 하니까 어쩌고 하면서 그는 머릴 긁었다. 백을 깎아준다면 한집에서 백씩만 내면 되는 액수였지만 아무도 선선히 응하질 않았다. 이때 적막을 깨는 문소리가 났다.

　"나 오늘 중요한 약속 있다고 몇 번이나 말했어! 갑자기 웬 드라이브야, 빨랑 서울로 가자니까 여긴 또 왜 들어와?"

　적막을 깨는 앙칼진 여자 목소리는 대단히 익숙했지만 난 얼굴을 보지 않았다. 카페에 들어서며 부부 싸움하는 한 쌍 중 남자에게, 구석에 앉았던 아까 그 경찰이 차렷 자세로 덥석 일어서며 경례를 붙였다. 남자는 예전에 이곳에 근무하던 경찰이었고, 그들은 반가움으로 적이 낭만적인 표정을 지었으며 급한 대로 테이블에 놓인 맥주로 건배 시늉을 하면서 겉으로 보기엔 파안대소를 하는 듯했다. 서울로 가자는 채근의 목소리 주인공은 처음에는 어둠과 그녀의 바바리 깃 때문에 잘 알아볼 수 없었지만 그녀의 남편이 도박범인 우리들에게 와서 수작을 걸며 엄포를 놓을 때 다가와 말리는 여자의 얼굴을 보고서야 비로소 그녀가 혜숙임을 알았다. 우린 아무 말을 못하고 서로를 쳐다보자마자 동시에 외면을 했다. 나는 아랫도리가 쪼그라드는 묘한 느낌을 받았고 혜숙의 남편이 자리를 뜰 때까지 야릇한 침묵이 흘렀다. 혜숙의 남편은 대기 중이던 경찰에게 핸드폰을 빌려 우리 테이블 뒤의 화장실 문 앞에서 어디론가 전화를 했다.

"응, 나야, 아냐, 멀리 나와 있어, 오늘은 안 돼. 글쎄 못 간다니까?, 마누라가 어제 소파수술을 했어...., 몰라. 누구 애냐구? 어떤 인간의 애겠지 설마 개의 씨겠냐? .....좌우간 일단 이삼일 쉬고 얘기해야지....., 며칠도 못 기다려? 알아알아, 그래그래....., 사랑해, 나두, 끊어"

유리창에 매달린 시계의 시침은 분침이나 초침과 함께 춤을 추듯 움직이기 시작하자 그 투명한 몸체를 뚫고 검푸른 밤 강물이 출렁이며 흘러가는 것이 느껴졌다. 창문 밖의 풍경은 산 쪽으로든 강물 쪽으로든 짙은 어둠 때문에 더 이상 보이지 않았다. 또 창문 밖의 세상은 여기서는 소설의 세계처럼 우리와 그 세계와의 관계를 상징적인 상상을 통해서 해볼 수밖에는 별도리가 없었다. 다만 강물은 서쪽으로 흐르고 있다는 걸 생각하면 우리들은 포위된 낭만에서 동쪽으로 흐르고 있는 셈이었다. 그때 나는 아내의 알 수 없는 웃음에서 또는 창밖에서 우리를 포위한 경찰의 내가 알 필요 없는 미소에서 그리고 혜숙의 서글픈 표정에서 자유로울 수 있었다.

조용한 카페의 적막을 이따금 누군가 잠을 쫓기 위한 헛기침 소리로 깨트리고 있었다. 경찰이 오기를 기다리다가, 그 경찰을 막아줄 부패 경찰에 의해 포위되었다가 혜숙과의 불륜에 얽힌 경찰관에게 조롱을 당하면서 이곳을 나가지도 못하고 있다는 게 과연 현실일까? 또 나는 내일 경찰에게 차량을 주어야 한다. 나는 왜 이런 더러운 꿈을 꾸고 있는가? 어쩌면 여기서 이십 년 전의 내 아이가 죽었다. 그 영혼이, 수억의 원혼들이, 말하자면 내 정자들이 일시에 들고일어나 애비를 둘러싸곤 그대로 먹어치우는 무수한 저 거미 새끼들처럼 나의 지난 시간들이 내가 도저히 저항할 수 없는 질량과 개체수효로 나를 포위한 듯한 긴장감 위에 혜숙의 아이가 거기 또 보태졌다. 혜숙 남편의 전화 내용이 사실이라면 어제 내 아이가 죽었다. 하지만 며칠 후, 그 죽은 아이의 엄마가 이혼당하리라는 건 지금 나에게는 겨우 두통일 뿐이었다. 돌 아이 아빠가 나타나지 않았다면 나는 미친개 총각에게 노조의 일을 털어놓으려고 했지만 이제 그랬다가는 난 이제 마지막 친구 모임에서조차 축출될 게 뻔했고, 회사에서 동원한 어깨들에게 종필이는 반쯤 죽도록 린치를 당했을 테고 소년 가장 영석이는 다시 앵벌이나 동냥을 하게 될지도 모르는 일이었다. 또 미루고 미루었던 그일, 마누라에게 혜숙의 이야기를 하려고 한 계획조차 실행에 옮기지 못했다. 한 마디로 난 아무것도 할 수 없는 상태로 포박당한 꼴이 되었다.

나는 무언가 깨달아야만 한다는 강박으로 내린 결론은 참으로 보잘 것없었다. 나는 회사 사람들에 대한 동지애와 주식 투기의 짜릿함과 소설 쓰기의 숙명성과 가족과 여자와 가정과 사랑으로 이루어진 나는 하나의 나라였건만 이 거대한 나라의 식민지가 되고 말았다. 결국 나는 알았다. 내가 무언가 해야 한다는 의지는 나도 모르는 사이에 나의 수많은 관심으로 분열되었고, 그 파편들은 방대한 사회의 데이터에서 이제는 일종의 에너지가 되어 나를 무자비하게 통제했으며 결국에는 내 삶의 거짓스런 낭만들이 아무런 희망 없이 포위돼버렸다는 것을....아! 난 차라리 개가 되어버리는 게 나을지도 몰라....정말 개가 되는 게....개가 되어....개가....

그때였다. 딸아이가 나를 바라보며 중얼거렸다.

"어? 아빠가 어디 갔지? 근데 이 푸들 강아지는 언제부터 여기에 있었지? 무지 이쁘다. 엄마 우리두 이런 개 한 마리 사자 응?"

아내가 내 머리를 쓸며 말했다.

"이런 개 얘기는 나중에 해. 얘들아, 이 카페 분위기 좋지? 다 너희를 위해서 이런 재산을 미리 마련해두는 거란다."

"이게 우리 거야? 그럼?"

"쉬잇! 누가 들을라.....어머? 개새끼가 엿듣고 있네?"

아내는 내가 이야기를 듣고 있다는 게 기분 나쁘다는 표정으로 나를 발로 찼다.

웜홀 여행자

웜홀 여행자

제천역 광장에서 쌀쌀한 시월의 바람을 한껏 받은 트렌치코트의 이십 대 남자가 사방을 두리번거린다. 그리고 잠시 후 흰색 아우디 차량의 클랙슨 소리가 사방에 울려 퍼진다. 차창을 내린 건방진 표정의 선글라스 낀 자가 세 번째 손가락을 그를 향해 올리며 볼멘소리로 불러댄다.

"어이! 김성준! 진짜 왔구나! 난 언제나 니가 진짜 친구라고 생각해!"

"왜 사람을 서울서 제천까지 오라 가라 지랄이야?"

"한날한시에 백수가 된 기념으로 한잔해야지? 흐흐흐흐."

"미친놈! 빽으로 들어간 그 좋은 직장을 석 달 만에 때려치우냐? 나는 취업이 되었다가 출근 첫날 취소가 되고... 씨발!"

"그거 정말이야? 서류 오류로 합격 취소됐다는 거? 니 인생 참 골 때린다! 헤헤헤헤."

"그만해라!"

"미안, 미안! 오늘 형이 쓰러질 때까지 위로주를 쏜다. 가자!"

이진성의 제천역 픽업은 극진했다. 그는 엄마의 아우디 차를 몰래 몰고 나왔다. 그는 현찰이 두둑한 지갑을 흔들면서 성준을 칙사 대접하겠다고 호언장담을 했다. 두 사람은 미친 사람처럼 웃어가며 의림지 카페에서 일차로 맥주를 마시고 제천 시청 후문 술집에서 열잔 이상의 칵테일을 해치웠다. 둘은 대리기사를 대동하고 청풍호반의 버스킹 연주를 들으면서 또 맥주 캔을 네댓 병씩 들이켰다.

진성은 성준을 제천 터미널 뒷골목의 호스티스바로 데리고 들어갔다. 그러나 여친에게 버림받고 회사에서 잘린 성준이 웬일인지 심드렁해져서는 도로 나와버렸다.

"어디가 성준아!"

"여자 있는 술집 말고 우리 그냥 느네집에서 맥주나 더 먹자."

"왜? 나 돈 많아!"

"병신!"

"엄마가 일본 유학 가기 전에 쓰라고 천만 원 줬단 말야."

"그래, 너 잘났다. 그런데 야경이 멋진 제천이 오늘은 외국 같네?"

"성준이 너 외국 어디 가봤냐?"

진성의 질문에 성준은 말이 없었다. 성준은 자신도 모르게 한숨이 나왔다. '휴우 이것도 인생이라구! 진짜 외국도 한번 못 가봤군. 난 완전 삼류인생이네……' 성준은 술에 취해 옆에서 졸다가 벤치에서 잠이 든 진성을 업고 그의 집으로 향했다. 대리기사가 능숙하게 제천 타워 28층 건물 앞 주차장에 둘을 내려주었고 성준이 진성의 지갑을 뒤져 기사에게 만원을 건넸다.

"진성아, 잘 자라. 나는 후배 하숙집에 가서 자면 된다."
"뭐? 이 새끼가 미쳤나? 우리 집에서 그냥 자고 가. 나 외롭단 말야!
에이씨!"

진성은 억지로 자신을 일본에 유학 보내려는 어머니가 엄청 싫고 또
억울한 눈치였다. 성준은 그런 진성이 딱하기는 했다. 성준은 그렇게 진
성의 초호화 주상복합 아파트로 향했다. 그는 충북 제천에 28층짜리 아
파트가 있다는 것도 처음 알았다. 아파트 맨 위층인 28층에서 화려한 시
가지의 야경을 내려다보다가 영월 쪽 숲 위에서 무언가 거대하고 희미
한 물체가 일렁거리는 것을 언뜻 보고 그는 퍽 놀랐다. 은은하게 빛나던
기다란 물체는 거대한 뱀 혹은 용 같은 느낌이 들어 성준은 그 환상적인
장면에서 눈을 떼지 못했다.

"와! 저거 죽이네!"

성준은 자신도 모르게 그 커다란 물체를 바라보다가 이내 사라지자
무척이나 섭섭한 마음이 들었다.

"진성아, 느네 동네에 요즘 레이저쇼 같은 불빛 축제를 하나? 개천절
기념인가?"
"몰라. 근데 오늘이 개천절이냐? 시간 엄청 잘 간다. 지난여름에 취직

한 게 엊그제 같은데.... 후우!"

　진성이가 뿜어내는 담배 연기에 손사래를 치며 성준이 집 인테리어
를 살핀다.

　"인테리어 죽인다! 진성아, 이 집 느네 엄마 거야?"
　"엄마의 쪽발이 애인 거! 도시까쓰 상!"
　"뭐? 도시까쓰?"

　아마도 엄마가 곧 결혼한다는 일본인 새아버지의 이름인 모양이었다.

　"진성아! 엄마의 쪽바리 애인? 새아버지한테 말본새가 그게 뭐냐?"
　"누가 새 아버지야? 이 새끼야! 너 죽을래?"
　"알았어! 됐고! 저기 밖의 넓은 발코니로는 어떻게 나가냐?"
　"집에 두 개의 키가 있어. 이중문이거든 쪽바리가 헬기로 올 때도 있
어서 집에 키가 있지."

　성준은 밖으로 나갈 수 있다는 말에 자신도 모르게 흥분이 되었다.

　"우리 나가보자!"
　"그래."

　진성이는 도시까쓰 상이 마시다 버리고 간 발렌타인 양주 한 병을 들

고 넓은 발코니로 나왔다. 28층 전망은 그야말로 아찔했다. 수많은 뭇별들이 하늘에서 쏟아져 내려와 어두운 영월과 단양 방향에 가득 찬 것 같았다. 성준은 밤 숲에서 광채가 나는 것에 잘못 감탄했다.

"아! 역시 양주가 더럽게 맛있네!"
"마셔마셔! 오늘 먹고 죽는 거야! 히히히."

사실 진성은 몇 달 전부터 자살 생각을 하고 있다는 내용의 전화를 성준에게 종종 하곤 했다. 그래서인지 심하게 취한 상태가 되자 옥상에서 뛰어내리겠다고 소리를 쳐댔다.

"나 뛸 거야! 나 말리지 마!"
"뛰어! 그럼."
"에이! 씨발놈! 그럼 섭하지! 말리는 척이라도 하지....."

진성은 다시 양주를 물처럼 들이켰다. 말리지 않는 성준의 등에 기대어 진성은 연거푸 병나발을 불었다. 그리고는 잠시 후 쓰러지고 말았다. 성준은 진성을 부축해 방으로 돌아오고는 쓰러진 그의 모습을 한동안 바라보았다. 그리고는 다시 밖으로 나왔다. 발코니 겸 옥상 계단에 발렌타인 양주가 반가량 남아 있었다.

"30년산 양주를 마시고 점프하면 저 멀리 보이는 개천까지 날아가서 뛰어내릴 수 있을까?"

성준은 혼잣말을 하고는 웃다가 순식간에 머릿속에서 대단히 빠른 속도로 생각들이 지나가는 것을 느꼈다. 머릿속에서는 시간이 제멋대로 흘러간다는 생각이 자꾸 반복되면서 무슨 큰 깨달음을 얻는 듯 기분이 좋아졌다. 지나간 과거사가 순식간에 머리를 스쳐 지나갔다. 그는 난간에서 깊은 생각을 하다가 몸이 기우뚱했지만 다시 생각에 몰입했다. 고삼 때 친구를 구하려다 패싸움에 휘말려 경찰서에 잡혀간 사건, 군대에서 오발 사고로 탈영병을 사살한 사건, 대졸 이 년 동안 취업이 안 되는 상황, 회사에서 지방대 출신이라고 무시당했던 순간, 사랑했던 세영에게 버림받은 엄청나게 슬픈 생각......갑자기 머리가 어지러웠다. 그는 중심을 잡을 수가 없었다. 이미 몸이 기울었고 두 발이 허공을 딛고 있었다. 그는 실제로는 죽고 싶지 않았다. 허둥대다가 부여잡은 것은 인테리어 공사 후 자재를 덮어둔 커다란 비닐 천막이었다.

"아아아아!"

엄청난 바람이 자신에게 달려든다는 느낌과 함께 무언가 대단히 부드러운 것이 느껴졌다. 비닐이 자신의 몸을 휘감았다가 다시 커다란 연처럼 펴지면서 성준은 하늘로 날아올랐다가 너울너울 날아갔다. 강풍에 휩싸인 그는 백여 미터를 날아갔고 급기야 고압선에 튕겨 십여 미터를 더 날았다.

"아아아악! 사람 살려! 아아악!"

그가 발악하듯 괴성을 질러댔고 비명이 그친 그 순간 성준은 매우 폭신하고 아늑한 공간에 들어온 느낌이 들었다. '이렇게 부드러운 느낌이 이 허공에서 느껴지다니? 내가 죽은 걸까? 아니지! 아직 이렇다 할 큰 충격은 없었는데...... 무척이나 폭신한 그 감촉은 액체와도 같았다. 과연 이 포근함은 무얼까?' 호흡이 곤란했지만 그는 황홀한 추락 속에 고속 엘리베이터가 빠르게 내려가는 느낌이 들었다. 그리고는 실제로 자연 낙하 하는 것이 아닌가.

"어어어어!"

풍덩!

"아이고 차가워! 아푸! 푸헙!"

물속에서 겨우 일어서자 개천은 자신의 가슴높이에 불과했다. 그는 살기 위해 미친 듯이 강둑으로 기어 나왔다.

"와! 살았네!"

성준은 물에 빠진 생쥐처럼 온몸이 다 젖은 채로 겨우 다시 진성이의 아파트로 걸어갔다. 자정이 지났지만 편의점들이 모두 성업 중이었고 아까는 보지 못한 가게들이 즐비하게 들어선 것이 아닌가. 그는 자신도 모르게 놀라 사방을 두리번거렸다.

"이게 뭐야? 진성이네 집 앞에 웬 건물과 편의점들이 이렇게 많이 생겼다고? 그것도 불과 십 분 만에.... 내가 미친 건가?"

성준은 아직도 축축한 옷의 한기를 느끼면서 진성이네 주상복합 아파트 주위를 두 바퀴나 돌았다.

"바로 몇십 분 전에 온 것치고는 주위가 너무나도 달라졌잖아?"

그는 새 건물과 아까 보지 못한 편의점을 보면서 아무리 살펴보아도 계속 놀람의 연속이었고 도대체 정신을 차릴 수가 없었다. 정신을 차리고 보니 그제서야 추위가 피부로 느껴졌다.

"아이고! 추워 안 되겠다! 아무 데나 들어가자."

성준은 일단 편의점의 달달하고 따뜻한 캔 커피 한잔이 간절했다.

"으응? 이게 뭐야?"

뜨거운 커피 코너에 일본제 커피들이 즐비했다, 그것도 일본 주류회사의 커피들은 성준으로서는 처음 보는 것들이었다. 산토리의 BOSS커피, 아오야마의 온난커피, 아사히사의 WONDA커피 그리고 KIRIN사의 FIRE커피가 중앙을 장식하고 있었다.

"이런! 쪽발이 커피 회사들이 한국 편의점을 장악했단 말야?"

성준은 별안간 애국심이 발동되어 뜨거운 강릉커피를 사서 원샷을 해버렸다.

"에구! 더럽게 뜨겁네!"

그는 아무 생각 없이 편의점 안을 이리저리 둘러보다가 별안간 소름이 끼쳤다. 로또 코너의 지난주 번호들과 날짜를 보고 믿을 수 없었기 때문이었다.

"뭐? 2023년 10월 3일?"

성준은 정확히 일 년 뒤의 날짜가 당첨번호 패널에 적혀있었다. 그리고 두꺼운 책자에는 지난 당첨 번호 번호들이 인쇄되어 있었다. 성준은 서울에서 제천으로 내려오기 전에 청량역에서 산 로또 번호가 기억났다. 그는 서둘러 2022년 10월 3일의 번호를 보았다. 당첨자 한 명이 248억 수령의 주인공이고 서울 상계동의 20대 여자라는 뉴스의 토막기사가 눈에 띄었다.

"그럼 난 안된 거네?"

성준은 당첨번호를 확인하고는 희한하게도 2.12.32.42.44.45라는 번호가 눈에 들어왔고 저절로 외워졌다. 성준은 자시도 모르는 사이에 일년 치 번호를 다 적어서 과거로 돌아간다면 수천억을 벌 거라는 생각에 지난 일 년간의 50주에 해당하는 번호를 적어 내려갔다. 그러다가 별안간 배가 몹시 아팠고 편의점 옆 건물의 화장실로 뛰어간 그는 변기에 앉으면서 그와 동시에 대변이 분출되었고 뒷수습을 하는 과정에서 자신의 몸이 스르르 녹아 사라지는 것을 느꼈다. 그리고 실제로 방금 치켜입은 바지와 손과 다리가 그의 눈앞에서 점점 사라지고 있었다.

"우아아아아아아악!"

성준은 놀람도 잠시 이번에는 상하좌우가 환하고 하얀빛으로 둘러쳐진 동굴로 빨려 들어왔고 믿을 수 없는 빠른 속도로 자신이 그 터널을 통과하는 것을 알아차렸다.

"아아! 으아아악!"
딱!
"아이코! 아파라!"
"조용히 하라! 너는 누구냐?"
"예?"

성준의 눈앞에는 하얀 머리와 수염이 무릎까지 내려온 그야말로 산신령이나 도사 같은 노인이 지팡이를 짚고 서서는 성준을 노려보는 것이 아닌가.

"이노옴! 바른대로 말하렷다! 네놈은 누구냐!"

"저, 저...저는 성준인데요..... 김성준이요."

"누가 널 이리 보냈더냐!"

"그게 저..... 그러니까... 똥을 누다가....저절로...."

"이런 미친놈을 보았나?"

도사는 지팡이로 성준의 종아리를 쳤고 그는 한방에 혹 쓰러지고 말았다. 그리고 고개를 숙이고 두려움에 벌벌 떨고 있을 때 어디선가 비명 소리가 다시 들렸다.

"으아아아아아아!"

"이놈아! 네놈은 왜 또 왔는고?"

"아! 우탁 도인님! 그간 안녕하셨어요."

"이놈아. 다시는 여기에 오지 말랬잖아! 내가 이걸 치우느라고 죽을 고생이다!"

"죄송합니다."

그런데 도인 앞에 무릎을 꿇고 앉아 빌고 있는 사람이 어디선가 본 얼굴이라 성준은 기억을 곰곰 되살려 보았다.

"와! 이 사람? 오성 그룹의 이회장?"

"당신은 누구?"

오성 그룹의 이회장이 성준을 보고 의아해하는 순간 우탁 산신령이

고함을 친다.

"썩 사라져라! 이놈들! 다신 여기 오지 말거라!"
"아아아아!"
"으아아악!"

두 사람은 다시 빠르게 웜홀로 이동하기 시작했고 성준은 이회장이 어디로 갔나 하고 살피다가 자신의 몸이 다시 자유낙하 하는 걸 알고 다시 비명을 질렀다.

"아아아아아!"
풍덩

성준은 이번에는 조금 여유 있게 첨벙거리면서 개천에서 나와 다시 진성이네 집 주상복합으로 달렸다.

"역시! 내가 일 년 후의 세상에 다녀온 거야!"

주상복합 건물과 일대의 편의점들이 모두 사라졌고 새로운 건물들도 없었다. 성준은 젖은 윗옷을 벗고 서둘러 제천의 번화한 편의점으로 뛰어갔다.

"여기 로또 하지요?"

자정이 넘은 시간이라 편의점 알바가 졸다가 깜짝 놀라 깼고 성준은 주머니에서 일 년 뒤 세상에서 자신이 적어온 로또 번호가 적힌 종이를 찾았다.

"어라? 없네?"

성준은 모든 주머니를 급하게 다 찾아보았다.

"화장실에 달려갈 때 놓고 갔었나? 아냐! 분명 가지고 갔는데?"

마음이 급한 성준은 외워 온 이번 주 번호를 쓰고 혹시 몰라 그 옆의 번호들을 마구마구 적어 만 원어치의 로또 열 장을 샀다.

"10월 8일이 토요일이니까. 한번 기다려봐야겠군. 흐흐흐."

성준은 새벽 네 시에 진성이네 집으로 올라갔고 물에 빠진 몰골로 그대로 침대에 누웠지만 너무 흥분이 되어 잠이 오지 않았다. 아무리 잠을 청해도 심장이 계속 빨리 뛰고 눈이 말똥말똥해졌고 자꾸 목이 말랐다. 다음 날 아침부터 진성이 차를 타고 동해안으로, 설악산으로 또 강원랜드 카지노로 다니며 놀면서 주중의 시간을 보냈고 토요일에 되어 성준은 진성이와 작별을 고하고 제천 무인텔에 들어가서 로또 중계방송을 시청하기로 했다.

"에이! 벌써 끝났네?"

방송시간을 잘 못 알아서 추첨 중계를 보지 못했지만 이미 로또번호는 인터넷으로 확인할 수 있었다.

"2.12.32.42.44.45 일등이야! 내가 일등! 124억! 아하하하하하!"

다음날 제천에서 청량리 그리고 다시 서대문으로 지하철을 타고 가면서 성준은 몇 번이나 자켓 안주머니에 든 지갑을 만지고 또 확인했다. 서대문역에서 농협 본점으로 가는 길은 마천루 같은 빌딩들이 성준에게 축하의 손짓을 하는 것 같았다. 흥분한 성준은 달리기 시작했다.

"와! 드디어 왔군! 농협 본점!"

호흡을 가다듬은 성준은 당첨수령 방법을 미리 체크한 덕분에 아주 자연스럽게 5층으로 올라갔다. 그런데 아무도 아는 체를 하지 않아서 그냥 번호표를 뽑으려는데 까칠하게 생긴 아가씨가 그에게 묻는다.

"어떻게 오셨어요?"
"아, 예, 로또.... 일등....."
"일등이세요? 따라오세요."

그녀는 매우 덤덤하게 말했다. 그녀가 안내한 옆방에는 투피스 정장차림의 금테 안경을 쓴 중년 여성이 기다리고 있었다. 그녀는 성준에게 매우 사무적으로 신분증과 로또 용지를 달라고 하더니 한번 시익 웃어 보였다. 성준은 가슴이 덜컹했지만 무슨 의미인지 몰라서 그녀와의 시선을 피해버렸다. 중년여성은 성준에게 농협통장이 있냐고 물었고 성준은 그녀에게라고 뭐라고 대답했는지 거의 기억이 없었는데, 십여 분 후 그의 손에는 구십억이 든 통장과 체크카드 한 장이 들려있었다.

"택시!"

성준은 일단 택시를 잡았고 어머님이 장기 요양 중인 분당의 차병원으로 갔다. 하지만 어머니는 코로나에 걸려서서 면회가 불가능했고, 그는 야탑 터미널에서 고속버스를 제천으로 돌아왔다. '누구한테 전화하지? 하아! 믿을만한 놈이 없네……' 그는 일단 자신이 미래로 갔던 탑안로길 부근에 전세방을 계약했다. '보증금 오백에 월세 오십?' 혹시 누가 자신의 로또 당첨금을 노릴까 봐 일단은 작은 투룸을 잡고 그날 밤부터 자신이 들어갔던 웜홀을 관찰하기 시작했다.

'십 미터 높이의 개천 옆이니까 나중에 이곳에 고압선 같은 타워를 만들거나 사다리를 설치해서 올라가야 하나? 아니지! 그건 불가능해. 차라리 이 땅을 사서 삼 층 정도로 빌딩을 올린 다음 옥상에서 편하게 그 웜홀로 다니는 거야. 흐흐흐흐, 아니지…. 하! 나도 참 미친놈이다! 백억이나 벌었으면 됐지, 왜 자꾸 과거로 가서 돈을 더 벌어올 생각만 하는 거야?'

혼잣말을 반복하다가 그는 두통이 밀려왔고 뭘 어찌할 바를 몰라 일단 이마트에서 가장 비싼 십만 원짜리 양주를 사고 광어회를 배달시켜 밤새도록 먹고 마셨다.

"아! 골치야. 아! 목말라!"

해가 중천에 떴고 머리가 지끈거리는 두통으로 정신이 혼미해진 성준은 또다시 탑안로 길의 개천변으로 가서 밤이 이슥해질 때까지 빛나는 웜홀을 찾아 이리저리 살펴보았지만 아무것도 보이지 않았고 동네 사람들이 자신을 정신병자로 모는 바람에 그냥 집으로 돌아왔다.

"일단 그 땅을 사서 삼 층 집을 짓자!"

성준은 쇠뿔도 단김에 뽑으랬다고 일사천리로 땅 주인과 이백 평 토지매매계약을 했고 그 땅 주인이 소개한 작은 건설회사와 슬라브식으로 옥상을 넓게 만든 설계도를 받아 곧바로 착공하고 매일 건설 현장에서 하루하루를 보냈다. 겨울에 준공하고 설날에 입주하게 된 준성은 일 층에 빵집과 커피숍 그리고 이 층에 보습학원을 세주고 자기는 그 넓은 삼 층을 전체 독채로 쓰면서 역시 매일매일 옥상에서 하루 종일 웜홀을 찾았다.

"여보세요? 누구...."
"모시모시! 와타시와 진성데스!"
"진성이? 너 일본 유학 가지 않았어?"

"유학은 진작에 때려치웠다. 너 요새 어디 있냐?"

"그냥 뭐 여기 저기...."

"나 서울에서 술 먹고 있는데 여기 세영이가 왔더라구?"

"누구?"

"세영이! 이 새끼야! 니 전 여친!"

"근데 뭐?"

"걔가 너 보고 싶다는데?"

"걔 미친 거 아냐? 날 차버리고 갈 땐 언제구? 됐다고 전해라!"

"아니 그게 아니구....짭새 성정수하고 요새 안 좋은가 봐. 누가 알아? 세영이가 그 새끼랑 헤어지고 너랑 다시 잘될 수도. 흐흐흐"

"미친 놈!"

"야, 근데 내가 말하고 싶은 거는 말야, 세영이가 얼굴 수술을 해서 엄청 이뻐졌어!"

"끊어! 미친놈아!"

전화를 끊고 성준은 과거의 슬픈 기억이 나서 몹시 화가 나 못 견딜 정도로 불쾌해졌지만 구십억이 든 통장을 펼쳐보자 이내 화가 누그러졌다.

'일 년에 몇 번 웜홀이 열리는 걸까? 일 년 후로 가서 로또번호도 알아오고 주식이나 코인의 가격을 알아보면 어디에 투자할지도 정확하게 전략을 잘 짤 수 있을 거야. 내가 이 세상 돈을 다 먹어버리고 말겠어.'

하루 종일 웜홀을 밤낮으로 살피며 기름진 배달음식만 먹은 결과 몸무게가 십팔 킬로가 쪄서 걷는데 숨이 차기도 했다. '이런 씨! 이러다가

백억을 다 쓰지도 못하고 고혈압으로 죽는 거 아냐? 이젠 건강식만 시켜 먹어야겠군.'

시월이 되면서 국군의 날과 개천절이 빨간 글씨로 보이는 달력을 펼치다가 개천절에 하늘이 열리는 것처럼 웜홀도 그날만 열릴 거라는 확신이 들었다. 그리고 2023년 10월 3일 개천절이 밝았다.

옥상에 마련된 매트리스와 사다리 그리고 요가매트 등을 여러 장 펼쳐놓고 저녁 시간을 기다리며 성준은 미래에 가서 알아올 정보 체크리스트를 외우고 또 외웠다. 그것은 작년에 자신이 가지고 온 종이가 없어진 걸 참고해서 일 년 후 세상에서 현재로 물건은 못 가지고 온다는 웜홀의 법칙 같은 걸 대비한 것이었다.

일곱 시부터 어두운 하늘을 바라보다가 목뼈가 휠 지경이었고 성준은 쉬지 않고 목 스트레칭을 하면서 옥상 전체의 공간을 돌아다니면서 웜홀을 찾았다.

"이상하네? 아무런 불빛이나 큰 구멍이 보이질 않네?, 에이! 씨! 이게 평생 한 번으로 끝나는 거였나?"

요가매트 위에 누워서 서너 시간 동안 하늘을 올려다보았더니 현기증이 나고 하늘이 그야말로 빙빙 도는 느낌이 들었다. 그러다 11시쯤 하늘에서 희미한 불빛이 여기저기 생기는 것이 아닌가?

"드디어 왔다! 웜홀이 열린다!"

오래되어 전지가 약한 플래시처럼 어른거리듯 깜박이는 불빛이 어쩐지 점점 밝아지면서 성준의 어깨높이 정도에 지름 이 미터 크기의 구멍이 나타나기 시작했다.

"우아! 급하다! 사다리!"

성준은 미리 준비한 접이식 알루미늄 양쪽 사다리를 갖다 대고 웜홀의 입구에 정확히 맞추었다. 그리고 후다닥 기어올라 웜홀로 들어가버렸다.

"으아아아아악!"

일 년 전에도 그렇게 놀랐건만 다시 한번 겪어보는 웜홀의 통과과정은 롤러코스터 보다 빠르고 무서웠다. 하지만 비명을 지른 지 얼마 되지 않아 환한 광장 같은 곳에 도착하면서 자연스럽게 그는 조금은 푹신한 매트 위에 떨어졌다.

"어라? 이번에는 개천이 아니네? 참 그렇지! 내가 집을 지었지! 그럼 여긴 내 집인가?"

사방을 둘러본 성준은 두툼한 침대 매트리스가 네 개나 놓인 가 한가운데에 떨어진 것이다. 푹신한 침대가 꿀렁거리게 밟으면서 그는 서둘러 삼 층에서 일 층으로 뛰어 내려왔고 그는 또다시 일 년 후의 세상 즉,

2024년 제천의 10월 3일 거리에 도착한 것이었다.

"어라? 핸드폰이 안 켜지네?"

그는 일 년 전의 로또 번호를 알기 위해 폰을 켰지만 웜홀을 통과하면서 배터리가 완전히 방전되어 켜지지 않았다.

"안 되겠다! 편의점 아니 도서관으로 가서 일 년 전의 모든 정보를 알아 오자!"

그는 숨을 헐떡거리면서 제천시 도서관으로 달려갔다. 마침 도서관 문이 열려있었고 정기 간행물실은 잠겨는 있었지만 창문으로 들어갈 수가 있었다.

"지금 11시가 넘었는데 아이들이 공부를 하나? 일반 열람실은 불이 켜있네?"

하지만 정기간행물실은 전원이 꺼져있었고 복도의 불빛으로 지난 일 년간의 신문을 다 읽을 수 있었다.

"그나마 다행이군!"

그는 일 년 전 로또 번호를 삼 주 치나 반복해서 외우면서 최근의 주

식과 비트코인 등의 정보를 A4 용지에 적어 내려갔다. 한국에서는 일
년 간 정, 재계의 엄청난 변화가 있었고 주택가격하락과 주식 반등 그리
고 코인 등의 모든 정보들이 넘쳐났다.

"가능하면 외우고 안 되는 건 적어가자!"

성준은 정신집중이면 하사불성이라는 신념으로 중요정보를 외우고
또 외웠다. 그때 정기간행물실로 불빛이 들어왔다. 누군가 강한 플래시
를 비추면서 외쳤다. 그는 도서관 경비였다.

"누구냐!"

성준은 잽싸게 서가 아래쪽으로 몸을 숨겼고 소리 내지 않고 바닥을
기어서 좀 더 어둡고 으슥한 곳으로 숨어들었다. 플래시가 점점 다가왔
다. 성준은 급기야 막다른 코너에 몰려 영락없는 항아리에 들어간 쥐처
럼 옴짝달싹할 수 없는 상태가 되어버렸다.

"왜 그래?"
"여기 누가 있는 거 같은데?"

경비가 한 명이 더 왔고 두 개의 플래시가 쌍라이트처럼 성준이 몸을
도사리고 엎드린 곳으로 서치라이트처럼 점점 비춰오기 시작했다.

"아아! 이대로 끝인가....."

성준이 자포자기하여 손바닥을 손으로 막으면서 비쳐 들어오는 강한 불빛을 막아냈다.

"아아! 눈부셔!"

성준은 견딜 수 없는 강한 불빛에 두통이 날 지경이었다. 그것은 마치 핵폭발이 일어난 섬광처럼 그의 눈과 뇌를 뚫고 지나가는 느낌이었다.

"플래시가 이렇게 밝을 수가 있나?"

성준은 양 손바닥으로 눈을 꾹꾹 눌러 가면 아주 강하게 가려도 그 환한 불빛이 계속해서 눈으로 파고들었다. 그리고 언젠가 들어본 무서운 목소리가 들려왔다.

"요놈! 요 쥐새끼 같은 놈!"

성준은 일 년 전에 만난 적이 있는 그 도사님을 웜홀에서 또 만난 것이었다. 그가 미래에 머문 지 한 시간이 지나 성준은 도서관에서 웜홀로 이동된 상태였다. 어느덧 그는 백발의 도사와 마주하고 있었다.

"오! 할아버지! 아니 우탁 도인님!"

"엥? 아니 어떻게 네놈이 나를 아느냐?"

"일 년 전에 뵌 적이 있어요."

"뭐라고? 일 년 전에도? 요놈이 상습범이로군! 이얍!"

우탁 도인이 한 손을 들어 기합을 넣자 성준의 몸이 속절없이 공중으로 떠올라서는 둥실둥실 날아가더니 벽으로 가서 부딪쳤다.

"어이쿠!"

"네놈들은 천벌을 받게 될 것이다!"

"예?"

성준은 자신의 곁에서 함께 놀라는 사람의 얼굴을 보았다. 그는 현대그룹의 정회장이었고 그 뒤로 오성그룹의 이회장도 또 와 있었다.

"너희들! 다시 또 올 게냐?"

"예? 아니 그게 ......"

"이런! 얼빠진 놈들을 보았나! 돈 몇 푼 벌겠다고 제 명을 재촉하는 놈들이로구나! 어디 한번 천벌을 받아보거라!"

우탁 도인이 이번에는 지팡이를 바닥에 쿵 하고 내리치자 다시 한 번 더 환한 빛이 강렬하게 폭발하듯 퍼지더니 동굴의 벽이 엄청난 속도로 움직였고 성준은 잠시 후 자신의 집 옥상에 미리 설치해둔 매트 위에 떨어져 나뒹굴었다.

"오! 일단 무사히 돌아왔군!"

성준은 서둘러 자신의 방으로 가서 외워 온 다음 주 로또 번호와 일 년간 땅값과 아파트값이 오른 지역에 대한 메모를 받아쓰기하듯 적어 내려갔다. 대구, 부산, 서울의 강남과 용산 그리고 세종시의 아파트들이 일 년 동안 가장 많이 올랐다. 성준은 예산을 총동원해 아파트 매매계획 을 수립했다.

"백억을 투자하면 이백 억이 되는 건 시간문제로군. 흐흐흐."

일단 일을 마친 그는 맥주 한 캔을 한 번에 마시고 10월달 자정 무렵 의 한기도 아랑곳하지 않으면서 뜨거운 기쁨에 몸서리를 쳤다. 그리고 다시 일 년의 시간이 미치도록 재미나게 흘러갔다. 그리고 성정수와 헤 어진 세영이를 다시 만나게 된 것도 자신의 운명이라고 받아들였다.

세영의 소원대로 서울 한강 뷰의 오십 억대 아파트를 구입하고 올블 랙 컬러의 포르세 슈퍼카 뽑은 성준은 강남 사교클럽에 출입하기 시작 했다 그러던 중 자신을 집요하게 따라다니던 자가 오성그룹의 회장 비 서라며 명함을 건넸고 그 다음 날 그룹 총 비서실에서 전화가 왔다.

"김성준씨, 단도직입적으로 묻겠습니다. 회장님께서 동업을 원하십니다."
"저하구요?"
"예, 회장님의 동업 제안을 허락하시겠습니까?"

"그거야 뭐, 조건을 먼저 들어보고...."

"일단 우리 그룹이 소유하고 있는 스타파이브 호텔 그랜드테이블 브이아이피 룸에서 내일 저녁 일곱 시에 뵙는 걸로 하시죠"

"좋습니다. 말이나 들어보죠."

다음날 이회장은 약속 자리에 나타나지 않았다. 그 대신 미모의 여비서가 성준을 맞이했다. 이회장의 제안은 간단했다. 다음 개천절날 이회장이 준비 중인 사업에 대한 정보를 최대한 외워 오는 내용이었다.

"수익배분은요?"

"구 대 일의 배분입니다."

"물론 제가 일이겠지요?"

성준은 못마땅하다는 듯이 미간을 찌푸렸다. 그러나 미모의 여비서가 믿을 수 없을 정도로 눈을 동그랗게 뜨면서 재빨리 말한다.

"그렇죠! 하지만 일조 원이면 천억 원이 되지요. 왜요? 싫은가요?"

"아니 천억이 싫은 게 아니라 오 대 오가 아니라는 게 싫은데요?"

"그래서 결국 싫다는 거예요?"

"아니, 뭐, 구 대 일은 좀...."

"건방지시군!"

허리가 잘록한 여비서는 자리에서 순식간에 일어서며 몸매를 뽐내듯

두어 걸음 걸어서 인터폰을 했고 곧바로 다부진 몸매의 남자가 운동으로 다져진 근육을 씰룩거리며 씩씩하게 걸어들어온다.

"저는 회장님을 경호하는 최태하라고 합니다."

얼핏 봐서는 깡패 같은 이미지의 최태하라는 자는 느닷없이 성준의 귀에 대고 작은 소리로 속삭였다. 성준은 계속 고개를 끄덕였고 결국에는 그의 말에 따라 구 대 일의 조건을 수락했다. 요약하면 웜홀이 열려도 들어갈 수 있는 사람은 선택된 자들뿐이고 그게 자기와 현대그룹의 정회장 그리고 성준이라는 것이다. 마지막으로 허락하지 않으면 그 자리에서 콘크리트 바닥 아래에 바로 묻힐 수도 있다는 말도 지나가는 말투로 했는데 성준은 그 말이 가장 기억에 남았다.

2025년의 개천절에는 이회장과 함께 일 년 후의 세상에 가서 한 시간 동안 그가 외우라는 내용을 모두 외워 왔고 그해 연말에 오성그룹의 계열사 이십 개의 주가는 일주일간 모두 상한가를 쳤다. 일 년 후의 세상은 분명 기회의 시공간이었지만 이회장과 성준에게는 성에 차지 않았다. 웜홀 안으로 다른 사람을 데리고 갈 수도 없고 핸드폰으로 사진을 찍어 올 수도 없으며 녹음기를 가지고 가서 녹음도 해올 수도 없는, 말하자면 오직 머리로 암기해올 수밖에 없는 웜홀은 대단히 매력적이면서도 불편하기 짝이 없는 노다지였다.

일 년 동안 암기학원에서 암기 수업을 받은 성준은 2026년에도 이회장과 커다란 성과를 올렸고 27년과 28년에는 더욱더 큰 결과를 만들어 냈다. 그리고 성준이 사교계에서 이름을 알리면서 사회민주당과 국민

공화당의 의원들이 접촉을 원했고 처음에 정치에 관심이 없던 성준이 그들의 제안을 거절했지만 짭새 성정수와 그의 친구 이우현 검사의 압박이 들어오자 정치인들과 어울리지 않을 수 없었다.

2030년 32세의 나이로 정계에 입문한 성준은 그해 최연소 국회의원이 되었다. 그 당선 비결은 29년 선거유세 중 심장마비로 사망한 사회민주당의 이재문 의원의 지역구에 무소속으로 출마하여 당선된 것이었다. 물론 일 년 전에 미리 알아 온 정보 덕분이었다.

국회에 출근한 김성준은 여덟 명의 보좌진들이 일사불란하게 반절을 하며 인사하는 국회출근 시간을 즐겼다. 그리고 여비서의 이쁜 목소리로 아침 보고를 받는 것도 좋아했다.

"의원님! 오늘 사회민주당에서 입당 권유가 있었습니다. 무소속보다는 다수당에서 의정활동을 하시는 게 여러모로 좋습니다. 호호호."

보좌진들이 좋은 기회라고 쾌재를 불렀고 성준의 엄청난 재력을 알게 된 민주당 대표는 그에게 미모의 딸이 있다면서 개인 직통전화로 넌지시 운을 띄웠다.

퇴근하자마자 성준은 최근 들어 더더욱 가열하게 쇼핑과 성형 쁘띠수술에 매진하고 있는 세영을 불렀다.

"세영아! 너 요즘 얼굴 보기 힘들다! 그런데 너 성정수와 이우현의 모임에 갔더라?"

"너 나 미행하니?"

"알았으면 이만 사라져줄래?"

"왜? 국회의원 마누라로 나는 불합격이야?"

"이 집 너 갖고 지저분하게 달라붙지 마라. 그 짭새 새끼랑 다시 잘 붙어먹어."

"그래. 애초에 너 같은 찌질이는 한번 차고 말았어야 했는데, 여길 다시 온 내가 미친 년이지...."

성준은 집을 나오면서 곰곰 생각했다. 세영의 변심은 지나치게 많은 돈이 그녀의 삶을 무료하게 했을 거라고 결론을 냈지만 성준은 그걸 자신에게 대입하려다가 그만두었다. 자신은 끝없이 돈과 권력을 가져야 겠다는 결심을 달성해야 하기 때문이었다.

하늘은 높고 말이 살찐다는 10월 즉 천고마비의 가을이 되었다. 이틀 후면 개천절이지만 성준의 국회의 산적한 업무와 바야흐로 무르익고 있는 사회민주당 고재인 대표의 딸 고민전과의 혼담이 그가 더 이상 미래로 가는 일을 하지 못하게 막고 있었다. 개천절 저녁에 만찬이 있었고 그 자리에서 약혼발표가 있을 예정이었다.

지잉지잉지잉

오성그룹 이회장 비서실의 전화였다. 성준은 별 이유 없이 기분이 나빠졌다. 그리고 자신도 모르게 답장을 문자로 적고 있었다.

"용무가 있으면 이재용 회장이 직접 전화하기 바람. 국회의원 김성준."

이렇게 적어 문자를 보내고 나니 속이 시원하고 기분이 좋아졌다. 왠지 모를 통쾌한 마음에 입가에 미소가 지어지는 순간 벨이 울렸다. 이재용 회장이었다.

"여보세요."
"아이고! 김의원님! 격조했습니다. 많이 바쁘시죠?"

평소 반말 비슷하게 끝을 흐리던 이회장이 깍듯하게 존대를 했다.

"아니 뭐... 의정활동에다가 나랏돈 먹는 사람이 뭐....안 바쁘면 애국자가 아닌 거라서....."
"하하하하. 그러시겠지요! 의원님!"

이번엔 성준이 오성그룹 회장에게 말끝을 흐리면서 반말을 섞어 썼다. 그리고 성준은 기분이 아주 좋아졌다.

"다름이 아니라. 의원님! 개천절날 저녁에 만찬이 몇 시에 끝나죠?"
"그거야 모르죠. 결혼 발표와 술자리가 이어지면 밤을 지샐지도...."

잠시 이재용 측에서 아무런 목소리가 들리지 않았다. 그리고 그의 한숨 소리가 들렸다.

　"흐음.....이번에는 팔 대 이로 하시죠."
　"뭐요? 나 국회의원이야!"
　"이십 프로가 얼마인 줄 아시고 이러시나요?"
　"얼만데?"
　"사천 억입니다. 스위스 계좌에 넣어 드리죠"
　"사, 사천 억이요? 정말이요?"

　액수를 듣자마자 성준은 다시 존댓말이 나왔다.

　"사천억! 틀림없지요?"
　"네, 그럼 그날 11시에 우리 집 루프탑에서 뵙는 걸로 알고 있겠습니다. 암기하실 자료는 지금 바로 보내드리지요."

　띠띠띠띠띠

　"어라? 이 새끼가? 지가 먼저 전화를 끊어?"

　성준은 괘씸했지만 사천 억이라는 액수에 기가 눌려 이미 끊어진 전화기에 대고 욕을 할 수조차 없었다.

그리고 카톡으로 외울 자료들이 차곡차곡 전달되고 있었다. 일 년 후 세계 무역동향과 기업 합병에 대한 자료들이 이번에는 제법 많아서 이틀 동안 그걸 다 외울지 알 수가 없었다.

"그래! 이번 한 번만 더 하자! 어차피 정치판에서 선거 자금이나 정치 자금이 많이 필요할 거야. 흐흐흐. 나도 국회의장 그리고 대통령도 한번 해보는 거야!"

개천절 아침 성준은 웬일인지 몸이 찌뿌둥하고 몸살 기운이 있었다. 제천 집을 비워두고 용산의 주상복합 루프탑 스타일의 대형 아파트로 옮긴 후 항상 컨디션이 좋지 않은 이유를 모르겠지만 피곤한 나날이 계속되는 게 이상하기도 했다 건강검진 결과는 아무런 이상이 없었지만 알게 모르게 점점 체력이 약해지는 것은 분명했다.

약혼발표는 하필 오성그룹 소유의 파이브스타 호텔의 더 파크뷰 사파이어 연회홀에서 열렸다. 너덧 번 본 사이이지만 고민전은 정략결혼 식에 아무런 불편한 기색이 없었다. 아버지의 말을 잘 듣는 충견 같아 보였다. 그녀는 두 번째 결혼이기도 했고 성준의 재산규모를 알고 난 후에 매우 호의적으로 변한 것도 사실이었다. 성준이 지방대 출신이고 편모슬하에서 컸다는 것에 비하면 그녀의 재혼은 별로 흉이 되지 않는 것도 같았다.

"김의원님은 볼수록 미남이세요."

"아닙니다. 민전씨야말로 하늘이 내린 미녀인걸요?"

"그래요? 아이, 몰라요. 호호호호."

그녀는 붙임성도 좋았다. 성준은 며칠 전 세영이를 차버린 사건 때문인지 그녀의 살가운 태도가 이상하게도 어색했다.

고재인 의원의 최측근과 정재계 인사들이 다들 참석했고 겉으로는 당대표의 수필집 출간 회의였지만 김성준과 고민전의 약혼발표 모임이라는 걸 모르는 사람이 없었다. 그리고 그 자리에 오성그룹의 이재용 회장이 나타났다. 그리고 그는 그룹 총수들이 모이는 재계의 인사들 테이블이 아닌 고재인과 성준 그리고 그의 약혼자 고민전의 자리가 있는 헤드 테이블에 와서 자리를 요구했다.

"저도 여기 좀 끼고 싶습니다. 의원님."

"아니, 여기는 다 예약석이라서...."

비서가 말리자 이재용 회장이 소리를 지른다.

"저는 말이죠! 장차 이 테이블에서 우리나라 대통령이 두 분이 나올 걸로 확신합니다! 고재인 대통령, 김성준 대통령! 합석의 그런 영광을 제게도 좀 나눠주시죠!"

그러자 얼굴 가득 함박웃음을 띤 고재인 의원이 비서를 물러나게 하면서 만류를 한다.

"아냐 아냐. 회장님께 자릴 하나 마련해 드려야지....."

그는 옆에 앉은 의원에게 귀엣말을 했다.

"추미원 의원님, 옆 테이블로 좀...."
"아, 예! 그러시지요!"

소위 국회부의장이고 고재인 의원의 오른팔이라고 불리는 추의원이 자리를 양보해서 이재용 회장이 김성준의 옆자리에 착석했다. 알코올 내음을 풍기는 그는 이미 상당량 전작이 있었다. 고의원의 수필집 출간 축사와 현장 도서판매 그리고 김성준과 고민전의 약혼발표가 있은 후 파티장의 분위기가 무르익었다. 그런데 이재용 회장이 고대표를 향해서 야릇한 미소를 날리면서 입을 열었다.

"대표님! 제가 이번 결혼식에서는 내 일생일대의 가장 큰 성의를 보이겠습니다. 우리 그룹을 잘 보살펴 주십시오!"
"아이고! 이 회장님! 벌써 취하셨군요. 비서를 불러서 모시고 가게 하는 게 좋겠어...."

고대표가 좋으면서도 짐짓 인을 찡그리면서 말했다. 그러자 성준이 나섰다.

"제가 친분이 있으니 모시고 가겠습니다."

"그러겠나?"

그러자 이재용 회장이 고대표에게 속삭였다.

"제가 김의원님과 아주 중요한 이야기를 나누어야 합니다. 사회민주당의 명운이 달린.... 말하자면 큰 액수가 걸린 이야기이지요."

이회장은 고민전을 흘금 쳐다보았다.

"저어 오늘 밤 한 시간만 약혼자를 빌려주시죠. 그래도 되나요? 미스 고?"

이재용 회장은 고민전에게 윙크까지 했다.

"아, 뭐 저야 뭐...."

허락을 얻어낸 이회장이 성준의 팔을 급하게 잡아끈다.

"가시죠! 김의원님! 시간이 별로 없네요!"

호텔 현관에 미리 세워둔 마이바흐 자동차가 언제라도 출발할 기세로 대기하고 있었다. 차는 필동에서 퇴계로를 거쳐 한남동 이회장의 저택으로 달렸고 도착하자마자 옥상으로 올라간 두 사람은 옥상 공중에서 이제 막 열리는 웜홀의 입구를 향해 몸을 날렸다.

"으아아아아!"

"이야호!"

일 년 후의 세상에 도착한 성준은 늘 그랬던 것처럼 이회장의 데이터가 정리된 어마어마한 규모의 서재로 갔다. 이회장은 매년 꾸준하게 세계의 뉴스와 정계와 업계의 동향이 정리된 자료실을 운영해왔다. 그리고 그 데이터 본부가 바로 이회장의 자택에 마련되어 이른바 대 오성그룹 자료센터인 것이었다.

"이회장! 필요한 데이터를 다 외웠소이다."

"좋아요! 의원님! 이제 오 분 남았다!"

"남았다? 반말이네?"

"아! 미안! 버릇이 돼서....돌아갈 준비하면서 최종 정리합시다."

성준은 데이터 실의 실시간 방송인 유튜브 온라인뉴스를 보고 큰 웃음을 웃고 말했다.

"하하하하!"

"왜 웃지?"

"자료정리 별로 필요 없겠는데?"

"왜?"

"우리가 가로채려던 현대그룹의 정회장이 오늘 바로 개천절날에 죽었네?"

"정말? 10월까지 기다리면 쉽게 현대전자와 물산을 먹어버리겠군!

하하하하하."

이회장의 웃음소리와 함께 두 사람은 웜홀로 빨려들어 왔고 이동 중에 웜홀을 지키는 우탁 도인 목소리를 멀찌감치 들을 수 있었다.

"이놈들아! 너희들도 머지않았다!"

현실세계로 돌아온 성준은 웜홀에서의 저주 같은 도인의 말에 기분이 찜찜했지만 오성그룹 이회장은 좋아서 펄쩍펄쩍 뛰고 있었다.

"이회장. 올해 안에 사천억 스위스 계좌로 보내주시오."
"예! 의원님! 하하하하하."

성준은 마음이 무거웠지만 바야흐로 무르익고 있는 사랑을 확인시켜주기 위해 고민전을 찾았다. 그녀와의 결혼은 고재인의 권력을 물려받기 위한 수단이기도 했지만 야당 의원들의 실질적인 인정을 받는 절차이기도 했기 때문에 그 결혼은 성준으로서는 여러모로 너무나도 유익한 기회였다.

하지만 야당 정치인들의 무리한 요구와 여당 의원들이 집요한 방해 등등 정계진출의 꿈이 간단하고 쉬운 것만은 아니었다. 재선의원이 되기 위해서는 만만한 지역구로 갈아타는 것이 지름길인데 전통적으로 민주당 당세가 강한 인천의 지역구에 빈자리가 났고 당의 사무처에서 연락이 왔다.

"이번 김의원님께서 인천시장에 도전하시면서 당협위원 자리가 의원님께도 좋은 기회가 될 겁니다."

"아이고! 고맙습니다!"

"의원님, 축하드립니다. 인천이면 떼어 놓은 당상입니다."

"그렇기는 하지요. 그런데 민주당에서 지역구로 진출하는 것이 이렇게 간단한가요?"

"4년 전, 김의원님은 발전기금으로 오십억을 비밀계좌로 기부하셨지요?"

성준은 사무처장의 이야기를 듣다가 불현듯 의심이 생겼다.

"뭐라구요? 국회의원 지역구 자리를 돈으로 사라고요?"

그는 국회의원들의 음모와 공천장사가 암암리에 이루어진다고 들었지만 노골적으로 요구하는 것은 실제로 처음 당해보았다. 하지만 그는 짐짓 강하게 나갔다.

"공천이 오십억? 푼돈이군. 더 드릴까?"

그는 이자연 의원과 야당 국회의원 원내대표 자리를 놓고 당권경쟁을 하게 되어 돈과 정보력과 자기편 만들기에 최선을 경주했다. 그에 따라 성준이 키워가는 욕망도 급속도로 성장해갔다.

그는 사무총장에 당선되자마자 재계를 주무를 수 있다는 능력을 보여주었다. 국내 최고의 기업인 오성그룹이 암암리에 자신을 도울 수 있다는 호언장담으로 그는 당내에서 자리 더욱 굳건히 했다. 그는 이제 이회장과 편하게 전화하는 사이가 되었고 당연히 요구사항도 늘어났다.

"여보세요. 이회장님!"
"김의원님! 아니, 당대표님께서 직접 전화를 주셨군요. 이거 영광입니다."

목소리의 크기나 쩔쩔매는 자의 측면에서 보면 성준과 오성그룹 총수와의 관계역전이 분명해졌다. 대화 중에 성준이 강하게 질러대는 표현 중에 '오성그룹을 문 닫게 할 수도 있어! 혹은 이회장! 이거 왜 이러십니까? 장사 그만하시게? 이번에는 당신이 날 도우슈! 뭘 어떻게요? 내가 이제 정계에 첫발을 디뎠지만 이 바닥을 다 말아먹으면 나중에 오성그룹을 무제한으로 돕겠소. 잘 알겠습니다. 제가 최선을 다하지요. 좋습니다. 이회장!' 등등의 대화들이 나타나는 것으로 보아 역전 현상이 분명해진 것을 알 수 있었다.

성준은 점점 더 배짱이 강해지는 자신에 대해 자랑스러움과 불안함이 동시에 느껴졌지만 강해지는 과정이라고 치부하고 말았다.

지역구 국회의원 당선과 원내 당대표로 뽑힌 김성준 의원은 그야말로 승승장구했고 그 배경에는 실질적인 당대표 고재인의 전폭적인 지지와 성준이 매년 가져오는 일 년 후 정재계의 정보에 힘입은 바가 컸다.

일 년 후 당대표 겸 최고위원에 당선되면서 오성그룹과 한국 십 대 재벌의 주식을 백지 신탁한 재산이 무려 이조 원이 넘었다. 국회의원 재선 당선과 재산의 증식만으로도 고개를 조아리는 국회의원들과 재벌들이 민주당 내부에서 김성준 파벌을 만들어 팔십 명이 그의 휘하에 들어오길 희망했고 당대표인 고재인 세력을 능가했다. 당내 분위기는 차기 대통령 후보로 이미 김성준을 지목한 상태이고 그는 기꺼이 동료의원들의 추대를 수락했다. 그리고 아내인 고민전과 정계를 은퇴한 고재인이 오성그룹 계열사인 오성미디어 그룹의 부실을 타고 들어 그 계열사들을 전부 인수하기에 이르렀다. 이회장은 마음이 편할 리 없었다. 하지만 자신의 저택까지 넘겨준 이회장은 성준의 저택으로 변해버린 루프탑의 옛 데이터 실에서 양도 계약서에 마지막 도장을 찍었다.

"김성준 의원님, 당신의 자신감은 점점 폭력적으로 변하고 있다는 걸 아시죠?"

"오성그룹 이회장! 한낱 장사치인 당신이 뭘 알겠어? 흐흐흐흐."

"으음! 최비서! 가자!"

그런데 최태하가 허리를 숙이지도 않고 뻣뻣하게 말한다.

"혼자 가십시오. 차는 지하 주차장에 대기 되어 있습니다."

"뭐야? 너.... 언제?"

"그럼, 안녕히 돌아가십시오."

그동안 이재용 회장의 비서 겸 보디가드 역할을 해오던 최태하가 김성준의 비서로 자리 옮긴 것도 며칠 전의 일이었다. 성준은 여당 대통령 후보가 되고 나서 최태하 같은 깡패들을 수족처럼 부리고 검찰과 사법부도 자신의 발아래 두었다고 자신한다.

　"자! 한잔하지!"
　"예! 각하!"
　"에이! 각하는 뭐 벌써...."
　"아닙니다! 이미 대통령에 당선되신 것과 다름없으십니다. 선관위가 후보님을 선택했는데 무슨 걱정이...."
　"그만!"

　성준은 근래 보지 못한 정도로 엄청나게 화를 냈다. 그리고 심호흡을 하고 나서 최태하의 어깨를 어루만져주었다.

　"최비서, 샴페인을 성급하게 터트리면 곤란하다! 입 조심해!"
　"예! 명심하겠습니다! 사죄드립니다!"

　최태하는 순간 루프탑 바닥에 무릎을 꿇고 용서를 빌었다.

　"됐다! 술맛 떨어지게 빌지 마라! 내 부하는 어디 가서도 이렇게 빌면 안 된다!"
　"예! 알겠습니다."

성준은 느긋하게 루이십사세 양주를 들이켜면서 짜릿한 양주의 목넘김처럼 짜릿한 세상 살기가 한편으로는 가슴 깊이 벅차올랐다.

"하하하하하. 하늘을 향해 끝없어 올라가는 로켓처럼 수천 킬로 이상 대기권 밖까지 날아오를 일만이 남았다! 하하하하."

38세 개천절에 성준은 이년 만에 웜홀을 타고 일 년 후의 세상으로 행했다. 이회장과 결별하고 각자 미래의 정보를 가져오기 시작한 것도 오 년이 지났다. 오성그룹은 돈을 성준은 주로 권력을 위한 정보를 가져왔기 때문에 이제 더 이상의 동업은 필요 없게 된 것이었다.

"이야호! 가자!"

성준이 신나게 웜홀을 서핑처럼 즐기는데 느닷없이 속도가 줄고 그러다가 문이 열리지도 않았는데 고속의 움직임이 아에 정지해버렸다.

"이놈! 아직도 여길 돌아다니느냐?"
"우탁 도인?"

미래로 가는 웜홀에서의 우탁 도인과의 조우는 처음이었다.

"항상 과거로 돌아가는 길에 이 노인네를 만났었는데?"

성준은 무언가 잘못되었다고 느꼈다.

"이 녀석아! 명을 스스로 재촉하지 말고 되돌아가거라!"

성준은 침착하게 생각을 했다. '약세를 보이지 말자. 도인은 실제로 나에게 아무런 위해를 주지 못한다. 실제로 십여 년간 그는 나를 물리적으로 그 어떤 타격이나 가해를 하지 않았다. 쫄지 말자....'

"비키시오! 우탁도인!"

그러자 도인이 연기처럼 사라져버렸고, 웜홀이 다시 움직여 일 년 후의 세상으로 그가 튕겨져 나왔다.

"흥! 역시 도인은 그냥 유령처럼 스쳐 지나갈 뿐 그가 나를 죽인다거나 때리지는 못하는군!"

성준은 이제 우탁 도인은 안중에도 없었다. 그는 이제 자신의 자료실이 된 과거 이회장의 자료실에서 일 년 후 세상의 정치정보를 외우기 시작한다.

"어? 대통령 선거를 일 년 남겨놓고 내가 후보 지지율 1위를 달리는군! 미국과 일본 측에서도 대통령 후보 중 나를 가장 좋게 보고 있구 말이야! 됐다! 그동안 여론조사기관과 선관위에 들어간 돈이 얼만데. 이제 이년 후에는 이 나라의 대통령이다! 으하하하하하."

웜홀을 통해 자신의 현실 자료실로 되돌아온 성준은 향후 계획성 있고 치밀하게 삶을 살기만 하면 모든 게 자신의 것이라고 확신했다.

"나는 선택된 사람이다! 흐음."

소리를 크게 한번 질러봤지만, 다행히 아내는 깨지 않았고 밤하늘의 수많은 별들이 자신의 말을 인정하듯이 겸손하게 깜박이는 것 같았다. 유튜브를 검색하다가 성준은 문득 <37세 대통령 후보는 대한민국의 자랑>이라는 기사를 보고 자신이 심어놓은 기자의 기사라 그런지 시큰둥했다.

"시간아 흘러라! 이년 후에 내가 왕이 된다. 아부 잘하는 자식들은 왜 그렇게 귀여운 거야? 흐흐흐흐."

그는 지난주 대형 로펌에서 자신의 수하로 들어온 법조계의 엘리트들이 한 말이 지금도 생생하게 기억이 났다. 그중에서도 이우현 변호사가 가장 적극적이었다. 물론 그는 세영이라는 전 여친을 공유했었지만 최근 다른 여자들과도 비밀 사석에서 함께 어울린 적도 있었다.

"대표님! 어차피 선관위가 도우면 총선에서 이백석 넘기시고 개헌하시면 입헌군주제로 갈 수 있습니다. 황제 폐하로 등극하시는 건 그리어렵지 않습니다!"

"입헌군주제?"

"네! 이 나라를 영원한 폐하만의 국가로 만드시는 거지요!"

"좋아! 아주 좋아!"

성준은 속으로 생각했다. '왕이 되고 나면 구차하게 매년 미래에 가서 정치와 경제 등 일 년 후의 세상을 샅샅이 알아보고 암기하는 그 구차한 일을 더 이상 하지 않아도 되겠군..... *흐흐흐*'

"으으으, 편두통이 또 오는군! 에이! 귀찮아!"

근래 부쩍 두통과 불면증으로 시달리는 성준은 운동 부족이라는 생각에 스쿼트를 하다가 불현듯 허무한 느낌이 들었다.

"왕이 되면 뭐 하나? 얼마 살지 못한다면...."

사십 세가 가까워지면서 체력이 확실하게 약해진 것도 사실이었다. 성준은 시간이 가면 자신의 육체가 조금씩 사라지는 건 아닌가 하는 생각을 하게 된다. 머리카락도 없어지고 뼈도 골다공증이라는 이름으로 사라져 버리고 피도 살도 기억도.....기억? 이 대목에서 성준은 몇 해 전 어머니의 장례식과 현대그룹 정회장의 장례식이 기억이 났다.

"내가 장례식에 참석했었나?"

성준은 아무래도 기억이 나지 않았다. 야당 대표의 모친상이니 모두들 왔을 텐데, 정작 자신이 그 자리에 있었는지가 전혀 기억에 없었다. 30년 전 일이 또렷이 기억나기도 하는데 이년 전 일이 전혀 기억에 없다니.....

"참으로 수수께끼 같은 시간의 흐름이로구나."

그는 생각할수록 시간이 연속적인 것으로 순서대로 이어진다고 여겨지지 않았다. 시간의 흐름이 중요한 사실이기는 하지만 그 흐름은 비합리적인 어떤 알 수 없는 힘에 의해 움직이는 게 아닐까? 여기까지 생각하다가 그는 헛웃음이 나왔다.

"내가 지금 무슨 미친 생각을 하는 거야? 허허허허."

성준은 인터넷에서 미래학자의 기사를 하나 발견했다. 그 영국인 철학자는 시간의 흐름이나 시간을 통한 인간의 진보는 환영이라고 주장한다. 그는 시간의 불연속성을 주장하는 철학자로서 과거를 바꾸지 못하는 것처럼 미래를 변화시킨다는 말도 무의미하다고 주장한다.

그 대목에서 성준은 빵 터졌다.

"하하하하하하하! 이런 것도 국제적인 철학자라고 참! 미래를 보지 못했으면 말을 하지 말아야지. 흐흐흐흐흐"

일 년 후 성준은 포퓰리즘을 앞세운 눈부신 정치활동과 인기가 점차 하늘을 찔러 대통령 지지율 칠십 퍼센트를 달리고 있었다.

"내 인생의 마지막이야! 한 번 더 가보자!"

대통령 선거 바로 전해 개천절날의 웜홀은 마치 성준을 환영하고 당선을 축하라도 하듯이 휘황찬란하기 그지없었다.

"과연 내가 당선되었을까?"

개천절 밤 열한 시 당선 확인을 위한 미래행은 이전보다 뿌듯하고 자신만만했다. 그리고 화려하고 눈부신 사이키 조명 같은 웜홀 통과 장면은 이제 그렇게 괴롭지가 않았다.

"이것도 이골이 나서 그런가? 일 년 후에 세상에 도착하는 과정이 지난번과 사뭇 다른데?"

성준은 강한 광선이 작렬하는 눈부신 공간의 초고속이동과 전혀 다른 편안하고 어두침침한 공간의 이동이 느릿느릿 움직이는 것을 보면서 내심 웃음이 나왔다.

"이 웜홀도 늙나 보네? 빠릿빠릿하게 움직이지 못하고 완전히 완행열차가 되어 버렸네. 나가볼까? 후후후후."

웜홀이 열리기 전, 터널의 조명이 어둑어둑해지면서 일 년 후의 세상이 정전상태라고 생각하는 순간 그의 뇌가 정지되는 느낌을 받았다.

"어라? 생각을 할 수가 없네? 어? 내 팔과 다리가 사라지고 있잖아? 이게 뭐야....."

전신이 모래가 되어 부스스 흩어지는 장면이 편안하고 졸렸지만 성준은 그다지 무섭거나 공포스럽지가 않았다. 분명히 거리에 세찬 가늘 바람이 불었지만 그 바람이 피부에 와 닿지가 않았다.

자정 무렵 시가지가 얽히고설킨 차량들로 북새통을 이루고 사람들이 인도와 차도에 가득 넘쳐나면서 온 세상에 가득한 호외를 줍느라고 야단법석이었다. 가을바람에 낙엽처럼 거리를 온통 휘날리는 호외에는 이렇게 적혀있었다.

오늘 개천절 새벽 대통령 후보 김성준 의원 사망

용이 된 청년

제천행

소나타 택시는 잠실대교로 올라서서는 파도를 가르는 돌고래처럼 한 강을 지나쳤다. 하남과 곤지암 일대를 빠르게 벗어나 고속도로로 접어 들었다. 뉴스에서는 고위공직자 재원지원처 신설로 국회의원과 장관들 이 한해 수백억을 마음대로 주무르는 법이 김패인 의원의 발의로 국회 에서 통과되었다는 뉴스가 나오자 기사가 라디오를 껐다.

"에이! 개새끼들!"
"왜 그러세요? 아저씨?"
"김패인! 저 개잡놈이 나랏돈을 다 거덜 내잖아요, 에이! 씨!"

아영과 소영은 뒷좌석에서 터프한 기사의 뒤통수만 바라보고 있었 다. 그는 두 승객 어머님의 고교 제자였기에 서울에서 제천까지 공짜로 택시를 태워주는 거지만 운전 중에 큰 소리로 정부 욕을 해대서 사실 버스보다 불편하기 짝이 없었다.

제천 IC를 통과한 후 엔진 소리가 커지면서 비탈길이 나타났다. 솔숲이 늘어선 의림지 호수 위로 조경된 폭포가 세련되어 보였다. 제천대 후문 부근의 솔밭공원으로 택시가 미끄러지듯 진입하여 주차되었다.

"공부 열심히들 하고 선생님께 안부 전해줘요!"

"예! 조심해 가세요. 아저씨, 고맙습니다!"

"그리고 학생들! 공부 열심히 해서 정치인들 못된 짓 좀 못하게 해줘요!"

자기 할 말만 해버리고는 총알처럼 가버리는 택시기사의 뒤통수를 망연자실 바라보는 소영의 등을 툭 치며 말했다.

"여긴 낯설지가 않네?"

"하긴! 오 년 전부터 엄마가 제천의 청풍 영재고 단전호흡 교사로 부임한 후 매년 방학 때마다 오던 제천시가 제이의 고향이지 뭐!"

"소영아. 엄마가 기숙학교라 다행이야. 아니면 매일 엄마랑 단전호흡한다고 고생 좀 했을 텐데…. 안 그래?"

"유아영! 명상호흡은 건강에 무지 좋은 거야!"

"알았어…내가 뭐라디?"

소영이 아영에게 눈살을 찌푸린다.

"야! 너 이십 년 만에 만난 누나한테 말이 짧다!"

"겨우 삼 분 빠른 누나라며! 그렇게 대접받고 싶냐?"

"아이구...."

토닥거리던 두 사람은 매우 익숙하게 짐을 풀고 각자의 방에 옷과 책과 노트북 등을 정리하고는 외출준비를 한다. 아영이는 한 손에는 핸드폰 다른 손에는 오래된 책자를 들고 방에서 나온다. 소영은 그 책이 눈에 확 들어온다.

"아영아! 그 책 뭐야?"

"아! 그냥 들고 다니면 폼나는 거 같아서...."

"신선국풍류도선인계보? 이게 뭐야?"

"고아원에서 나올 때, 내 소지품이라고 준 거야. 나를 고아원에 맡긴 이운규 할아버지가 주신 거래."

"이운규? 우리 할아버지는 친구?"

"응. 신기한 게 이십 년이 지나도 종이가 헤지지도 않아."

"그 책 그냥 집에 두고 가자. 비싸 보이는데 잃어버리면 손해가 막심하겠다."

"알았어."

둘은 아직 삼월의 찬바람이 쌀쌀한 길거리로 나섰다.

"소영아. 열한 시에 줌으로 입학식하고 학과에 얼굴 비친 다음 캠퍼스나 둘러보자."

"그래."

띠리리리리

정문에 승천하는 용을 상징하는 교문의 모습을 보고 가슴이 뛰는 걸 억누르며 아영이 폰을 받는다.

"엄마!"
"유아영, 유소영의 대학 입학을 축하한다."
"근데 입학식이 엄청 시시해! 코로나 때문에 대합입학식도 줌으로 했어."
"그래? 주말에 엄마 학교로 와."
"알았어. 엄마!"

엄마의 전화를 받고 기분이 좋아진 아영과 소영 쌍둥이 남매는 제천대학교 캠퍼스를 이리저리 돌아다닌다.

"아영아, 우리 학생회관에 가보자."
"왜?"
"전통무술 동아리 가입하려구."
"오케이."

유아영과 유소영은 학생회관 정문에서 개량 한복을 입은 여자와 마주친다. 서로 동시에 같은 방향으로 길을 막아서는 그들이 마주 보며 웃는다. 한복 입은 여자가 두 사람을 유심히 바라본다.

"혹시 21학번?"

"맞아요."

"전통무술 동아리 가입하려고?"

"네..."

"나는 풍류도법 동아리의 일 년 선배예요."

"풍류도법이요?"

"고운 최치원 선생님의 풍류도를 몰라요? 풍류도법 동아리에서는 전통 무술을 가르쳐요."

그녀는 당돌하고도 똑소리 나는 사람이었다.

"악수할까? 난 팽귄이라고 해."

"뭐? 진짜 본명이?"

"물론!"

우하하하!

낄낄낄!

"이름이 진짜 팽귄이라구요?"

"그래! 팽! 귀! 인!(彭貴人)"

팽귀인은 유아영 유소영의 쌍둥이 남매와 이런저런 이야기를 나누면

서 이 층의 동아리방으로 올라간다. 그녀는 능숙하게 가지고 온 벽보에
풀칠하고는 동아리방 문에 붙인다.

내용은 대략 이랬다.

\------------------------------------

\--풍류도법동아리 신입생 가입 알림 벽보--

코로나로 말미암아 동아리방이 폐쇄되었음.
용두산의 정기 받은 풍류도법 동아리 가입을 원하는 학생들은
학교 앞 의림지 무인카페로 와서 등록하기 바람
동아리 총무 팽귀인 연락처 010 XXXX-XXXX
아래는 약도

\------------------------------------

벽보를 붙이고 양 손바닥을 털고 나서 그녀는 두 남녀의 얼굴을 찬찬
히 들여다보다가 문득 두 사람의 기에 대해 이야기했다.

"그런데 둘은 과거에 기 수련을 했나 봐?"

"왜 그렇게 생각해요?"

"기가 좀 느껴져서...."

"그래요? 근데 바로 말을 놓네요?"

"한 살 많은 선배니까. 난 20학번이야?"

슬슬 웃으면서 유아영이 팽귀인에게 이죽거린다.

"우리도 재수해서 동갑일걸요?"
"어쩐지 내공이 좀 있어 보이더라구? 후후 영혼의 에네르기가 남달라...."
"그거 도를 아십니까 혹은 영혼이 맑으십니다. 뭐 그런 수법 같은데요?"
"내가 느네들한테 사기 쳐서 뭐 하겠어. 돈이 생기는 것도 아닌데! 어머? 저것들이 또 왔네?"

팽귀인은 선마교라는 한자가 새겨진 개량 한복을 입은 남자 둘을 향해 소리쳤다.

"야! 느네들 학교에서 당장 안 나가?"

하지만 두 남자는 느물거리면서 실실 웃었다.

"이 학교가 학생 거야? 흐흐흐."
"그래 내 거다!"
"그래? 엄청 부잣집 딸내미네? 히히"
"어쭈! 웃어?"

팽귀인이 두 남자를 밀쳐내자 둘을 순간적으로 그녀의 팔을 잡으며 가볍게 어깨를 쳤고, 그녀가 반격하면서 일 대 이의 싸움이 벌어졌다. 그리고 그 순간 바람처럼 나타난 유아영이 개량한복 입은 남자들의 종아리를 재빨리 걷어차자 둘은 그대로 나동그라졌다.

"으윽!"
"저건 또 뭐야?"

한 남자가 주머니에서 삼단봉을 꺼내 들고 유아영을 공격하려는 찰나 곁에 있던 유소영이 그의 목뒤를 쳐서 쓰러뜨렸고 호되게 당한 두 남자가 서둘러 도망쳐버렸다.

"느네 싸움 좀 하네? 동아리 가입할 거지?"
"근데 용두산 정기가 뭔 말이에요?"
"우리 학교 뒷산이 용두산이야. 그 아래 비룡담이라고 호수가 있어서 용의 정기가 서린 거야. 동아리 가입할 거지?"
"그럴까요.... 히히!"

동아리에 가입하고 들뜬 쌍둥이는 웬일인지 기분이 좋았다. 팽귀인은 두 사람을 데리고 의림지 카페로 향한다. 같은 여자라서 그런지 유소영은 팽귀인과 금세 친해졌다.

"우리는 선도술의 대가이신 문박님 등의 선인의 무술을 공부하는 동아리야."
"문박이라니요?"
"단군이 신선이 된 이후 그 도맥이 문박에게 전해졌으며, 문박에 의해서 향미산에 있던 영랑에게 전승되고 그 후로 후학들에게 이어졌다고 해."

단군의 선도는 아사달 산에서 살고 있던 문박씨(文朴氏)에게 이어졌다는 이야기를 듣던 유아영은 무언가 가슴 속에서 덜컹하는 느낌을 받았다. 그가 오늘 몇 번이나 심장이 쿵쾅거리는 경험을 한 일을 생각하고 있던 중에 일행은 의림지를 부근 동아리 카페에 도착했다.

"자. 카페로 들어갑시다."

펭귄인의 안내로 들어간 의림지 무인 카페는 생각보다 넓었다. 창고형 건물에 큰 주방도 있고 홀에는 테이블이 열 개나 되었다. 그런데 일단의 사람들이 이미 와 있었다. 그들은 펭귄인을 보고는 일어서서 인사를 했다.

"안녕하세요? 선배님."
"오! 예상대로 미리 와 있었군요?"
"우리가 올 줄 어떻게 아셨지요?"
"그야 내가 예지력이 좀 있으니까? 호호."
"대단하시네요?"
"농담이구요. 사실은 지도교수님이 저에게 문자를 주셨어요. 오전 중으로 카페에 동아리 가입할 학생들이 올 거라고 하셨거든요."

팽귄이 동아리 가입원서를 나누어주면서 각자 자기소개를 하라고 했다.

"에헴!"

유아영이 영감처럼 기침을 하고는 제일 먼저 앞으로 나섰다.

"저는 유아영입니다. 재수해서 이번에 제천대 문콘학과에 들어왔고 단전호흡과 전통 무술에 관심이 있어서 동아리 가입을 하게 되었습니다. 잘 부탁합니다."
"박수!"
"와! 짝짝짝!"

유소영에 이어서 김지민이라는 여학생이 유아영에게 대담하게 윙크를 하면서 말했다. 간호학과 신입생이고, 태극권과 한국 전통 무예를 익힌 고수라고 했다. 윙크를 받은 아영은 순간 가슴이 철렁했지만 애써 관심을 숨기며 그녀를 눈여겨보았다. 그녀의 몸매와 서 있는 자세로 보아 무술을 배운 티가 역력했다. 다음으로 용조안은 한의대 신입 학생으로, 조부와 부친이 모두 한의사 침술 대가 가문의 후손이다. 그의 9인승 카니발을 타고 일행이 모두 학교에서 의림지 카페로 이동했다고 한다. 그리고 엽정청이라는 여학생은 중국 교환 학생으로 역사학과 재학생이고 중국어를 잘했다. 왕치명은 중국어학과 신입생이고, 홍콩에서 자란 한국인이다. 마지막으로 안반수는 컴퓨터공학과 학생으로 해킹을 잘하는

게임마니아라고 자신을 소개했다. 신입생들의 소개가 끝나자 팽귄인이 앞으로 나왔다

"풍류도 무술동아리에 온 것을 환영합니다."

팽귄인은 동아리 일 년 선배로 지금은 휴학 중인데 동아리 총무이고 체육학과 출신으로 단전 호흡강사로 알바 중이었다.

"자! 모두 주목!"

별안간 그녀의 어투와 자세가 달라졌고 진지한 그녀가 동아리 소개를 할 때에는 눈빛이 빛나기까지 했다.

"우리 동아리에서는 용호결 호흡법과 창해무술을 연마합니다. 지금 나누어주는 프린트를 잘 읽고 동아리 활동 가부를 알려주세요."

그녀가 프린트 유인물을 신입 동아리 회원들에게 나누어주고 읽어보라며 삼십 분간의 시간을 주었다. 그리고 그녀는 손수 내린 드립 커피를 원하는 학생들에게 따라주었다. 마치 카페의 손님들처럼 둘러앉은 동아리 신입회원들은 사뭇 진지하게 유인물을 읽어 내려갔다.

"에이! 별거 아니네!"

제일 먼저 내용을 읽은 이른바 자칭 세계적인 해커 안반수가 앉아서 다리를 꼬고 그 다리를 흔들면서 말했다.

"그냥 청학집을 읽고 용호결로 호흡하고 창해 무술을 배우면 되는 건데, 뭐가 어렵다는 거야?"

"후후, 과연 그럴까?"

팽귀인이 안반수의 코앞까지 다가섰다.

"그것들을 끝까지 마칠 수 있는 자신이 있는 사람만 동아리 활동을 한다 이 말씀이지!"

안반수가 그녀에게 되물었다.

"그거 다 마치는데 얼마나 걸리는데요?"

"보통 일 년."

"그럼 팽귄 선배는 다 마쳤어요?"

"물론!"

"그럼 뭐, 나도 할 수 있겠네!"

"근거 없는 그 자신감은 어디서 왔나?"

팽귀인은 안반수의 이마를 슬쩍 밀어버리더니 전체 학생들을 향해 말했다.

"좋아! 자신이 있으면 입회원서를 제출하고 수련 내용이 어렵다고 느끼는 학생을 지금 돌아가도 좋아요!"

하지만 참가한 학생들은 전원 입회원서를 냈고 펭귄이 서류를 정리하는 데 의림지 카페의 문이 열리고 중년의 신사와 무술인처럼 생긴 학생이 따라가 들어왔다. 어깨에 힘을 주고 있는 펭귄이 별안간 급 공손 모드로 변하면서 중년남에게 허리 숙여 반절을 했다.

"교수님!"

중년 남자는 머리는 하얬지만 피부는 소년처럼 곱고 투명해 보이기까지 했다. 얼굴에서 환한 광채가 나는 그 남자가 시익 웃으면서 학생들을 행해 공손히 목례를 했다.

"모두 반가워요. 동아리 가입을 환영합니다. 나는 풍류도 동아리 지도교수 문박입니다."
"예!"
"그리고 이 친구는 어제 동아리에 가입한 염다인 학생이고 경호학과 소속이에요. 서로 인사하고 잘 지내도록!"

학생들이 문박 교수의 등장에 모두 감탄하는 표정들이었다. 학생들은 그토록 온화하고 다정다감하며 좋은 기운이 얼굴에서 뿜어져 나오는 중년의 아제는 처음 보았기 때문이었다. 동아리 지도교수는 문콘학과의 교수로 나이는 육십이지만 이십 대의 초롱초롱한 눈빛을 가지고 있었다. 문교수가 아영에게 다가왔다.

"자네는 누구지?"

"예, 저는 신입생 유아영입니다."

"유아영? 아앰올드...후후."

펭귄이 키득거리며 웃음을 참고 있었지만 모두들 아재 개그에 떨떠름한 표정이다. 농을 건네고는 유아영을 유심히 살피던 문박 교수가 문득 그에게 손을 내밀어 보라고 한다. 다짜고짜 유아영의 맥을 짚던 문교수가 상당히 놀란 눈빛을 하더니 그에게 나중에 남아서 이야기를 하라고 하고는 전체 학생들에게 묻는다.

"누구, 동아리 총무를 시켜줄까?"

"펭귄 선배가 총무 그만둡니까?"

"아니, 오늘부로 펭귄이 동아리 회장이다."

유아영이 씩씩하게 나섰다.

"저에게 총무를 시켜주시고 친구들에게는 짜장면과 탕수육을 시켜주시죠."

"하하하하. 오케이!"

파안대소를 터트린 문교수는 아이들에게 짜장면과 탕수육을 시켜주었다. 식사 중에 문박 교수가 학생들과 대화하는 중에 현재 한국의 깡패집단과 사이비 종교 세력이 정계와 법조계 그리고 선거관리위원회 등을 좌지우지하는 것에 대한 불만들이 터져나왔지만 문교수는 아무런 코멘트가 없었다. 하지만 학생들은 정의로운 사람들이라는 중지가 모이면서 그들의 얼굴에 환한 기운이 감돌았다.

"자네가 제천의 청풍 고아원 출신이라구?"

"예, 고아원의 골칫덩이였죠. 문제아로 자랐지만 고등학교에 가면서 고아원 아이들을 돌보아주었어요."

"그래? 후후후, 내가 거기 원장을 잘 아는데 고아원 뒷산에 산불이 나고 불을 끄기 위해 화재 현장으로 달려가 불을 끄면서 온몸이 불타는 것도 몰랐다고 하더군. 그 아이가 바로 자네였구! 하하하!"

"왜 웃으세요?"

"좋아서, 하하하하."

"뭐가 좋으세요?"

"그냥 다 좋아, 하하하하하."

유아영은 어리둥절했지만 문박 교수는 그야말로 파안대소했다.

"교수님은 안 믿으시겠지만 불에 몸이 타지 않아서 불을 입으로 먹거나 호흡하고 불을 다시 내뿜는 화염방사기 같은 엄청난 능력을 깨달았어요. 못 믿으신다면 지금 여기서 보여드릴까요?"

"아니! 나는 자네 말을 믿네!"

"어려서는 고아원 원장님 몰래 가스레인지를 켜 놓은 다음 발가벗고 그 불 위에 앉아서 사우나를 즐기고, 혼자서 놀 때는 불로 장풍 놀이를 하곤 했지요. 아이들한테는 마술이라고 거짓말을 했구요."

"반갑다. 유아영, 그리고 잘 왔다. 우리 한번 나라를 위해서 큰일을 해보자구! 오케이?"

"예!"

"하하하하."

문박 교수의 웃음소리에는 알 수 없는 기운이 느껴졌지만 유아영은 잠자코 있었다.

한편 종로의 선마교 빌딩에서 예배를 올리던 심진 대장로가 향나무 통에 심지를 올린 초에 불을 붙이고 있다. 그는 성냥이나 라이터 없이 양손에서 나오는 희한한 기운으로 촛불에 불을 붙인다. 그가 불에 집중하자 촛불이 바람도 없이 저절로 일렁거리며 춤을 추는 듯 타오른다. 순간 심진 대장로가 예언을 듣고 전율한다.

"이십 년 전 태어나자마자 죽은 줄 알았던 아이가 살아 있다!"

"용두산으로 가서 악의 씨앗을 제거하고 선인국풍류도선인계보 책자를 회수하라!"

심진은 제단 위에서 저절로 손이 움직여 적어 내려간 예언을 보고 경악한다.

"살귀인(殺貴人)!"

심진은 곧바로 장로회의를 소집했고 배화교 대사제인 왕마인과 사제들 열 명이 선마교 빌딩에 모였다. 예언을 따라 움직이는 사람들은 미리 사전에 준비된 사람들처럼 일사불란하게 움직였다. 심진 대장로가 중앙에 앉은 대제사장에 예를 갖추어 보고한다.

"귀인이 용머리 위에 현현했습니다. 미리 악의 씨앗을 제거하라십니다!"
"용머리라면.... 그래! 용두산이다!"

흰 도포를 입은 왕마인 대제사장은 수염을 매만지다가 인터넷 검색을 한다.

"용두산(龍頭山)은 부산광역시 중구에 있고 또 충청북도 제천시에 그리고 대구광역시에도 있는 산이로군!"
"이런! 제 길!"

심진 장로가 눈을 부릅뜨고 노기를 보인다.

"예언에 따르면 귀인을 보호하는 칠룡이 있다고 했다!"
"사제들은 부산, 대구 그리고 제천의 칠룡에 대해 알아보라!"

"존명!"

그때 회의실 입구가 열리고 조폭 두목 이찬수가 들어온다.

"그런데 그 귀인을 예전이 죽이지 않았나요?"

심진이 이찬수의 뺨을 툭툭 치면서 말한다.

"자네도 이십 년 전에 아이를 죽일 때 함께 있지 않았나?"
"예, 그때 분명히 죽었는데....."

심진과 왕마인은 적지 않게 당황한다. 왕마인이 눈치를 살피다가 이찬수에게 묻는다.

"김회장님께서 오셨는가?"
"물론."

하얀 양복과 흰 구두에 눈이 매우 날카로운 남자가 회의실에 들어서자 누가 먼저랄 것도 없이 모든 사람이 그를 향해 머리를 조아린다.

"교주님을 뵈옵니다!"

교주 김패인이 섬뜩한 목소리로 나지막하게 읊조린다.

"그때 아이가 왜 안 죽었는지 궁금한가?"

"예!"

"바로 너희 머저리들이 그때 다른 놈을 죽인 거다!"

"예? 그럴 리가요?"

심진, 이찬수 그리고 왕마인이 어리둥절한 표정들이다. 그러자 분기를 억누른 김패인이 외친다.

"제천으로 가서 귀인의 화신을 찾아 없애고 풍류도선인계보를 가져오라!"

"존명!"

제천역전 도인당

풍류도 임시 동아리 사무실인 의림지 카페에서 삼 주일 동안 용호결호흡과 창해무술을 연습한 유아영은 벌써 몸이 근질근질했다. 문박 교수는 물론 팽귀인이나 다른 아이들도 유아영을 무술 습득 속도에 모두 혀를 내둘렀다. 이미 고등학교에서 각종 무술을 거의 다 겪어본 염다인도 유아영의 실력을 인정할 정도였다. 아영이 불장난 같은 마술을 보여주며 아이들의 지겨워하는 무술 공부에 활력을 불어넣어 주기도 했다. 창해무술 중 권법과 발차기 구 단계를 다 연마한 유아영은 아무나하고 시비가 붙으면 자신의 무공실력을 보여주고 싶었다. 시빗거리를 찾던 유아영 앞에 동아리방에 늦게 나타난, 자칭 세계적인 해커 안반수가 헐레벌떡 뛰어 들어온다.

"반수야! 너 왜 이리 늦었어?"

"웅! 말도 마! 기차역에서 내렸는데 웬 남녀 둘이 날 잡고 안 놔주는 거야!"

"왜?"

"왜긴 왜야? 그것들이 잘생긴 건 알아서..."

"너가 잘 생겼다구? 놀구 있네!"

"사실은 도를 아십니까 하는 그 사이비 족속들이더라구! 한 마디로 이 사회의 쓰레기들이야. 남의 조상 제사를 지내준다고 하면서 돈 몇백씩 뜯어낸다고 하더라구 에이! 나쁜 시키들!"

안반수의 이야기를 곰곰 듣던 유아영이 아이들에게 속삭인다.

"애들아! 우리 걔네들 혼내주러 갈까?"

"어떻게?"

"따라가서 깽판 놓는 거지 뭐. 어차피 사기꾼들이라 경찰에 신고도 못 할걸?"

이야기를 듣던 염다인이 입맛을 다시면서 말한다.

"스읍, 야! 근데 남녀라고 했지? 여자애는 이쁘냐?"

유아영이 은근히 바람을 잡으면서 안반수에게 윙크를 한다. 유아영의 윙크를 본 안반수가 별안간 큰 소리로 말한다.

"으응! 엄청 이뻐! 그런 데서 사이비 도인 노릇 하기에는 정말 아깝더라."

"그래? 안 아까우려면 어디 가서 일해야 하는데?"

염다인이 이죽거리자 안반수가 얼떨결에 입을 연다.

"그야 뭐 룸살롱이나 이쁜 아가씨들이 일하는 카페?"

"그래? 그 정도로 이뻐? 빨랑 가보자!"

"좋아! 나도 갈래!"

경호학과 염다인과 한의학과 용조안이 선뜻 유아영을 따라나선다.

"동작 그만!"

그때 유소영이 점잖게 한마디 한다.

"얘들아! 공부 안 하고 어딜 가려고?"

"이쁘다잖아..."

유소영이 시익 웃는다.

"여기도 이쁜 애들 있거든!"

"그래! 우리가 있잖아!"

김지민이 엉덩이를 실룩거리면서 모델 워킹을 하고는 유아영 옆에 선다. 그러자 남학생들이 모두 토하는 척하며 여자애들을 외면하고 뒤돌아선다.

"됐거든!"

유아영이 유소영와 김지민의 만류를 뿌리치고 남자 셋을 데리고 의림지 카페를 나선다.

"가자! 가서 다 박살을 내주자!"

유아영은 대학 입학 후 동아리 모임 아이들과 함께 무술과 호흡 공부한 지 삼 주 되었지만 오래 사귄 친구들처럼 그들이 든든하고 믿음직했다.

제천역 주차장에 내리자마자 때마침 개량 한복을 입은 남녀나 지나가는 사람들에게 말을 걸고 있었고 지나가는 사람들은 걸음을 재촉하면서 그들을 피해버렸다. 그들을 발견한 용조안이 안반수를 다그친다.

"야! 쟤들이야?"

"어? 다른 애들인데...."

"상관없어! 저 사기꾼들! 혼을 내주자구!"

제천역 앞 광장 시계탑으로 슬슬 걸어가던 네 사람이 이윽고 사기꾼 도인들과 맞닥뜨렸다.

그런데 먼저 여자가 유아영을 보고 감탄을 한다.

"어머나! 영혼이 참 맑으시네요?"

"내 영혼이 보여요?"

"정말 상근기를 타고나신 귀인이세요."

"상근기라니요?"

"상근기라 함은 도를 듣도 보도 못한 사람이 도의 말씀을 듣는 첫 순간에 바로 깨달음을 얻는 귀인을 일컫는 말이지요. 호호호."

그때 좀 떨어진 데에서 염다인이 안반수의 머리통을 툭툭 친다.

"야! 인마! 저게 뭐가 이뻐!"

"내가 말한 애는 쟤 아니야."

"그래? 알았어."

여자가 넷에게 다가오면서 적극적인 자세를 취한다.

"거기 미남자분들! 바쁘지 않으시면 우리하고 이야기를 좀 나누시지요."

"내. 그러죠. 딱히 할 일은 없고, 제천의 오일장이 서서 시장 구경이나 하려던 참이었어요."

"좋아요. 그럼 어디 조용한 데 가서 이야기를 나눌까요?"

두 남녀는 역 부근의 식당가를 이리저리 둘러보다가 수제 햄버거집 앞에 섰다.

"우리가 좋은 말씀을 해드릴 테니까 버거와 커피는 그쪽에서 사시는 거로!"

"예?"

다짜고짜 차와 점심 식사를 사달라는 여자와 남자가 뻔뻔했지만 유아영 일행은 버거와 커피 세트를 두 개 시켜준다. 두 사람은 허기가 졌는지 허겁지겁 먹으면서도 계속 유아영을 바라보고는 엄지척을 해 보인다.

"영혼이 정말 맑으세요."

"다 먹고 말씀하세요. 맑은 내 영혼 구경하다가 햄버거가 입에서 도로 튀어나오겠어요."

"어머! 죄송!"

먹는 두 남녀 앞에서 용조안이 또 특유의 비아냥거리기 신공을 선보인다.

"아이고! 밥도 안 먹이고 일을 시키나 봐요?"

"시키다니요? 누가요?"

"그쪽 보스, 아니 짱인가?"

"아니에요! 우리가 자발적으로 선풍도골이나 상근기를 타고나신 분들을 찾는 거예요!"

"그래요?"

식사를 마친 두 사람은 유독 유아영에게 질문을 해댄다. 이름, 본관, 부모, 고향을 묻고 아영의 손목 맥을 짚었다. 여자가 뭐가 이상한지 고개를 갸웃한다.

"이거 좀 이상한데요?"

"뭐가요?"

그때 한의대 용조안이 끼어든다.

"혹시 한의학도 배우셨어요?"

"아니요."

"그런데 맥을 보세요?"

"잠깐만요!"

여자가 심혈을 기울이는 듯한 표정으로 눈을 감고 집중하다가 외친다.

"와! 드디어! 제가 바로 이런 맥을 찾고 있었어요!"

"뭐라구요? 어떤 맥인데요?"

"저희와 함께 가시지요."

"어디로요?"

"요 앞 도인당으로요."

네 남자는 서로 눈을 쳐다보면서 암묵적으로 동의하고 두 남녀를 따라나섰다. 그런데 그 앞에 유소영과 김지민이 이미 와있었다.

"어어? 느네? 언제 왔어?"

"으응, 안반수가 말한 여자들이 얼마나 이쁜가 궁금해서.... 근데 별로잖아?"

"쉿! 잠자코 따라와!"

하필 오일장이 서서 거리가 무척 번잡했지만 요리조리 걸어가는 두 남녀를 따라 그들은 매우 낡은 집 앞에 도착했다. 여자가 휘파람을 불어 따라 들어오라는 신호를 한다.

"가자!"

사이비 단체를 응징하는 사명감으로 여섯 명은 보무도 당당하게 허름한 건물로 들어갔다. 밖에서 보기완 딴판으로 허름한 집의 내부는 화려하고 심지어 엄청나게 넓었다. 여기저기 방과 홀이 있고 미로처럼 좁은 길이 이어져 개인 주택이 아니라 회사처럼 여겨졌다.

"모두 이리로 오세요."

앞서가던 여자가 커다란 방문을 열고 안으로 안내했다. 벽에는 선마교(善魔敎)라는 황금빛 액자가 중앙에 높이 걸려있었다. 그리고 그녀가 고개를 주억거리더니 큰 책상 앞에 앉아서 명상을 하고 있는 노인에게 다가가 귀엣말을 속삭였다.

"도인님! 화룡맥이에요!"
"뭐? 확실해?"
"확인해보세요."

흰 수염이 십 센티 정도 턱밑으로 내려온 도인이 유아영을 다가오라고 손짓을 했다. 그리고는 다짜고짜 맥을 짚고는 곧바로 고개를 끄덕였다. 도인의 얼굴에서 일순간 강한 광채가 돌았다. 노인의 얼굴을 보고 놀란 아영에게 그 노인은 옆 방문을 열어주면서 다른 노인들에게 아영을 소개한다. 그곳에는 선마교라는 글자가 프린트된 검은 단체복을 입은 노인들 수십 명이 모여 단전호흡 수련을 하고 있었다.

"귀인이 오셨소이다."
"과연 그렇군!"

십여 명의 노인들은 제법 그럴싸하게 도인처럼 허연 두루마기를 단체 유니폼처럼 입고 있었다. 그런데 얼굴에서 광채가 나는 그들은 실제로 진짜 도인의 풍모를 보였다. 홀 안에는 중간 사이즈의 화로가 놓여있었고 한 노인이 아영에게 잘 보라고 말하고는 화로 앞으로 걸어 나왔다. 항아리 모양의 향로에는 신비한 향신료들이 타고 있었다. 그런데 그 향신료들은 대개 장작 같은 나무토막들이어서 불이 엄청 강하게 타는 것이었다.

"으으으으으"

그 도인이 억지로 열기를 참으면서 가까스로 향로에 손을 대고 그 강렬한 열기를 참고 십 초 정도 기도를 했다.

"으아아악!"

그가 괴로워하며 손을 놓았고 살점이 탔지만 그는 개의치 않았다.

"에헴!"

다음으로 족히 팔십은 넘어 보이는 노인이 나와서 양손에 침을 뱉고는 양손으로 향로를 한번 살짝 들었다가 다시 내려놓았다. 그런데 그는 거의 화상을 입지 않은 것이었다. 그리고는 그 노인이 아영에게 윙크를 해 보였다. 안반수가 아영 앞을 막아서면서 작은 소리로 뇌까렸다.

"느낌이 안 좋다! 아영아. 근데 저 노인네, 불타는 향로를 맨손으로 잡다니! 어떻게 저게 가능하지?"

그런데 자연스럽게 십여 명의 노인들이 아영을 쳐다보면서 다음이 유아영의 차례라고 묵시적으로 말하는 것 같았다. 아영은 자신도 모르게 그 향로를 한 손으로 들어보았다. 사람들이 기겁했지만 곧바로 유아영은 그 뜨거운 향로를 머리 위로 번쩍 들어 올렸다. 순간 향로에서 불길이 치솟았다.

"우와! 대단한데!"
"아영아! 안 뜨거워?"
"전혀! 이건 초보 마술이야. 후후."

유아영이 향로를 다시 내려놓자 향로에서는 강한 불빛이 쏟아져 나왔다. 실제로 뜨거운 불이 활활 타고 있는 향로는 아영이 들기 전보다 강한 불을 쏟아냈다. 잠시 후 향로에서 쏟아져 나온 불빛이 공중에서 너울너울 변하더니 한 마리 용처럼 커다란 방 위를 날아다녔다.

"우와! 용이다!"
"저게 뭐야? 진짜 용처럼 생겼는데?"

염다인이 안반수를 툭 치면서 핸드폰을 꺼낸다.

"동영상을 찍어봐! 페북에 실시간으로 올리자!"

"오케이!"

"어라?"

안반수와 염다인이 서로의 얼굴을 바라보며 외쳤다.

"와! 여기 와이파이도 없고 엘티이도 안 터져!"

"그럴 리가?"

"진짜 이상하네?"

그 도인당은 스마트폰이 터지지 않는 이상한 지역이었다. 그리고 잠시 후 이 방 저 방과 커다란 홀에서 몰려온 도인들과 일단의 무리들이 유아영이 들고 있는 향로 근처 몰려들었고, 도인당 전체를 통제하는 검은 옷을 입은 사람들이 불 근처로 모여든 사람들을 흩어지게 했다.

"이보시오! 그만들 하시오! 당신 누구야?"

유아영은 자신을 통제하는 흑의인들을 앞에서 일단 향로를 내려놓았다. 그런데 하얀 도복을 입고 흰 머리가 다리까지 내려온 엄청난 기도의 도인이 유아영을 데리고 옆방으로 들어갔다. 그는 다짜고짜 유아영의 눈동자를 들여다보면서 물었다.

"자네 이름이 뭔가?"

"예. 저는 유아영이라고 하는데요."

그러자 그는 놀라 눈을 더 크게 뜨고 또 물었다.

"유씨라....그럼 유세명과는 어떤 관계인가?"
"그분이 누구죠?"

그때 방에 따라 들어온 유소영이 마치 유아영을 데리고 나가려다가 도인에게 물었다.

"우리 할아버지에 대해 왜 물으시죠?"
"너는 누구냐?"
"저는 이 아이의 쌍둥이 누나예요"
"그러면 니가 유세명의 손녀냐?"
"그렇습니다."
"음, 그렇군...."

노인은 순간적인 동작으로 두 사람의 맥을 짚은 다음 동시에 두 사람의 팔을 훑어 내리면서 깜짝 놀랐다.

"역시! 용의 비늘이로군. 흐음."

그가 손가락을 하나 탁하고 튕기자 어디선가 복면을 한 흑의인이 날아 들어왔다.

"부르셨습니까?"
"문선인께 연통을 넣어라! 귀인이 나타나셨다!"
"존명!"

그는 세 사람이 보고 있는 가운데 그야말로 바람처럼 사라져버렸다. 아영은 자신도 모르게 자신도 저런 경공술을 쓰고 싶다는 강령한 욕망이 들끓었다.

"도인님, 저건 어떻게 하는 거죠? 정말 배우고 싶어요!"
"그대는 몇 배나 더 빠르고 멀리 경공을 할 수 있다네. 흐흐흐흐."

그는 흰색 도포의 도인의 눈과 표정을 보면서 그가 악인이 아니라는 안도를 했고, 도인당 교리를 알고 싶어 했다. 아영은 그들과 대화를 나누다가 아영이 문득 전율을 느꼈다.

"어어어...."

향로 안에서 타고 있는 불을 보고 아영은 순간적으로 기절을 하고 잠시 후 그의 전신 피부에 광채가 나면서 온몸에 돋아난 비늘에서 엄청난 에너지가 나와 뜨거운 기운을 느낀다.

"아아아악!"

"어머! 얘가 왜 이러죠?"

"괜찮네. 금방 가라앉을 거야. 내가 다 설명을 해주지."

도인은 괴로워하는 유아영에게 과거 신라 백화교의 지체 높은 귀인이었다고 말하고는 신라와 당나라의 마교라고도 하는 그 악마의 단체에 맞서는 백화교의 일원임을 확인시켜주겠다는 도인은 자초지종을 들려준다.

도인당의 기인들

흰 도포의 도인은 아영을 앞에 마주 앉히고는 눈을 감으라고 한 다음 명상에 들어갔다. 두 사람이 동시에 마주 보는 명상은 다소 기이했지만 유아영과 김지민이 집중해서 두 사람을 보고 있고 친구들과 다른 도인들도 유심히 바라보고 있었다. 이윽고 흰 도포의 도인이 입을 열었다.

"자네는 여기 두 명의 여자에게 무척 신경을 쓰고 있군?"

"예? 어떻게 그걸...."

"무슨 관계인가?"

"한 명은 누이고 다른 한 명은 여자 친구입니다."

좌중이 술렁이었고 소영과 남학생들이 배신감을 느끼는 표정으로 물었다.

"느네 둘 언제부터야?"
"일주일 되었어."

김지민이 당당하게 말했고 도인이 좌중을 조용히 시켰다.

"모두 조용! 이제 자네는 다른 생각을 일절 하지 말고 머리를 비우게."
"네, 알겠습니다."

유아영의 호흡이 가다듬어지고 비로소 두 사람은 삼매진화에 든 것
처럼 미동도 없었다.

"흐으음."

한동안 침묵을 지키던 도인이 물었다.

"자네는 스스로 화룡화신인 것을 알고 있었겠지?"
"화룡화신이라니요?"
"화상 상처가 빨리 낫는다든가 불에 타지 않는 체험을 해봤을 텐데?"
"네에."

지민이 나섰다,

"맞아요. 제가 화상치료를 해주었는데 금세 상처가 아물더라구요? 정말 신기했어요. 아영이는 그게 아영이는 그게 마술이라고 하더라구요!"

지민이 남친 자랑하는데 하얀 머리카락이 허리까지 내려온 도인이 어디선가 나타났다. 그리고 유아영에게 한마디 했다.

"그대가 도인들을 만나니 모두에게 행운이나 곧 불어닥칠 소란에 골치가 아프겠구먼. 서둘러 신지 선인을 찾아보게. 허허허허."

말을 마친 그는 연기처럼 사라졌다. 아영은 그를 어디선가 본 적이 있는 것 같았다.

"도인님, 지금 가신 저 도인은 누구시지요?"
"저분은 영랑 선인일세. 도인당의 원래 주인이시지."
"영랑이요?"
"그래."
"저 양반이 신라사선 중 하나라구요?"
"그렇다니까,"

도인의 말을 완전히 믿지는 않았지만 전설상의 도인들을 만나게 되면서 아영은 신라 시대의 여러 가지 일들이 미세하게 느껴지기도 했다. 영랑 선인에게 예를 올린 후 흰 도포의 도인은 아영을 데리고 계단을 올라 높은 좌대에서 서책을 베고 누워 와선을 하는 도인을 보고 인사를 드렸다.

"안녕하세요? 저는 유아영이라고 합니다. 영랑 선인께서 신지 선인님께 가보라고 해서 왔습니다."

"요런 뱀 같은 놈! 너는 누가 가란다고 가고 오란다고 오나?"

"네? 무슨 말씀이신지 저는 도통...."

신지 선인은 예언을 하여 사람들의 존경 받는 인물인데 늘 수수께끼 같은 이야기인 신지비사를 남기는 선인이었다. 역시나 그가 아영에게 수수께끼 같은 말을 했다.

"나라 곳간에 커다란 쥐구멍이 뚫렸으니 무엇으로 메우랴?"

신지 선인과 흰 도포의 도인은 물론이고 주위의 사람들이 모두 유아영을 바라보았다. 말하자면 그 수수께끼를 풀라는 의미였다. 난감한 표정의 유아영이 어깨를 한번 으쓱해 보이더니 아무렇게나 말을 했다.

"그 구멍을 용의 아가리로 삼으면 쥐가 못 드나들겠지요."

소영과 지민은 아무 말 대잔치라며 웃어젖혔다. 그런데 신지 선인이 무릎을 탁 치는 것이 아닌가.

"과연 화룡의 새끼로구나! 팽우(彭虞) 선인께 가서 내가 보냈다고 하고 길을 열어달라고 하거라!"

"예?"

영문을 몰라 어리둥절하고 있는 아영을 흰 도포 도인이 잡아끈다.

"팽우 선인께 가자꾸나!"
"그분이 누구예요?"
"팽우 선인님은 지리, 도로, 홍수에 관여하는 선인으로 그분이 단군 왕검 시절 고조선에서 예맥 지역까지 닿는 길을 열었다. 차후에 창해역 사에게 길 닦고 굴 파는 비술을 가르치기도 하셨지."

그들이 걸어가던 홀 안 한구석에서 키 작은 노인이 나오더니 유아영을 가리켰다.

"화룡아, 이리 오너라."
"예? 누구....."
"신지가 널 이리 보냈지? 내가 바로 팽우이니라! 시끄러워지기 전에 가거라. 길을 내주겠다."
"네? 그게 무슨 말씀이시온지...."

팽우 선인의 말이 끝나자마자 나이가 수천 살이라고 하는 선인들 중 여수기(余守己) 선인과 배천생(裵天生) 선인이 아영에게 손짓으로 인사를 하고는 연기처럼 사라졌다. 잠시 후 여러 선인들이 다시금 바둑을 두거나 명상에 잠기거나 담소를 나누는 와중에 커다란 폭발음처럼 커다란 굉음이 나고는 일단의 무리들이 우르르 몰려 들어왔다. 그들은 아마도 문을 부수고 들어온 모양이었다. 큰 소리로 외치는 그들은 대개 선마교의 교도들이었지만 깡패나 조폭들로 보이는 불량스런 사내들이 수십 명씩 떼를 지어 들어와 도열했다.

그중 가죽옷을 입은 얼굴에 칼자국이 있는 자가 도인들을 향해 소리쳤다.

"모두 주목! 선마교의 심진 교주님 오셨습니다!"

선마교 교주의 등장과 함께 먼지를 흩날리며 깡패들이 달려들어와 도열했다. 그러자 여러 방에서 쉬면서 담소를 나누던 도인들이 하나하나 사라지기 시작했다.

"위대하신 선인님들 그리고 여러 도인님들! 강령하신지요! 지난번에 통고한 바와 같이 오늘부로 이곳 도인당은 선마교의 제천시 지부로 운영합니다."
"뭐라고?"
"도인들께서는 당장 방을 비워주시고 지하의 명상 토굴로 이동하시기 바랍니다. 그럼 곧바로 우리 선마교의 이삿짐을 들여보내겠습니다. 얘들아! 집기를 들여라!"
"예"

수십 명의 선마교 제복을 입은 청년들이 사무 집기와 가구들을 들고 도인당으로 들어오기 시작했다. 커다란 홀이 일순간에 이삿짐으로 온통 소란스러워졌고 나머지 도인들도 하나둘 사라져버렸다. 이내 홀과 수십 개의 방에서 떠들고 바둑을 두던 도인들이 거의 자리를 떠버렸다. 흰 도포도인은 유아영과 친구들을 데리고 지하로 내려갔다.

"우와! 동굴이 어마어마하네요?"

선마교 교도들이 말한 지하 토굴이라는 곳은 그야말로 엄청난 동굴 광장과 수많은 미로들로 이루어진 초대형 동굴이었다.

"제천에 이렇게 큰 동굴이 있다니 고씨동굴이나 온달동굴보다 더 크네?"
"그러게! 엄청나군!"

안반수와 염다인은 동굴을 구경하느라 여념이 없었다, 잠시 후 그들이 들어온 문으로 여러 도인들이 들어오고 뒤따라 일단의 조폭들이 마구 몰려들었다. 흰 도포 도인은 아영 일행에게 반대편 출구로 가라면서 두 팔을 걷어붙이고 조폭들을 하나둘 때려 쓰러트렸다. 그가 싸우면서 계속 먼저 가라고 해서 아영과 친구들은 하는 수 없이 동굴의 광장 반대편에 있는 문으로 달려갔다.

광장이 끝나는 곳에 여러 굴과 문들이 보였고 사람들이 뒤엉기면서 동굴이 변에서 먼지가 일었다. 그러다가 안반수가 출구로 보이는 문을 발견했다.

"저기 문이야! 빨리 가자!"

그런데 동굴 끝에 일단의 사람들이 나타났다. 그리고 어둠 속에서 서로 엉켜 싸우는 대혼란이 생기면서 동굴 속이 먼지로 가득 찼다.

"이야!"
"으윽!"
"핫!"
"아아악!"

습기가 가득한 동굴에 먼지가 나는 것은 실제 먼지가 아니라 안개와도 같은 작은 물방울이 포말을 이룬 것인데 사람들의 싸움 때문에 바닥에서 올라오는 것이었다.

"아니 저분은?"
"왜? 누군데?"

먼지 속에서 십여 명의 흑인들과 싸우고 있는 사람은 다름 아닌 문박 교수였다. 유아영은 문 박 교수가 십 대 일로 싸우는 광경을 보고 급하게 달려갔다.

"교수님! 괜찮으세요? 제가 왔어요!"

문박 교수는 가까이 오지 말라고 외치면서 소매를 휘두르는 이상한 전통 무용 같은 자세를 취했다. 그러더니 그의 손에서 바람이 나오기 시작했고 그를 둘러싼 자들이 순간 모두 나동그라졌다.

"이야압!"

문박 교수는 바로 그 순간 오른손을 앞으로 뻗으면서 기합을 넣자 그의 손은 곧바로 검으로 변했다. 그러나 외팔이 무사처럼 한 팔은 허리춤에 두고, 나머지 한 팔은 칼이 되어 적들을 베어나가기 시작했다. 적들의 고통 어린 비명과 함께 십여 명의 무사들이 그야말로 일순간에 널브러졌다.

"안 다치셨어요? 교수님?"
"그래, 너희들은 여기 어떻게 온 거냐?"
"사이비 도사 혼내주려고 왔는데요....."
"일단 여기를 빠져나가자!"

문박 교수의 뒤를 따라 동굴 앞에 방문을 여니 그것은 또 다른 미로로 이어졌고 그 반대쪽에서 다시 일단의 무리들이 쳐들어왔다.

"하앗!"

문박 교수는 다시 적들 앞에 서서 기합을 외쳤다. 이번에는 양팔을 뻗어 순식간에 두 팔을 쌍검처럼 만들고는 다가오는 적들을 하나둘 베어나가기 시작했다. 이윽고 이십여 명의 무사들이 다 쓰러졌을 때 뒤쪽에서 커다란 굉음과 함께 문이 열리고 일단의 무사들이 발검을 한 채 달려오기 시작했다. 문박 교수는 앞으로 나아가 아영이와 학생들에게 외쳤다.

"모두들 내 뒤에 숨어라. 소영이와 지민이는 내 허리를 잡고 꼼짝하지 말고 있어라!"

문박 교수의 두 팔이 점점 길어지더니 긴 장검이 되어버렸다. 그런데 몸의 일부분이 없어지는 게 아닌가! 유아영은 믿을 수 없는 그 광경에 놀라 입을 다물지 못할 지경이었다.

"교수님! 큰일 났어요!"
"뭐냐?"
"교수님의 몸이 점점 사라지고 있어요."
"알고 있다."

문박 교수의 왼쪽 몸을 서서히 사라지면서 오른쪽 손만이 오른쪽 칼이 되어 적들과 싸우고 있었다.

"이게 어떻게 된 일이죠? 교수님?"
"내 몸은 지금 이동을 하고 있다."
"그게 무슨 말씀이세요?"
"신라의 기운이 나를 부르는구나."
"저희는 무슨 말인지 도통 모르겠어요."

"잠시만 기다려라!"

말을 하면서도 쉬지 않고 장검으로 적을 무찌르던 문박 교수의 몸은 이제 삼분의 일 정도가 남았다. 오른팔 끝과 오른 허리 그리고 오른팔과 얼굴도 코 옆으로 오른쪽 귀만 남은 상태로 적들을 베어나갔다. 그리고 마지막에 총을 든 자들이 나타났을 때에는 그의 모습은 거의 사라졌다. 그는 마치 새처럼 날아올라 총을 든 자들의 손목을 쳐서 총을 어두운 동굴바닥에 떨어뜨리게 하고는 그자들을 모조리 가격해 쓰러뜨렸다. 희미한 그의 형체가 아영 일행을 데리고 동굴 속에서 비상 통로로 나왔다.

그런데 출구에는 조폭 여러 명이 길을 지키고 있었다. 유아영이 먼저 앞으로 나서며 조폭들을 때려눕혔다. 그리고 친구들을 불렀다. 삼 주간 배운 창해권법은 실제로 엄청난 파괴력이 있었다. 안반수와 염다인 그리고 용조안이 모두 조폭들을 해치우자 몸이 희미해진 문박이 외쳤다.

"얘들아! 서둘러라! 뒷문으로 나가라!"

목소리만 들리고 그의 몸이 겨우 보이는 상황에서 그들은 모두 제천 시장 공터에 세워둔 안반수의 카니발 차량에 올라타 의림지 카페동아 리로 향했다.

"팽귄! 어서 문 열어라!"

문박 교수의 급박한 목소리에 팽귀인이 문을 열었고 문박 교수의 형체가 거의 다 사라져갈 즈음에 유아영이 맥없이 기절하고 말았다.

"아영아! 정신 차려! 애가 왜 이래?"

염다인이 급하게 그를 부축했고 뒤이어 유소영과 김지민이 쓰러진 아영을 부축하고는 싱크대 속에 만들어진 비밀공간 속 침대에 눕혔다.

"얘들아. 안심해라. 아영이는 괜찮다. 소영아, 내 말 잘 들어라."
"말씀하세요."
"너는 아영의 방에서 한문으로 된 고서를 보았느냐?"
"네."
"책 제목이 선인국풍류도인계보가 맞나?"
"네에...그런 거 같아요."
"알았다. 집이 어디니?"
"솔밭공원 원룸이요 용두타운 302호요."
"알았다."

문박 교수는 거의 백분의 일 정도 그의 흔적이 남았지만 목소리만큼은 뚜렷하게 들렸다.

"얘들아. 내가 잠시 아영의 영혼을 데려갈 테니 너희들은 이 아이의 몸을 잘 지키거라. 혹시 모르니 부엌의 싱크대 속에 아영이가 있다는 걸 비밀로 해라. 내가 외부인이 침범하지 못하게 결계를 쳐둘 테니 너희들도 조심하거라. 특히 팽귀인, 너는 동아리방을 잘 잠그고 누구도 이 아이를 건드리지 못하게 해야 한다. 알았지?"

"예! 교수님!"

"좋아, 그럼 다녀오마."

잠시 후 문박 교수의 몸은 흔적조차 사라지고 말았다.

문박 교수의 정체

용두타운 원룸에서 선인국풍류도선인계보 책자의 기운을 흡수한 문박 교수의 양신은 아영의 영혼을 데리고 방에 좌정한다. 그리고 책에서 신라 시대 최치원의 이름이 적힌 페이지를 찾아 편 다음 정신일도를 한다.

후르르르르

주위에 별안간 오색 영롱한 기운이 퍼지면서 커다란 동굴이나 터널 같은 모양으로 바뀌고 문박과 아영의 영혼이 그 속으로 빨려 들어간다.

"으아아아아아아!"

온통 강한 불빛으로 만들어진 통로를 이동하면서 엄청나게 강한 압력과 초고속으로 이동하는 속도감에 깨어난 유아영의 영혼이 비명을 지른다.

"아아아아아아!"

그의 비명 소리가 그치면서 두 영혼은 비로소 형체를 갖춘 모습으로 땅바닥에 떨어졌다. 그들은 희한하게도 회색의 승려복을 입고 사찰로 보이는 건물 앞에서 일어섰고 유아영은 사방을 둘러보면서 어리둥절해 한다.

"교수님, 여기가 어디예요?"
"내토땅 창락사(蒼樂寺)."

너른 들에 칠층모전석탑과 거대한 금동불상이 버티고 서 있는 창락 사는 규모가 상당히 큰 사찰이었다. 선덕여왕이 세웠다는 창락사는 규 모가 사방오리에 달하는 사찰이었다. 절은 오보마다 석등이요, 십 보마 다 불상이고, 백 보마다 가람이었다. 대웅전을 중앙으로 하여 사방으로 회랑이 연하여 승려들이 눈비를 안 맞고도 수도할 수가 있었다. 삼천 명 의 승려가 목탁과 바라를 치고 법요식을 거행하고 있었다.

"고운에게 가자꾸나!"

문박이 앞서 걸어가자 뒤를 따라가던 아영은 어리둥절해서 질문을 한다.

"교수님, 어디로 가시는 거예요?"

"따라오너라. 암자에서 도인들이 기다리고 있다."

"저는 무슨 일인지 아무것도 모르겠어요."

"괜찮다. 네가 다시 너의 자리로만 되돌아가면 크게 어려울 일이 없느니라."

"예?"

"일단 가서 내 말을 듣고 그대로 행하면 될 일이다. 마음을 편하게 먹어라."

웅대하고도 넓은 창락사 뒤편의 오색암이라고 쓰인 커다란 암자에 들어선 두 사람을 보고는 방에서 기다리던 두 사람이 일어서서 문박 교수에게 예를 올린다.

"삼가 문박 선인님을 뵈옵니다."

"다시 보니 반갑네, 그간 평안하셨는가. 길을 뚫을 용을 데려왔네."

"지금 도선대사가 칠층모전석탑과 그 주변의 금동불상의 오행결계를 조정하고 있습니다. 바로 들어올 겁니다,"

최치원의 말이 끝나기 무섭게 벽을 통과하는 괴인이 방으로 들어와 문박에게 절을 한다.

"소인 삼가 문박 선인을 뵈오이다!"

"그래! 오행자리가 제대로 됐겠지?"

"예! 선인님!"

문박은 도선에 반말을 했고 도선은 매우 겸손한 표정과 자세를 취했다. 아영은 비로소 문박 교수가 단군시대의 문박 선인이라는 것을 직감했다. 그동안 동명이인이라고 생각했다가 그제서야 그의 정체를 깨달은 것이다. 나이가 가장 어린 최치원이 아영에게 온화한 미소를 지으며 모든 설명을 해주었다. 내용은 믿을 수 없는 일이었다

현재 신라의 국운이 몹시도 쇠하였는데 그건 국가의 기운을 소위 용석(龍石)이라는 두 개의 바위가 막고 있어서 그런 것이고 그 국가의 기운이 내토땅 창락사의 우물로부터 감포의 기림사의 폭포까지의 물 흐름을 막아 가물게 했다는 것이다. 그런데 애초에 그 길은 신문왕와 효소왕대에 거대한 용이 뚫어놓은 지하수맥이었다. 그리고 그 국가의 기밀인 수맥을 지키는 애국 세력이 바로 백화교인 것이었다. 그런데 충성 집단인 도교 계열의 백화교가 불교가람인 창락사 안에 있다니 놀라울 따름이었다. 불교와 도교가 공생하는 형국이었다.

도교의 도인들과 불교의 스님들이 모두 함께 공부하는, 말하자면 학자들인 셈이었다. 그리고 다시금 그 막힌 수맥을 뚫을 수 있는 존재는 용밖에 없었다. 그런데 현재 사용되는 용이 없고 천년 만에 용이 인간으로 환생한 그 사람이 바로 유아영 자신이라는 것이었다. 아영은 아연실색했다.

"그래서 저보고 지하수맥을 뚫으라구요?"

"오냐!"

"제천에서 경주는 수백 리 떨어졌는데 그게 가능한 얘기예요?"

"가능하다!"

"와! 미치겠네? 도대체...."

"자, 준비합시다!"

"예!"

문박은 유아영을 똑바로 바라보면서 매우 진중하게 말했다.

"지금부터 우리가 너의 본 모습을 되살릴 것이다."

"예?"

"너는 잠시 용이 되어서 이곳 내토땅 창락사에서 감포의 기림사까지 지하수맥을 따라 한번 갔다 오면 되느니라!"

"내가 용이 된다고요? 도대체 말이 되는 소리를 하셔야지....."

"아영아! 좌정하고 절대 움직이지 말거라!"

"예...."

문박의 마지막 목소리는 도저히 거부하거나 부정할 수 없는 엄청난 기가 실려 있었다. 아영은 문박이 시키는 대로 미리 마련된 가운데 자리의 방석 위에 가부좌를 했다. 문박 선인과 물계자 도인 그리고 최치원과 도선대사가 각각 자신의 오행 해당의 목, 화, 금, 수 위치에 앉아 중앙토에 위치한 유아영에게 각자 자신의 기를 방사하기 시작했다.

후우우우욱

사방에서 몰려드는 도인들의 기운 덩어리들은 연기나 구름처럼 일대를 휘감았다. 그리고 짙은 안갯속에 한 치 앞도 보이지 않는 상황이 되어버렸다.

우우우웅

아영은 몸이 커다랗게 부풀어 오르는 느낌이 들었고 네 방향에서 몰려오는 기운은 점점 변하더니 집채만 한 용들로 변신하는 것이 아닌가. 네 마리의 용들이 다가오자 놀라 몸을 움츠린 아영이 그 용들을 찬찬히 바라보았다. 그런데 그 커다란 용들이 조금씩 작아지는 것이 아닌가.

"어? 저 용들이 왜 작아지지? 아니? 이이런!"

용들이 작아지는 것이 아니고 자신이 점점 더 커지는 것이 아닌가. 순식간에 커다란 용의 기운이 자신에게 가득 차는 것이 느껴졌다. 투명하고 거대한 덩어리가 점차 형체를 갖추기 시작했다. 그것은 화룡이었다. 아영은 다른 용들 중 가장 화려한 모습으로 변한 것이었다. 용으로 둔갑한 아영은 호흡이 수증기가 되고 그 김이 무럭무럭 자라나 점점 거대한 용으로 몸이 탈바꿈되었다. 불과 수 초 만에 검붉은 비늘이 출렁이는 어마어마한 크기의 화룡 주위에 수증기가 무럭무럭 일어나더니 마침내 아영은 다섯 용 중에 가장 크고 강한 용으로 변신하여 창락사 대웅전 앞 광장에 나타나 그 위용을 자랑했다.

"과연 훌륭한 화룡이로군!"

"엄청나군!"

창락사 뒤의 오색임 주위에는 다섯 금불 동상이 오행의 결계를 치고 있어서 아무도 암자로 들어올 수가 없다는 것을 용이 된 아영은 알 수 있었다. 그리고 신라에서 지금 무슨 일이 일어났고 자신이 해야 할 일이 무엇인지도 환하게 알게 되었다.

"출발!"

문박의 고함 소리를 출발 신호로 네 명의 신선들과 함께 창락사 우물로 들어간 아영이 순식간에 지하수맥을 뚫고 경주의 기림사 폭포 아래의 지하수맥을 향해 초고속으로 전진했다. 중간 중간에 누군가 바위로 수맥을 막아둔 것을 알고 모두 네 개의 바위를 산산 조각낸 아영 즉 거대 화룡은 불과 반나절도 지나지 않아 경주 인근 감포의 기림사 폭포수 아래의 지하수맥을 뚫었다.

"콰과과광!"

폭포수 아래에서 폭포 위로 솟구친 화룡은 일대에 엄청난 물보라를 일으키며 기림사 위의 창공으로 날아올랐다.

피잉피잉! 피이잉!

그런데 난데없이 수백 개의 화살들이 날아오고 용이 된 아영은 그야 말로 혼비백산했다.

"화룡이여! 지상으로 내려오라!"

문박의 호출과 함께 아영은 수많은 화살들을 튕겨내며 지상으로 내려왔다.

"마교 무리다! 저들이 이미 우리가 올 줄 알고 감포에 자리를 잡은 모양이로군!"

마교 집단과의 싸움이 전개될 급박한 상황에서 도선대사가 양손을 펴서 하늘로 만세를 부르듯 올리더니 이내 외친다.

"대기하라! 진법이 설치되었느니라! 그러나 그 결계는 화룡에게는 무용지물이로군! 화룡이여! 공격하라! 저 숲 건너편 촛불을 수없이 밝혀놓은 커다란 집에 검은 힘이 응집되어 있다! 저기가 마교집단의 사당이다! 쳐라!"

화룡이 날아올라 활을 쏘는 자들을 그냥 무시하고 집 바로 위에서 입으로 불을 쏟아내었다.

"후아아악! 화르르르르!"

목조 건물은 화룡의 강력한 화염에 불타자 그 안에서 사람들이 빠져나오기 시작했다. 그 공간에 출몰하는 인물들은 당나라의 옷을 사람들이 보였고 아영이 보기에 심지어 현대식 복장을 한 사람들도 보였다.

화룡과 마교집단 간의 혈투는 아영의 생각보다 훨씬 큰 규모로 벌어졌다. 독화살과 불화살을 마구 쏘아대는 궁수대의 진용이 어림잡아도 수백 명에 달했다. 숲 건너편의 저택에 누군가를 보호하기 위해서 수백 명의 궁사들 앞에 진을 친 마교 측의 기마병들도 수십 명이 넘어 보였다. 저택 주위에는 이중의 중층진법으로 결계가 처져있었고 그 안에 다시 무사들이 검을 들고 무리 지어 있었다.

한편 신라 측에서도 마교와의 전투 참가 연통을 받은 도인들이 모여들기 시작했다. 수많은 도인들과 마교 집단 간에 엄청난 전투가 벌어지자, 신라와 후고구려 그리고 후백제에 숨어있던 백팔 도인들이 나타나 마교 군사들을 무찌르기 시작했다. 마교의 궁수들이 독극물을 사용하여 엄청난 공격을 감행했지만 화룡의 등장으로 판세가 뒤집힌 것이었다.

"후르르르 화아악!"

화룡의 불길은 진법을 무너뜨리고 화살 공격 특히 불화살과 독화살을 모조리 튕겨내고는 그 비밀의 집까지 태워버렸다.

"마교의 교주! 그 마왕 놈이 저 집에 있구나! 후후후."

물자계가 기운을 집중해 마왕의 존재를 확인했다. 그리고는 순간적인 경공술로 이동을 했고 도선대사와 최치원도 그 뒤를 따랐다. 그리고 불에 탄 건축물 잔해를 살펴보던 최치원이 외쳤다.

"아뿔사! 놈이 도망쳤군요!"

세 도인이 문박 선인에게 돌아와서 면목없는 표정을 짓자 그는 이미 다 알고 있었다는 듯한 미소를 지었다.

"이보게들, 신라를 떠난 마교의 마왕은 저 아이가 살던 곳으로 갔네. 어차피 저 아이가 그를 다시 잡을 걸세."
"그렇군요"

신라 당대 마교의 교주, 그는 미래에서 온 김패인이었다. 그는 신라와 현대를 자유롭게 드나드는 모양이었다. 마교 집단과 김 패인 일당은 진성여왕을 시행하고 왕위에 올라 마귀의 나라를 세우고자 했다. 실제로 진성여왕이 죽고 나면 38년 후에는 신라가 멸망하고 고려가 개국한다. 그 틈새를 노려 김 패인이 새로운 신라의 왕이 되고 마교를 국교로 삼아 영원한 마교의 제국을 만들려고 했다. 그런데 그의 음모를 꿰뚫어 본 문박 선인과 여러 도인들이 그를 막은 것이다.

그 마교 일당들이 신라 생명의 물줄기인 내토땅 창락사에서부터 경주 기림사의 수맥을 끊고 국가의 생명줄을 없애려고 했다. 그런데 막힌 수맥을 화룡인 유아영이 연결시켜버리자 마교가 총력을 다해 전투를 벌인 것이다.

그리고 화룡과 백팔 도인이 모여들고 거의 마교 측의 패색이 짙어지자 김패인은 현대로 도망쳤다. 사실 신라 진성여왕 때 국가의 권력이 가장 취약해 있고 2021년 미국 중국 일본 러시아의 강압과 북한의 핵무장으로 남한의 국력 또한 최저치에 달했을 때 김 패인이 정가에 진출하여 국회의원과 장관을 역임하고 재벌과 조직폭력배와 법관, 검찰, 경찰 등을 장악하여 마침내 선거관리위원회까지 손에 넣었다. 이제 부정선거로 그가 대통령이 되면 개헌을 하고 입헌군주제로 바꾸어 그가 영원한 왕이 되면 진성여왕 때 이루지 못한 마교제국을 만들기 위해 이미 포석을 다 마친 뒤였다.

문박이 담담하게 도인들을 불러 모았다.

"이보게들, 이제 화룡을 불러들이세."
"예! 선인님."

문박 선인과 세 사람이 정사각형의 꼭짓점에서 서로 마주 보고 앉아 기를 운용하자 기림사 인근에 무럭무럭 구름 같은 안개가 피어나고 잠시 후, 하늘 위에서 날아다니던 화룡이 지상으로 내려오더니 자연스럽게 도인들을 향해 고개를 조아렸다.

"화룡이여! 우리가 주는 호기를 받아마셔라!"
"후으읍!"
"흡기로 마신 그 기운을 너의 몸 전체로 운기하라."

"예!"

화룡이 안개와도 같은 기 덩어리를 들이키고는 기분 좋은 표정을 지었다.

"자! 이번에는 그 운기한 흡기의 기운을 호기로 뱉어주게!"
"푸후우우....."
"잘했다. 그렇게 다섯 번을 더 호흡하시게."

화룡이 총 여섯 번의 기운 호흡을 하자 별안간 거대한 용이 인간 즉, 유아영으로 줄어들어 버렸다. 인간으로 되돌아온 아영은 신기한 듯 인간이 된 자신의 몸을 눈으로 두 번 세 번 확인하며 흥분을 감추지 못했다.

"우와 내가 용이 되다니? 와우! 엄청나네?"
"아영아, 진정하거라."
"와! 흥분이 가라앉지 않아요! 교수님!"
"심호흡을 하고 마음을 평안하게 하거라."
"와! 흥분이 아직도 그대로예요!"
"다시 호흡을 해보거라."
"예...."

마침내 유아영이 완전하게 마음도 가라앉게 되자 문박선인 마교와 김패인에 대해 아영에게 설명을 해준다.

"잘 들어라. 마교 교주 김패인은 득도한 강철이니라."

"강철이요?"

"강철이는 요괴다. 용이 되는 데 실패한 이무기 요괴이지, 어느 지역에서는 꽝철로도 불리지."

"꽝철이요? 이름 한번 웃기네요? 히히."

"강철이는 몸에서 엄청난 열기와 불을 내뿜는다. 그 열기가 얼마나 뜨거운지 나무와 풀을 말려버리고 구름을 증발시켜 가뭄을 일으키는 무서운 존재야. 승천하지 못한 분노를 세상에 화풀이하는 것이겠지."

"그렇군요."

"네가 돌아가 이운규를 만나거든 그의 스승인 청림도사가 너와 힘을 합하여 마교마왕을 잡으라고 했다고 전하거라."

"네, 알겠습니다."

"오냐. 이제 돌아갈 채비를 해보자꾸나."

문박과 세 도인은 유아영을 가운데에 앉히고는 현대에서 가지고 온 선도국풍류도선인계보라는 책자의 기운 덩어리를 펼쳤다. 문박 선인은 아영에게만 그 책을 만지게 하고는 조선의 이운규도인 쪽을 펴라고 했다.

"우와! 글자가 모두 한자라 제가 확실하게 모르겠는데요?"

"이런! 눈뜬장님이 있나? 신선국풍류도선인계보에서 맨 뒤쪽 조선 시대의 이운규의 페이지를 펴라."

"예? 그게 그러니까, 한자가 어려워서...."

"에헴! 맨 마지막 페이지이니라."

"아, 예...."

해당 쪽으로 펼쳐 들고 있는 아영에게 문박 선인의 목소리가 다시 들렸다.

"용의 호흡을 통해 다시 인간이 될 수 있다. 아까 니가 용이었을 때의 그 호흡을 아홉 번 반복하거라."
"예."

다시 현실로 가는 길은 그 책의 이운규 도인의 페이지를 펴서 이동한다. 이운규 도인이 현재에 머물고 있는 2021년으로 가는 것이다. 한순간 기를 단전에 주입하면 순간적으로 돌아갈 수 있었다. 빛의 동굴 같은 엄청난 공간으로 빠른 속도로 통과하여 현대로 되돌아가는 것이었다.

"아아아아아!"

아영은 마침내 현실 세계로 되돌아왔다.

"어? 여기가 어디야?"

사방을 둘러보다 이미 해가 진 경주 시내의 첨성대 부근이 야경을 확인한 아영이 소리쳤다.

"와! 도로 경주로 왔네? 여기 이운규 도인이 계시다고?"

사방을 둘러보니 아영이 서 있는 곳은 경주역 인근의 모텔 옥상이었다. 그때 누군가 바람처럼 다가와 아영의 뒤통수를 때렸다.

"이놈마!"
딱!
"아얏!"
"너 지금 여기서 뭘 그리 구시렁대느냐?"
"어? 할아버지?"
"니가 여기 웬일이냐? 대학에 입학했으면 공부는 하지 않고 경주에 놀러 왔느냐?"
"아니 그게 아니구요!"
"내가 고아원 원장하고, 니 어머니에게 너 대학에 들어갔다고 확인했는데 아니긴 뭐가 아냐?"
"아이고! 아파라! 할아버지가 무슨 힘이 그렇게 세요?"
"뭐? 한 대 더 맞을래?"
"아뇨. 할아버지 존함이 이운규?"
"그래!"
"맞군요?"

아영은 별안간 좌정을 한다. 그리고는 근엄하게 말한다.

"이운규 도인은 들으라. 청림도사의 명이다."
"어? 스승님?"

이운규는 아무런 의심이나 저항 없이 아영의 바로 앞에 무릎을 꿇는다.

"청림도사가 명하노니, 화룡인, 유아영과 힘을 합하여 마교의 마왕
을 잡으라."
"예, 명을 받드옵니다."

이운규는 한참을 멍하게 서 있다가 아영을 바라보고는 공손한 자세
로 조심스레 말한다.

"혹시...."
"뭐요?"
"스승님이세요...."
"예?"
"스승님이 이 아이로 변신하신 건가요?"
"뭐라구요? 우하하하하하!"

아영은 손가락을 하나 펴서 이마 위에서 빙빙 돌리면서 정신이 돌았
냐는 시늉을 한다. 그래도 이운규는 대단히 조심스러운 자세로 서 있었
다. 계면쩍어진 이운규가 아영과 청림도사와의 관계나 내용을 더 이상
묻지 않고 그동안 자신이 알아본 내용을 설명했다.

"내가 경주박물관을 조사한 바로는 마교 교주 김패인이 신라로 갔다가 현실로 돌아오는 시간 이동을 할 수 있었던 것은 풍류도인선인계보 책자 중에 처용랑의 페이지를 잘라서 그렇게 할 수 있었던 거야."

"네?"

"네가 간수하고 있던 선인국풍류도선인계보에서 처용랑의 페이지가 잘려서 신라 진성여왕대로 이동할 수 있었는데 그것을 되찾고 마왕 김패인을 제거하지 않으면 지금의 한국과 진성여왕 대의 신라가 모두 망할 수도 있는 거지!"

"정말이요?"

"그럼, 스승님의 분부를 받들어 우리가 최선을 다하자구! 어때? 할 수 있나?"

"네!"

"그런데 니가 진짜 화룡이라구?"

"못 믿으시겠다면 잘 보세요!"

아영은 심호흡을 여섯 번 하면서 용이 되는 상상을 했지만 기대와 달리 아무런 변화가 없었다.

"어? 왜 변신이 안 되지?"

"뭐가 잘못되었느냐?"

"문박 선인님이 옆에서 도와주어야 하는 건가?"

몇 번이고 반복했지만 변신은 이루어지지 않았고 아영은 답답해서 죽을 지경이었다. 용의 호흡법으로 인간으로 되돌아온 후 그 강력했던 용의 에너지, 그 엄청난 파워가 그리웠다.

"이거 야단났네? 그럼 마왕을 죽이지 못하는 건가?"
"괜찮다. 얘야, 나중에 다 잘 될 거다."

계속 어리둥절해하는 아영을 데리고 이운규 도인은 모텔방으로 들어가서 그를 재운다. 그리고 무언가 너무나도 기특하고 뿌듯하다는 듯이 잠든 아영의 모습을 한동안 바라보았다.

현실의 문제들

한편 현실의 제천에서는 선마교 일당들이 의림지 카페에 찾아와 행패를 부리자 팽귀인은 문박 교수가 설치해둔 진법 안에서 밖으로 나오지 않고 친구들과 버텼다. 마교 일당과 조폭들이 모여들어 결계를 도끼와 빠루 같은 철제기구로 강타했으나 결계가 지탱해주었다. 한참 후에 이찬수라는 조폭이 포크레인을 몰고 와 의림지 공원 화장실 뒤의 동아리 카페를 무너뜨리기 시작했다.

"우지끈!"

결계가 부서지는 소리와 함께 건물이 흔들거렸다. 그야말로 일촉즉

발의 위기였다. 무엇보다도 잠들어 있는 유아영의 몸을 지킬 수가 없는 형편이 되자 염다인이 나섰다.

"안돼! 그만해라! 이 새끼들이 정말!"

결계가 깨지고 친구들이 다칠까 봐 걱정이 된 염다인이 카페 밖으로 나가 선마교 일당과 조폭들을 상대로 싸운다. 그러나 십여 명의 깡패들을 상대하기에는 역부족이었다.

"우리도 있다! 덤벼라!"

팽귀인과 유소영도 염다인 옆으로 와서 깡패들을 쓰러뜨렸다. 그리고 모든 친구들의 싸움 참전으로 그야말로 혈투가 벌어졌다. 가장 싸움을 잘하는 경호학과의 염다인이 조폭들과 선마교의 흑의인들을 상대로 멋지게 싸웠지만 적들의 숫자가 점점 불어났다. 염다인의 입에서는 저절로 욕설이 나왔다.

"이런 개새끼들! 끝이 없네! 씨발!"

승합차 5대에서 나온 오십 명의 조폭들이 동아리 카페를 지키던 팽귀인 일행과 결국 전면전을 벌였다. 보통 전통 무술을 배운 풍류도 동아리들은 한두 명의 깡패를 상대할 수 있었지만 팽귄인 것과 염다인 그리고 유소영은 군계일학의 싸움꾼들이었다. 그들이 수십 명의 깡패들에게 맞서서 험난한 싸움을 벌였지만 막상막하였다. 한 시간 정도 오십 대 삼의 싸움이 대등하게 벌어졌다. 그런데 벤츠 세단이 주차되고 흰색 바탕에 금실로 수를 놓은 한복을 입은 자가 차에 내렸다.

"대제사장님, 오셨습니까?"
"잠시 기다리시게."

조폭 두목 이찬수가 그에게 고개를 숙이고는 명령을 기다린다. 심진 대제사장이 양손을 허공에 대고 기의 감응을 하고는 일 분 후에 외친다.

"여기로군! 귀인이 여기에 있다."

그런데 한창 싸움이 벌어지고 있는 광경을 바라보던 이찬수와 심진 교주가 부하에게 명령을 내렸다.

"저 세 놈을 쏴라!"
"예? 총으로요."
"마취총을 준비했다."
"예."

소음기가 달린 마취 총알 중 세 발이 발사되고 팽귀인과 염다인 그리고 유소영이 차례로 쓰러졌고 전세는 급격하게 기울었다. 조폭들이 일방적으로 나머지 학생들을 때려눕혔고 한 시간 정도의 싸움은 끝이 났다.

"놈을 찾아라!"

이찬수가 팽귀인의 얼굴과 몸을 보더니 발로 차버렸다. 그리고 그 옆에 쓰러져 있던 유소영과 염다인의 팔뚝을 잡고는 피부를 손바닥으로 훑었다.

"둘 다 공력이 상당하군! 둘 중 하나일 텐데...."
"왜 그러세요? 교주님?"
"흐음, 이상하네? 예상보다 공력이 약한데?"
"그야 이놈들이 기절해서 그럴 테지요."
"그런가? 여하튼 다 데려가자."

조폭들이 떠나고 난 의림지 카페는 그야말로 엉망진창이 되어버렸다. 아이들의 신음 소리가 잦아들 무렵 이윤규와 유아영의 영혼이 택시에서 내려 동아리 카페로 달려왔다.

"이게 어떻게 된 일이야?"
"으으으, 으으으으..."

아이들이 몹시 얻어맞고 고통에 신음하고 있었다.

"얘들아! 정신 차려."

유아영은 먼저 자신의 여친 김지민을 부여안고 흐느꼈다.

"지민아! 괜찮아?"

하지만 그 누구도 아영의 말에 반응을 하지 않았다. 그때 이운규가 아영에게 소리쳤다.

"어서 니 몸을 찾아 백회혈로 들어가거라!"
"아 참!"

영혼 상태의 아영은 문박 교수가 카페의 커다란 싱크대 속에 비밀 침대를 만들어 눕혀둔 자신의 몸을 찾았다. 다행히 아무런 충격이 없는 것으로 보아, 누구에게도 공격을 받지 않은 모양이었다.

"몸은 괜찮아?"
"예"

이운규가 재빨리 아이들의 동태를 살펴 있고, 다행히 골절이나 불구가 될 정도로 몸이 상한 아이는 없었다. 이운규는 기방사를 통해 아이들에게 진기를 불어넣었다. 아이들은 하나둘 기력을 회복했다. 그러다가 별안간 유아영이 소리쳤다.

"소영이가 없어! 염다인도 안 보이네. 어떻게 된 거지?"

뒤늦게 정신을 차린 펭귄이 모든 사실을 말해주었다.

"그놈들이 둘을 잡아갔어."
"뭐야? 정말이야?"
"그....으음...."

조폭들은 염다인이 청학집 책자를 지니고 있어서 그가 유아영인줄 알고 잡아간 것이다.

"놈들이 아이들을 데리고 어디로 갔을까?"

이운규가 생각에 잠겨있는 바로 옆에서 아영이 소리를 질렀다.

"맞아! 도인당으로 가자!"

도인당에는 이미 조폭들이 철수하고 선마교의 노인들만 그득했다. 도인당 안채로 진입한 아영 일행은 기도하는 선다고 도인들과 시비가 붙었고 광분한 유아영이 선마교들을 몰아붙이자 양측간에 시비가 급기야 싸움으로 확대되었다. 도인당이 소란스러워지자 이윽고 선마교의 흑의들인 십여 명이 아영 일행에게 돌아가라고 협박했다.

"곱게 말할 때 돌아가라. 아니면 모조리 다리를 부러뜨려주겠다."
"소영이와 다인이를 내놓아라. 안 그러면 도인당을 쑥밭으로 만들어버리겠다."

"이 어린 자식들이 정말 명줄을 재촉하는군!"

"글쎄, 누가 명줄을 재촉하는 걸까? 늙은이들이 아닐까?"

"이야!"

"얍!"

십여 명의 선마교 흑의인들은 무술을 익힌 자들이었다. 그들이 선공을 감행했으나 과거에서 각성한 유아영은 이미 초고수의 반열에 올랐다. 그는 한 호흡 만에 십여 명의 흑의인들을 모조리 쓰러뜨렸다. 그리고 소영과 다인을 내놓으라고 소리치자 도인당의 각방에서 선마교의 무리들이 꾸역꾸역 나왔다. 어림잡아 오십 명은 되어 보였다. 그중 팔십대로 보이는 도인이 점잖게 말했다.

"우리 선마교의 신도들이 참선하는 장소에 와서 이렇게 행패를 부린다면 경찰을 부르겠소."

그러자 이운규가 나섰다.

"도인께서 경찰을 부르신다니, 우리도 멈추겠소이다. 다만 아이들을 찾으러 왔으니 돌려주기 바라오."

"도대체 무슨 말씀이신지요?"

"선마교 흑의인들이 한 시간 전에 의림지에 와서 패싸움을 벌이고 학생 둘을 잡아갔소이다."

하지만 그 도인은 딱 잡아뗐다.

"나는 의림지 싸움 사건에 대해서는 결단코 아무것도 알지 못합니다."
"흐음, 말로 해서는 안 되겠구먼?"

이운규가 아영의 어깨를 툭 치면서 말했다.

"아영아!"
"예!"
"저들에게 뜨거운 맛 좀 보여주거라."
"이야압!"

아영이 몸을 날려 솟구쳤다가 내려오면서 대여섯 명을 발차기로 강타하고 그자들을 차면서 생긴 반발력으로 다시 날아올라 또 대여섯 명을 차는 식으로 몇 번 반복하자 오십 명 중 사십여 명이 도인당 바닥에 나뒹굴었다.

"아이고, 으으윽! 악!"
"안 되겠다."

도인이 턱짓으로 누군가에게 명령을 내리자 별안간 엽총 같은 긴 소음기 총을 든 자가 나타나 아영에게 조준하고 바로 쏘아 맞히었다.

픽!

"으윽!"

흑의인들과 싸우느라고 마취총 발사를 알아차리지 못한 아영이 그대로 마취총에 맞았다. 그는 반사적으로 마취 바늘을 뽑아 들고 다시 적들과 싸웠다. 그러나 잔당들과의 결투가 진행되면서 마취 기운이 퍼진 아영이 나머지 흑의인들을 가격하다가 비틀거렸고 결국 쓰러지고 말았다.

"아영아!"

팽귀인과 용조안 그리고 안반수가 그를 부축했으나 이미 잠들어버린 후였다. 두루마기를 입고 있던 이운규가 옷을 벗고는 느긋하게 싸울 채비를 한다. 그때 굉음과 함께 두 사람이 도인당 문을 박차고 바람처럼 달려들어 온다. 그들은 중년의 두 남녀로 몸놀림이 무척이나 가벼웠다.

"아영아, 소영아, 엄마가 왔다."

절체절명의 위기 순간에 아영과 소영의 모친인 박일도와 검술의 대가이며 외삼촌인 박구도가 등장하여 마취총을 든 자를 가격하여 쓰러뜨리고는 나머지 흑의인들을 모두 제압했고 그러는 사이 늙은 도인이 슬그머니 옆방으로 도망갔지만 비밀 통로가 있는지 그를 다시 찾을 길이 없었다. 기절한 아영과 친구들을 살피는 이운규가 두 사람에게 손을 흔들어 보였다.

"오랜만에 어르신을 뵙습니다."

아영의 어머니와 외삼촌이 이운규에게 예를 표했고 이운규는 밝은 표정으로 그들을 반긴다.

"너무 걱정하지 마시게. 아영이는 잠시 후 깨어날 걸세."
"감사합니다. 어르신."

아영의 어머니께 인사도 드리고 그동안의 자초지종을 들은 팽귀인이 선배로서 동아리 후배들에게 한마디 했다.

"우리가 서울로 가서 소영이와 다인이를 구해오자. 선마교 본부가 서울 종로에 있다고 핸드폰에 있는데 그리고 가보자."
"그래요! 아영이가 깨어나며 같아 가자구요!"

하지만 이운규 도인이 흥분한 그들을 말리면서 선마교에 대해 알려주었다. 선마교라는 단체는 허울뿐이고 실제로는 김패인의 비밀조직인 진짜 마교의 위치는 사실상 비밀이었다. 서울과 경기도 강원도에 수련원이 여럿 있고 서울 시내에도 선마교 소유의 건물이 십여 개 있는 걸로 알려져 있었다. 그래서 소영과 다인이 어디에 있는지 아직은 알 수가 없었다.

한편 선마교 총본부의 부속건물인 선다고 도서관의 회의실에서 쓰러저 있는 다인과 소영을 본 김패인이 이찬수와 심진에게 욕을 해댔다.

"이런 한심한 놈들! 쓸모없는 것들!"
"교주님! 아닙니다! 얘들에게 공력이 있습니다."

하지만 이찬수와 심진은 오히려 반박을 하려다가 김패인의 눈빛에
그만 오금이 저려 고개를 떨군다.

"귀인의 공력을 가늠하지도 못한단 말이냐? 바보 같은 자식들!"
"교주님, 이 남자아이를 다시 한번 살펴주시죠?"
"이 아이는 아니다."
"네? 이들 손목에 기운이 느껴지는데요?"
"그건 수련한 아이들에게서 나타나는 공력 반응이다."

심진이 김패인에게 대들지는 못하지만 그래도 겨우 대꾸를 한다.

"교주님! 바야흐로 교세 확장과 모든 행정부처는 물론이고 국회와
선관위는 그리고 법원도 장악한 마당에 왜 그렇게 그 귀인이라는 아이
에게 집착하시나이까?"
"그 아이에게서 불의 능력을 흡수하지 못한다면 아예 그놈을 죽여야
만 한다."
"예? 그럼 이놈들도 죽이나요?"
"그래! 아니 잠깐만...."

김패인은 두 아이를 보고는 잠시 고민하다가 생각을 바꾼 모양이었다.

"일단 살려두자. 두 놈에게 최면을 걸어 우리 사람으로 만들어라."
"존명!"

심진의 특기 중 하나가 바로 최면술이었다. 일주일간 최면을 반복하면 누구든지 자신이 원하는 사람으로 영혼을 바꿔버리는 능력이 있었다. 그는 한마디로 오버마인드 능력자인 것이다.

김패인의 부하가 된 염다인와 유소영은 그의 밀착 경호원으로 프로그램되었다. 그리고 두 사람은 유아영을 보게 되는 그 즉시 죽이라는 명령을 수행하도록 되어 있었다. 현재에는 또다시 최면을 걸어 검은 정장을 입고 브이아피 경호임무를 수행하게 되었다.

마교의 거대한 음모는 실로 엄청난 것이었다. 부정선거로 국회를 장악한 선마교가 개헌하여 입헌군주제가 되고 김패인이 황제가 되면 결국 이 나라는 마교의 국가가 되는 것이 그들의 목표였다. 정치계와 법조계와 검찰을 장악한 김패인 아직도 만족하지 못하고 있었다.

"이제 언론만 장악하면 뉴스와 언론조작으로 마교국 탄생의 서막을 열 것이다! 흐흐흐흐"

김패인의 소름 끼치는 목소리와 그 목소리에 마력이 실려 있어서 주변의 선마교 교도들이 귀를 막으며 괴로워했지만 염다인과 유소영은 공력을 끌어올려 그 순간에도 김패인을 경호했다. 무언가를 결심한 김패인이 참모들을 집합시켰다.

 "잘 들어라!"
 "존명!"
 "심진과 이찬수는 전원 동원령을 내려라! 내가 국회로 가서 개헌에
박차를 가할 것이다."
 "그럼 이제 이 나라는 입헌군주제가 되는 겁니까? 흐흐흐. 경하드리
옵니다! 마왕이시여!"
 "오냐, 먼저 갈 테니 국회에서 보자! 그리고 가짜 일호에게 경호팀을
붙여서 언론에 노출시키거라."
 "존명!"

 한편 마취에서 깨어난 아영은 용변신술에 몰두했다. 여러 번의 시도
에도 불구하고 변신술을 시전하지 못하는 아영의 전투력은 믿음직하지
가 않았다.

 "현재 너의 능력은 인간들에게는 그럭저럭 먹히겠지만 본시 이무기
요괴 같은 김패인에게는 소용이 없을 게야."
 "그럼 어쩌죠?"
 "문박 선인님과 함께했던 순간을 기억해내서, 부단히 연습을 해보거
라. 우리는 김패인의 위치를 알아보마."

 이운규 도인의 부탁을 받은 팽귀인과 용조안 그리고 안반수가 머리

를 맞대고 아이디어를 내다가 안반수가 먼저 나서 컴퓨터 작업을 시작한다.

"안반수의 해킹 실력을 비로소 확인할 수 있겠는데?"
"오케이! 내가 김패인의 스마트폰 번호를 알아볼게요."
"그게 가능해?"
"그럼, 대개의 조직들이 웹 스크래핑 혹은 데이터 스크래핑에 노출되어 있지. 조직의 해킹 공격의 시초가 바로 웹 스크래핑이지. 공개된 문서와 게시글에서 메타데이터를 추출함으로써 레드팀은 직원 이름, 추측한 사용자 이름, 전번, 이메일 포맷 등을 알아낼 수 있어."

과연 안반수는 한 시간이 되지 않아 선마교와 국회 시민단체 그리고 청림교에 소속되어 있는 김패인의 전화번호를 네 개나 알아냈다.

"이상하네? 사용 중인 핸드폰이 네 개라니? 분신술이라도 쓰나?"
"분신술?"

곁에서 그의 말을 듣던 이운규가 무릎을 친다.

"그놈은 스승님이나 내가 잡으러 올 줄 알고 가짜를 만들어놓았군!"

김패인의 행적은 동에 번쩍 서에 번쩍했는데 거의 동 시간대에 경상도와 제주도에서 포착이 되기도 했다.

"일이 점점 어려워지는군! 가짜 세 놈에 진짜 한 놈을 잡아야겠군! 일단 청림교로 가보자!"

"예!"

최후의 일전

이운규 일행은 경기도 하남시에 있는 청림교 본부를 방문했다. 청림교의 창시자는 동학교도였던 남정이란 사람이다. 그는 동학혁명이 비밀 포교활동을 했다. 일제강점기에 청림교가 합법화되고 나서 북간도 지방까지 교세를 확장했다가 전성기에 교도의 수는 30만 명을 헤아렸다. 그러나 2대 교주가 총독부에 의해 검거되어 교세는 급격히 하락했다. 그 후 교인의 수가 줄었고, 교단 자체가 완전히 사라져버렸다. 그런데 최제우의 가르침을 계승한 이백초라는 사람이 갑산으로 유배되어 청림도사라고 칭하면서 청림교를 재건하려 했는데 그가 강철이란 이무기를 구하여 부하로 삼았다는 전설이 내려오고 있었다. 종교의 이름처럼 청림교 도당은 푸른 솔밭 속에 위치해 있었다.

문 앞에 누군가 나와 이운규를 기다리고 있었다. 이운규를 알아본 청림교 교주는 구십 세의 노파였다.

"사조 도인님, 오랜만입니다. 저를 찾아오실 때에는 용무가 있으시겠지요?"

"그래, 자네는 무탈하시군. 난 김패인을 찾고 있네."

"그 사람은 이제 여기 오지 않습니다. 남한산성 아래의 송파라는 곳에 이십 층짜리 빌딩을 짓고 온갖 서적을 모아 도서관을 만들었다고 들었습니다."

"서적이라구?"

"선인국풍류도선인계보 같은 책들이겠지요."

"그렇군, 고맙네."

서울로 향하는 차 안에서 아영이 이운규에게 조심스레 질문을 한다.

"할아버지."

"왜?"

"구십이 넘어 보이는 할머니에게 왜 반말을 하세요?"

"난 이백오십 살이란다."

"푸홋!"

"농담이 아니란다."

"그래요! 그렇다고 쳐요. 송파에 다 왔어요. 내릴 준비나 하세요! 히히."

"이런 의심 많은 놈!"

선마교 대도서관이라는 빌딩은 엄청 높은 건물이었지만 인근의 엘타워의 위용에 눌려 작은 건물처럼 보였다. 현관은 출입 패스를 대고 모두 통과되었다. 해킹전문가 안반수와 서류 복제를 할 줄 아는 용조안의 활약으로 건물 출입 패스를 만들어 온 덕분에 일행은 모두 건물 안으로 진

입을 했다. 그러나 도서관이 몇 층이고 김패인이 어디에 있는지는 감을 잡을 수가 없었다.

"아영아, 나를 따라오너라."

홀을 지나 소파가 즐비한 휴게실로 들어온 이운규가 아영을 불렀다.

"잠시만 내 앞에 정좌를 하거라."
"예."

불과 이삼 분의 운기조식 후에 이운규는 아영의 정수리 위 백회혈에 손바닥을 대고 중얼거리기 시작했다.

"이십 층이 도서관이고...흐음.....거기에 마력이 강한 놈이 있는 걸 보니, 그놈이 바로 마왕 김패인이로군!"

이운규가 일어서자 아영이 물었다.

"할아버지! 그런데 혼자서 좌정해서 감지를 하시면 되지, 왜 내 머리통을 잡고 운기를 하세요? 아직 공력이 좀 모자라시나 봐요?"
"뭐 인마? ...흐음, 조금.... 그렇다."
"흐흣."
"웃지 말거라. 사실 내가 하는 것보다 용의 능력을 빌리는 것이 더 빠르고 쉬워서 그랬느니라."

이운규는 뭔가 민망한 표정으로 계속 말을 이었다.

"나의 스승님께서 나에게 도법을 전수해주셨고 차후에 이백초를 만나 이무기를 활용하여 항일단체를 만들게 하셨지만 이백초가 오히려 이무기에게 당하고 말았다. 이백초의 몸으로 들어간 강철이 요괴가 김패인이란 이름으로 시공을 초월하는 수준에 이르자 창락사 우물 속의 다른 이무기인 너를 용으로 승화시켜 그를 잡을 요량으로 유세명 도인의 손자로 만들어버리셨지."

"뭐라구요? 내가 원래 이무기였다는 말씀이에요?"

"전생의 지난 일을 말해 무엇하냐? 나는 전생에 지렁이였느니라. 너는 지금 인간이고 동시에 용이지 않느냐?"

"그건 그렇지만 뭔가 찜찜하네요....."

"이제 김패인을 상대할 고수가 다 사라지고 현대에 이르러 그를 처단할 도인들이 역부족이 되고 말았단다. 그리고 그는 선인국풍류도선인계보 책자를 통해 시공초월술을 익혀서 그와 같은 뿌리의 존재가 막아주지 않으면 안 된다."

"그게 바로 저예요?"

"그렇다. 어여 이십 층으로 가자꾸나!"

이십 층은 예상외로 대단히 넓었다. 19층과 이십 층이 층 구분 없이 층고가 높고 전체 층이 다 도서관이었다. 겉으로는 도서관으로 위장되었지만 서고 외에 수많은 방들이 있었다. 때문에 김패인을 찾을 길이 묘연했다.

"다시 한번 놈의 위치 감응을 해보자."

"제가 또 도울까요?"

"아니다. 근거리에서는 이백초 도인의 공력과 강철이 요괴의 공력이 합쳐져서 그는 어마어마한 공력을 갖게 되었다. 기감이 쉽게 느껴질 것이야."

이운규가 이상하다는 표정으로 고개를 갸웃한다.

"아영아, 너는 빨리 일 층으로 가봐라. 거기에서도 강력한 기운이 감지되고 저쪽 도서관장실에서도 기운이 느껴지는구나."

"예!"

"우리도 같이 가자 아영아!"

친구들이 따라붙었고 그들은 엘리베이터를 타고 일 층으로 내려갔다. 도서관에 남은 박일도와 박구도 그리고 이윤규가 김패인을 찾기 위해 마력이 강하게 뿜어져 나오는 도서관 원장실 문을 열었다.

"누구냐?"

김패인이 소파에 파자마 바람으로 앉아서 햄버거를 먹고 있었다. 그를 보자마자 박구도가 날아올라 목검으로 그의 목을 치자 그는 곧바로 고꾸라졌다. 바닥에 나뒹구는 그에게 다시 일격을 가하려는 박구도를 이운규가 막아섰다.

"그만하시게! 이럴 줄 알았다."
"왜 그러시죠? 도인님?"
"이 김패인은 그의 아바타요."
"예?"
"그와 같은 얼굴 그리고 전신 성형을 한 가짜 인물이란 말이지."
"그렇군요. 어라?"

그런데 화장실에서 또 다른 김패인이 팬티차림으로 나오는 것이 아니니가?

"여기 또 다른 가짜가 있네? 이런 미친놈들!"

박구도는 자신도 모르게 두 번째 가짜를 목검으로 후려쳤고 그는 곧바로 기절하고 말았다. 그리고 엘리베이터로 달려가며 이운규가 외쳤다.

"서둘러 진짜는 일 층에 있다!"

아영 일행이 승강기에서 내리자마자 일 층 대형 홀로 나와 여기저기 찾는 동안 마침내 로비에 나타난 김패인과 보디가드들이 일 층 주차장으로 나가려 했다. 그런데 팽귄인이 누군가를 알아본다.

"아니? 쟤들은 소영과 다인이 아냐?"

검은 정장의 남녀는 김패인을 중심으로 양쪽에서 그를 경호하고 있었다. 그리고 그 뒤로 열 명 정도의 선마교 사제들이 조폭들처럼 줄지어 김패인을 따르고 있었다. 그들을 향해 팽귄인이 소리쳤다.

"얘들아! 나야! 그리고 아영이가 돌아왔어!"

그러나 그들은 눈길조차 주지 않고 로비를 가로질러 빠르게 걸어갔다.

"어머? 저것들이 나를 몰라보네?"

아영 일행이 김패인 일당의 앞을 가로막자 김패인을 에워싼 보디가드들이 싸울 준비를 했다. 그런데 소영과 다인이 유아영을 보고는 들입다 달려드는 것이 아닌가. 아영은 처음에 그들이 반가워서 그러는 줄 알았는데 한 대씩 펀치를 맞고서야 그것이 장난인지 아닌지 헷갈릴 정도였다.

"우욱! 소영아! 다인아! 장난이 너무 심한 거 아냐? 무지 아픈데?"
"이야압!"

소영과 다인은 연거푸 아영을 공격했고 아영은 겨우 그들의 공격을 피하면서 엄마와 이운규를 쳐다보았다.

"이게 어찌 된 일이죠? 엄마! 도인님!"

소영의 엄마가 무척 당황했다, 하지만 이운규는 침착했다.

"걱정 마시게! 아이들이 최면에 걸린 모양이야."
"이얍!"

이운규는 둘의 혈도를 찍어 일단 움직이지 못하게 했다. 그리고는 아영과 합세해 나머지 보디가드들과 한쪽 구석에 엎드려 벌벌 떨고 있는 김패인을 발로 차버렸다.

"이놈도 가짜로군!"
"세 번째 가짜 김패인이라.... 어이가 없네?"
"도대체 가짜가 몇 명이야?"

아영과 친구들이 황당해하고 있을 때, 안반수가 자랑스러운 표정으로 랩톱을 들어 보인다.

"알아냈어!"
"뭘 알아내?"

"지금 여의도 선마교 본부에서 여당 국회의원들과 선마교 측과 개헌 세미나가 있다는군요. 여기 진짜 김패인이 있을 거예요. 지금 가면 우리도 들어갈 수 있어요."

"오케이! 당장 출하자고!"

종로에서 여의도로 가는 길은 차량이 그다지 막히지 않았지만 아영이 마음이 급했다. 한강을 건너자마자 눈에 들어오는 국회의사당에서 두 블록 떨어진 빌딩이 바로 선마교의 새로운 본부였다.

입구에서는 경찰들이 동원되어 교통정리를 하고 있었고 세미나에 참석하러 온 국회의원들과 세미나 방청객들이 인산인해를 이루고 있었다. 자칭 세계적인 해커인 안반수가 다급하게 외쳤다.

"얘들아, 방송실이나 통제실을 찾아봐."

용조안과 팽귀인이 건물 안내를 보고는 모두 방송 통제실로 향했다. 그곳에 비치된 프로그램상 세미나는 여당의 국회의원들이 주관하고 있었지만 최고층의 통제실에서 김패인이 CCTV로 조정을 하고 있었다.

"건물 꼭대기 층으로 가자!"

엘리베이터가 십팔 층까지 운영했지만 뛰어서 통제실에 올라간 일행은 조폭들과 맞닥뜨렸다. 상황을 파악한 이운규가 재빨리 명령을 했다.

"모두들 저놈들을 막고 아영이는 김패인에게 가라!"

"예!"

문을 박차고 들어가자 대여섯 명의 선마교 도들이 비명을 질렀고 아영은 숨 쉴 틈도 없이 그들을 모조리 때려 쓰러뜨렸다. 그런데 김패인의 입가에 미소가 흘렀다.

"아이고! 고마워라! 이놈이 제 발로 찾아왔구나! 허허허허허."

엄청난 싸움을 기대하고 공력을 최대한으로 끌어올려 김패인에게 몸을 날린 아영은 그의 강력한 공력 앞에 쓰러지고 말았다. 재차 공격을 해보았지만 그의 발차기는 무위로 끝났고 오히려 그가 오 미터 이상을 날아가 대리석 바닥에 나뒹굴었다.

"아영아!"

박구도와 박일도가 어느 틈엔가 선마교 조폭들을 물리치고 통제실로 들어왔다. 초고수 검도인 남매의 합공이 이루어졌지만 그들 역시 보기 좋게 나가떨어졌다. 이윽고 이운규가 두루마기를 벗고 양손에 공력을 끌어올려 김패인에게 풍차 돌리기와도 같은 수도를 날렸다. 엄청난 권법이 시전된 것이었다. 그런데 김패인은 한두 번 피하더니 이내 반격에 나섰고 이운규가 일방적으로 밀리기 시작했다. 두 사람 사이에서는 강한 전기 스파크가 일어났다. 그러다가 속절없이 밀리던 이운규가 김패

인의 결정적인 권격에 맞아 쓰러져버렸다

"우욱!"

김패인의 위력 앞에 박구도와 박일도의 패배하고, 이운규마저 쓰러지고 나자 아영은 더 이상 믿을 사람이 없었다. 그가 어떻게 해서라도 혼자의 힘으로 마왕 김패인을 죽여야만 했다.

"후으으읍!"

아영은 신라에서의 호흡을 떠올리면서 용으로 변신하려 했지만 전혀 되지가 않았다. 그는 용이 되는 법을 확실하게 기억하지 못했다. 그가 용이 되는 법을 알기 위해서 이운규에게 변신술을 도와달라고 부탁하려 해보았지만 실제로 어찌할 방도가 없었다. 청림도사 혹은 문박 선인을 찾을 길이 없기 때문이었다.

"이야압!"

다시 한번 내공을 모아 김패인에게 달려들었지만 그는 마치 철벽이나 바위와도 같았다.

"네놈이 목숨줄이 길구나? 하지만 오늘 네놈 제삿날이다. 하하하하하."

아영으로서는 도저히 이길 수 없는 싸움이었다. 내력에서 밀리고 근력도 아영이 김패인에게 상대가 되지 않았다. 게다가 빈틈을 노려봐도 전혀 공격할 약점이 보이지 않았다. 이운규가 아영의 친구들에게 도우라고 하고는 소영과 다인의 혈도를 풀어주었다. 기억이 되돌아온 두 사람은 아영을 돕기 위해 김패인에게 맞서려 했다.

"이야!"

김패인이 장풍으로 소영과 타인을 쓰러뜨렸다.

"펑! 퍼펑!"
"으악!"
"으윽!"
"소영아, 안돼!"

소영의 엄마 박일도가 절규했고 아영도 눈이 뒤집히는 것 같은 분노로 김패인에게 발차기 공격을 감행했다. 그러나 그의 반탄강기에 부딪혀 그대로 바닥에 나동그라졌다.

"으아아악!"

아영은 극도의 분노로 치를 떨었다. 분기탱천의 기운이 머리끝으로 솟구쳐올랐고 자신도 모르게 그 기운을 자신의 몸속에서 폭발시켜버렸다.

"와아아아아아!"

아영이 몸이 드디어 화룡으로 탈바꿈하기 시작했다. 유소영이 죽는 순간 각성한 유아영이 화룡으로 변신하자마자 엄청난 파워로 김패인에게 달려들었다. 김패인 역시 이무기요괴로 변신하지만 크기나 공력에서 밀렸다.

유아영과 김패인의 싸움, 아니 화룡과 이무기 요괴 간의 싸움은 하늘로 날아올라 구름 속에서 번갯불이 튀듯 엄청난 폭발음과 여러 음파의 충격이 한동안 계속되었다. 하지만 구름 속에서 나온 두 용은 두 배나 큰 화룡이 이무기요괴를 제압하는 형국이었다. 결국 강력한 공력의 불기운 덩어리가 김패인의 가슴에 그대로 적중되었다. 과연 화룡이었다. 불덩어리가 기로 충만하게 가해진 공격은 가히 경천동지할만했다.

퍼벅!

"으으윽!"

"강철이 요괴여! 잘 가거라!"

화룡의 무지막지한 화공 공격이 강철이 요괴의 복부에 강타 되면서 그는 속절없이 추락하고 만다. 그리고 땅바닥에 떨어지자 그 모습이 인간 김패인으로 변하였고 과다출혈로 기운을 차리지 못하고 괴로운 표정으로 숨을 거두고 말았다.

사실상 아영과 김패인이 오래전의 어느 전생에서 의림지의 용추 폭포 아래에서 한배로 태어난 이무기 즉 용이 되지 못한 친형제였던 것이다. 아영이 소영을 구하고 김패인을 죽인 것은 아이러니했다. 쌍둥이 누나 소영은 금생의 혈육이고 그가 방금 죽인 김 패인이 그의 전생의 혈육이었다.

허공중에 구멍이 생기고 찬란한 불빛이 현란하게 빛나더니 이윽고 누군가 그 휘황찬란한 문에서 나왔다. 문박 교수의 등장이었다. 그를 알아본 이운규가 엎드려 절을 올린다.

"스승님을 뵈옵니다."
"오냐, 일어나거라."
"예!"
"아영이도 이리로 내려오너라!"

하늘 위를 날고 있는 화룡 즉 아영은 문박의 명령을 듣지 않고 분풀이를 하듯 거친 비행을 계속했다. 처용랑의 해당 쪽 종이를 찾은 문박이 선도국풍류도선인계보 책자를 폈다. 그가 주문을 외우듯 공력을 모았고 이운규와 마주 앉아 화룡을 불러들이려 할 때까지도 유아영은 소영과 다인의 죽음에 비통한 마음을 금할 길 없어 공중에서 미친 듯이 비행하면서 지상으로 내려오지 않았다. 그런데 문박 교수와 이운규가 공력을 주위에 흩뿌리자 죽었다고 여겼던 소영과 다인이 마치 물에 빠졌다가 숨통이 트인 듯한 다급한 호흡과 함께 되살아났다.

"푸후!"

"후우흡!"

소영의 엄마인 박일도가 뛸 듯이 기뻐했다.

"아이들이 살아났다!"
"감사합니다! 선인님!"

아영과 다인이 살아났다는 소리를 들은 화룡이 급하게 지상으로 내려왔다. 집채만 한 화룡이 억지로 몸을 숙여 아이들이 살아 있는 걸 확인하고는 온화한 미소를 머금는다. 아영은 거대한 용의 모습이었지만 얼굴에서 묻어나는 미소는 영락없는 아영의 표정이었다. 그리고 문박 교수의 목소리가 공중에서 들려왔다.

"잘들 계시게. 우리는 원래의 자리로 돌아가네."

그의 말이 끝나자마자 한바탕 회오리바람이 불로 허공중에 커다란 동굴과도 같은 웜홀이 열리더니 문박과 이운규와 화룡 그리고 쓰러진 이무기요괴마저 집어삼켜 버렸다. 넷이 감쪽같이 사라지며 동시에 하늘 문이 닫히고는 사방이 고요해졌다. 그걸로 끝이었다. 소영과 친구들은 그들이 사라진 공중을 망연자실 바라볼 뿐이었다.

다크 메이지

다크 메이지

흑마법서 〈북오브 라르〉

바르테르 고성의 첨탑에 새벽 여명이 비춘다. 크리스탈 창문 안쪽에서 푸른 연기가 피어오르고 어둠이 아직 가시지 않은 시각 첨탑 종루에서 종소리가 울려 퍼진다. 성채의 문 아래로 어프렌티스 마법사들이 도열하여 첨탑 위 대마법사의 거처를 향해 예를 올린다.

지난 일 년간 달빛을 응축하는 마법 작업에 심혈을 기울인 헥토르 마법사는 삼백육십오 일째 되는 날, 철야 명상에서 깨어나면서 창문을 연다. 찬 바람과 함께 새벽 여명이 크리스탈 창문으로 비쳐 들어오면서 골드 카파 거울에 밤새 응집된 달빛과 서로 만나 오색 창연한 광채를 발한다. 일 년간 응축한 달빛과 새벽 일광이 서로 감싸면서 엉기어 마치 황금 장미꽃 모양으로 피어나기 시작한다.

"오오! 지금이야!"

헥토르 대마법사는 정성스럽게 양피지를 펴서 그 불빛에 갖다 댄다.

"역시 룬 문자로군!"

빛이 통과된 양피지에 글자가 드러나자 헥토르 대마법사는 로브의 후드를 벗고 양피지에 적힌 문서를 읽어 내려간다.

룬 문자의 파워를 다룰 수 있는 마법사들은 룬문자를 이용해서 점을 칠 수 있다. 그런데 포춘 텔러의 수준을 넘어서는 마법사들은 점술뿐만 아니라 실제 룬 문자로 된 부적의 파워를 사용할 수 있다. 이제는 대륙 전체에서 그런 룬문자의 파워를 이해하고 사용할 수 있는 마법사는 헥토르 트로페즈가 유일했다. 잠시 후 헥토르에게 감응한 룬문자가 스스로 소리를 냈다.

"위대한 마법사! 헥토르 트로페즈여! 어서 오시라!"

문자가 소리를 내는 것이 신기하고 다소 두렵기도 했지만, 헥토르는 용기를 내어 그 글자에게 외쳤다.

"태초의 언어여! 나에게 양피지의 비밀을 말해주시오!"

헥토르는 문자에게 존칭을 썼다. 룬 문자가 변형되면 문자 자체가 파워를 갖고 심지어 목소리로 들리기도 한다. 스스로 존재를 변형해서 시각적 존재가 청각적 존재가 되기도 하는 것이다. 그래서 룬문자를 마법 문자라고 부른다.

"그대의 마스터와 그 마스터의 마스터가 마법을 수련하던 마법사의 비밀의 방을 알려주겠소."

룬문자의 목소리가 멈추자 지금까지 칠 년 동안 벽으로만 여겼던 공간에 문이 생기면서 그 문 뒤로 어두운 통로가 나타난다.

"이럴 수가? 여기에 비밀의 공간이 있었다니?"

헥토르는 자신의 마스터 마법사였던 베네딕트가 어프렌티스 시절 사용했던 그 비밀의 방으로 들어섰다. 그 방은 마법 도구뿐만 아니라 어마어마한 분량의 마법 관련 서적들이 있었다. 헥토르는 가장 커다란 마법서를 서가에서 빼자 책장이 스르르 좌우로 열리면서 또 다른 거대한 문이 나타났다.

"놀라움의 연속이로군!"

먼지가 켜켜이 쌓인 문을 열자 계단이 나타난다. 헥토르는 몸을 날려 두둥실 계단 위쪽으로 날아 올라간다. 그곳은 사방이 투명한 유리로 된 천정이 있었는데 그것은 안에서는 밖이 보이고 밖에서는 첨탑의 꼭대기 부분에 철제로 불투명하게 보이는 신비한 방이었다. 그곳은 올드 마스터인 대마법사 마르티르 베르트랑의 마법의 방이었다. 마법의 성 첨탑 속에 숨겨둔 꼭대기 층에 위치한 마르티르 베르트랑의 마법의 방은 웅장하기도 했지만 화려하기 이를 데 없었다.

"아아! 드디어 마법사의 방을 보게 되는구나!"

헥토르는 가슴이 벅찼다. 자신이 바르테르 제국의 최고 마법사가 된 이후 줄곧 찾아다니던 그 방이 자신의 거처 안에 있었다는 것을 믿을 수가 없었다.

베네딕트의 스승인 마르티르 베르트랑은 보수적인 마법사였다. 또한 자기 위상이 강한 마법사였기에 화려하고도 비밀스러운 방을 제작한 것이었다. 하루 종일 빛이 들어와 방의 보석과 유리들에 반사되어 마법사의 방을 빛으로 충만하게 하였고 야광석과 연기 없는 마법 토치가 밤 동안에도 엄청난 빛을 발하여 그야말로 불야성을 방불케 했다. 늦은 저녁, 해가 지기 직전의 시간대에 마법사의 방 내부의 각종 보석류의 장식물과 반사경 등의 유리 장식 배치를 통해서 이 마법사가 어떠한 성격인지 알 수 있었다.

자기애가 강한 그는 다이아몬드로 장식된 자신의 전신 동상을 세워 놓았지만 오랜 세월 방치된 청동과 황동의 장식품들은 녹이 슬어버린 상태였다.

비밀의 방안에는 커다란 구리 항아리가 있었다.

"그래! 저거야!"

그것은 바로 마법의 항아리였다. 항아리에 음각으로 조각된 그림에는 산모롱이 한 모퉁이 쉼터에 불타는 꽃 즉 파이어 플라워가 소담스럽게 피어있다. 그런데 실제로 그 불타는 꽃은 스스로 빛을 발하고 있었다. 마법의 항아리 속에서부터 에네르기가 밀려 나와 그 불꽃을 꺼지지 않게 만드는 것 같았다.

룬문자로 이루어진 문장의 뜻을 알아야 항아리 뚜껑, 말하자면 마법 항아리로 들어가는 비밀의 길을 찾아야 문이 열린다. 우주의 신비한 비밀의 소리를 담을 수 있는 룬문자의 의미는 바르테르 대왕의 비밀 명령으로서 사람들의 생명을 지켜주고 모두가 안전하게 잘 살아가는 꿈의 궁전을 만든다.

룬문자의 의미는 의외로 간단했다.

<인간의 모든 병을 치료하는 약을 만들어준다.>그러자 스르르 마법 항아리의 뚜껑이 열린다. 헥토르는 항아리 뚜껑을 열고 그 안에서 두툼한 양피지 두루마리를 꺼낸다.

"위대한 마법서 <북 오브 라르>를 연구하시오. 단 마지막에 붙어있는 부록 금서는 절대 열어보지 마시오."

헥토르는 양피지를 묶어놓은 황금실을 잡아당겨 열어보는 순간 펑하는 소리와 함께 양피지가 일순간 두꺼운 마법의 책으로 변화하는 것이 아닌가.

"오! 놀랍군!"

헥토르는 쉬지 않고 마법의 책 페이지를 빨리 넘기면서 처음부터 끝까지 제목만 줄줄 읽어 내려갔다. 반 정도는 대개 아는 마법들이지만 위대한 마스터들의 비밀 마법들도 상당량 눈에 띄었다. 헥토르는 희색이 만면했다. 스스로 우주 전체에서 가장 위대한 마법사가 된 느낌이었다.

"어? 마지막에 붙은 책자는 열리지 않는군! 이게 바로 금서의 부록 책이로군!"

헥토르는 호기심이 발동했지만 앞에 있는 어마어마한 분량의 마법을 연구하는 것만으로도 평생을 다 바칠 시간을 들일 지경이었다. 그는 별책부록은 떼어내어 서가에 그대로 두었다.

자신의 방으로 돌아온 헥토르는 차를 마시면서 두꺼운 마법의 서, 소위 <북 오브 라르>의 첫 페이지를 여는 순간 노크 소리가 들린다. 대제자 발데스였다.

"마스터! 바스티아니가 당했습니다."
"뭐? 언제, 어디서!"
"파베르쥬 협곡의 비스트로에 갔다가 흡혈 흑마술에 당한 모양입니다."
"이런! 흡혈 마녀들이 나타나다니! 진작에 씨를 말리지 못한 게 후회스럽군."

"제가 처리할까요?"

"아니다! 내가 가보마."

헥토르는 대제자 발데스와 차석 마법사 빅토르 그리고 스노우 어쌔 씬 몇 명을 대동하고 협곡의 비스트로로 향한다.

"너희들은 밖에서 기다리거라. 누군가 밖으로 도망치면 바로 처단 하라."

"예! 명을 따릅니다!"

헥토르가 루미에르 검으로 광선을 방사하면서 어두운 비스트로 안으로 들어간다. 어두침침한 선술집의 싸구려 술과 향수의 내음이 나는 비스트로 안에서는 긴 머리를 산발한 나신의 여인이 누워있는 남자의 몸에서 피를 빨고 있다. 벌거벗은 여인이 헥토르를 보고 일어서자 그녀에게 다가간 헥토르가 검을 들어 올린다.

츄리리링!

"크크크! 연달아 손님이 오다니....흐흐흐!"

나체의 여인은 우윳빛 피부에 여기저기 검붉은 피를 묻히고 헥토르에게 날아온다. 그녀는 날아오는 공중에서 손을 뻗어 주문을 외었고 그 주문의 목소리가 수십 개의 비수가 되어 그에게 날아든다.

챠창! 창창!

그는 쾌속으로 검을 휘둘러 마법의 비수들을 막아낸다. 순간 마녀가 무척 당황한다.

"이런! 마법이 통하지 않는 놈이 있다니? 누구냐? 넌!"
"흡혈마녀라…. 너 혼자냐? 겁도 없이 혼자 돌아다니느냐?"
"이런 미친놈을 보았나!"

분기를 억누르지 못하고 손톱을 뾰족하게 세운 나체의 마녀가 헥토르를 곧바로 덮쳤고 그의 섬광을 가르는 루미에르 검이 그녀를 즉사시켰다. 마녀의 몸이 바닥에 떨어지자마자 시체가 수백 마리의 바퀴벌레들이 되어 악취를 풍기며 사방으로 흩어졌다. 그는 즉각 손수건으로 코를 막고 비스트로 밖으로 뛰어나갔다.

발데스가 고개를 숙여 예를 올렸고 주위에 은폐물 속에 흩어져 있던 스노우 어쎄씬들이 눈 속으로 사라져버렸다.

"돌아가자."
"예!"
"마녀들이 또 나타나면 곧바로 보고하라!"
"네! 마스터!"
"연전에 코블란츠의 마녀를 죽인 뒤로 대륙에 퍼져있던 개별 마녀들이 숨어 있을 텐데 다 찾아서 없애기가 어렵겠는걸....."

마법의 성으로 돌아온 헥토르가 다시 <북 오브 라르>를 펼치려는데 또다시 발데스가 들어와 예를 올린다.

"마스터! 손님이 오셨습니다."
"누군가?"
"이사벨라 드빌이라고 합니다."
"그래?"
"귀찮으시면 그냥 돌려보낼까요?"
"들여보내게."

헥토르는 육 년 만에 들어보는 그 이름이 어쩐지 낯설었다. 문이 열리자 아이를 앉은 삼십 대의 여인이 나타나 고개를 숙인다.

"대마법사님을 뵈옵니다."
"어서 와. 이사벨라. 오랜만이군."
"육 년 만인가요?"
"존댓말은? 말 편하게 해."
"그럴까?"

이사벨라는 안고 있던 아이를 소파에 눕힌다.

"내 딸 실비아야."

"예쁘게 생겼군."

"여섯 살이야."

"아이 얼굴에 엄마의 미모가 보이네. 후후, 그런데 피부가 조금 어둡 군. 어디 아파?"

"불치병에 걸렸어."

"저런!"

이사벨라가 깊은 한숨을 쉬고는 말을 잇는다.

"악성 중증 근무력증이야, 그래서 여길 찾아왔어."

헥토르가 놀라 들고 있던 찻잔을 내려놓는다.

"처음에 증상이 안구운동, 표정, 씹기, 삼키기, 숨쉬기 등에 관련된 근육들이 무력해진대. 병이 진행함에 따라 전신 근육으로 번지고 결국 호흡곤란이나 호흡 정지가 생길 수도 있다네."

"중병이로군."

"이렇게 일 년을 버티다가 결국 하늘나라로 갈 거야…. 흐윽…."

이사벨라가 울자 헥토르는 마음이 철렁 내려앉는다.

"하지만 나는 마법사지 의사가 아니야."

"의사가 할 수 없는 걸 해내는 게 마법사 아냐?"

"글쎄, 마법은 단기간에 아이를 원래의 상태로 되돌릴 수는 있지만, 그건 영원히 고치는 건 아니지...."

헥토르는 화제를 돌린다.

"그런데 아이 아빠 모레즈는?"

"그 인간은 아직도 베아트리스 호를 타고 온 세상을 누비고 있지."

"탐험 중인가?"

"자신은 만병통치약을 구한다고 아세아니아 대륙을 뒤지고 있지만 이젠 몇 달째 연락도 없어...."

이사벨라는 헥토르를 똑바로 보면서 애원한다.

"내가 너를 배신하고 나서...."

"그만해!"

"내가 이럴 자격은 없지만 아이를 살려주면 내가 평생 네 노예로 살아도 좋아!"

"말도 안 되는 소리 좀 하지 마!"

"무슨 말을 해도 좋아. 제발 안 된다는 말만은 하지 말아줘."

헥토르는 심장에 뻐근한 통증이 느껴질 정도로 마음이 아파온다. 그리고 수척해진 이사벨라의 얼굴과 가녀린 몸매가 그의 두 눈에 들어온다.

"이사벨라."

"응."

"너 십 년 전에 우리 처음 만난 날의 그 베스트를 입고 왔네?"

"으응! 기억하는구나!"

"그렇게까지 애쓸 필요는 없어.... 내가 아이의 병을 고칠 수도 없고 마법을 쓰면 더 빨리 증세가 악화될 수도 있어...."

"아냐! 헥토르! 넌 우리의 희망이야! 대륙 전체에서 가장 위대한 마법 사니까! 이제 너에게 매달릴 수밖에 없어!"

"나는 베네딕트 마법사님이 아니야."

"그래도 어떻게 좀 해줘.... 흐윽...."

그녀의 울음소리가 그치지 않았고 헥토르는 망연자실 두 모녀를 바라볼 뿐이다. 그러다가 그의 뇌리에 스치는 룬문자가 있었다.

<인간의 모든 병을 치료하는 약을 만들어준다.> 헥토르는 바로 항아리 벽면에 적힌 그 문자가 떠올랐지만 마법 책에는 그런 병에 대한 치료 내용이 없었다. 그는 혼잣말을 했다. '그럼 그 내용은 금서인 별책 부록에 있겠군. 흐음.....' 헥토르는 망설였고 그동안에도 이사벨라의 울음은 그치지 않았다.

어깨를 들썩이며 우는 그녀의 뒷모습에서 헥토르는 십 년 전 처음 그녀 만났던 그 순간이 떠올랐다.

〈북 오브 라르〉의 비밀

헥토르는 울고 있는 이사벨라의 모습 너머로 마법 구슬의 환영을 본다.

<데블 출현!>

마법 구슬의 심연 속과 같은 그 깊은 곳에서 메시지가 구름처럼 피어 오르고 그 구름 같은 하얀 덩어리들이 문자로 변화되면서 헥토르에게 예언의 실마리를 준 것이다.

"이사벨라를 도와주면 악마가 현현하는군...."

헥토르는 즉각 대제자를 부르고 제자들에 의해 울면서 끌려 나가는 이사벨라의 뒷모습을 보면서 헥토르의 가슴 한쪽 미어진다.

"그토록 오랜 세월 명상을 하여 마음을 침잠시켰건만....."

그는 이제 여자에 대한 애련과 미련이 거의 사라졌다고 믿었지만 이 사벨라의 체취가 아직 방에 남아있다는 걸 깨닫고 찬바람이 마법사의 방으로 밀려 들어오도록 겨울의 얼어붙은 창문을 열었다.

그는 좀처럼 마음을 가다듬지 못하고 쫓겨난 이사벨라 모녀를 생각 하다가 예언서를 꺼내 들었다. 이제는 과거의 역사서가 되어버린 지아라 예언자의 예언서를 읽어 내려가면 그는 언제나 평정심을 찾을 수 있었다. 책은 두 부분으로 이루어져 있는데 앞에서부터 읽으면 예언서가 되고 뒤에서부터 읽으면 마법의 서적, 즉 <북 오브 라르>가 되는 것이다.

고래로 이어져 온 바르테르 대륙의 파란만장한 전쟁은 B.C. 121년에 종식되었다. 천년왕국인 데미노스 왕국이 멸망하고 마침내 평화의 시대가 열렸다. 통일을 이루어낸 바르테르 왕이 대륙을 통일하고 향후 전쟁을 불식시키기 위해 왕국 전체에서 검투사들과 마법사들의 활동을 금지시키자 대륙은 한동안 평온한 시기를 지냈다.

"왜 바르테르 왕은 마법을 금지시켰을까? 마법사에 의해 죽임을 당할 것을 이미 알고 있었나?"

혼잣말을 하던 헥토르는 다시금 책을 읽는다. 마법사들이 다시 대륙의 평화를 만들어내던 시대를 설명하는 대목에서 헥토르는 잠시 눈을 감고 과거를 회상해본다. 베네딕트 마법사가 과거 바르테르 대륙의 가혹한 전쟁을 승리로 이끌 때, 흑마술사 트리스탄의 거센 저항과 강력한 마법으로 지루한 전쟁이 이어졌다. 전쟁 중에 죠세프는 죽을 고비를 맞이했지만 사라져버리고 그의 약혼녀 이사벨이 죽었지만 의사이기도 한 베네딕트 마법사가 그녀를 구했다. 악마의 마법사 트리스탄과 맞선 베네딕트의 절체절명의 위기에서 헥토르가 각성하여 엄청난 에네르기로 트리스탄에게 마력 공격을 가했다. 그리고 대결 일주일 만에 마력이 다 소모된 트리스탄 흑마술사가 죽었다. 결국 헥토르가 영웅이 되고 그는 대륙의 새로운 지도자가 되었다.

"지금 생각해도 믿을 수 없는 일이야.... 당시 트리스탄은 나와 마스터를 합친 힘보다도 강했는데..... 도무지 알 수 없는 일이야....."

바르테르 대륙의 바르테르 국의 마법 학교에 대마법사 민트 베네딕트의 제자였던 이사벨라 드빌과 그녀의 약혼자 죠세프 모레즈가 전쟁 중에 약혼을 했지만 조세프가 사라진 이후 새로운 영웅 헥토르 트로페즈가 이사벨의 목숨을 구해주면서 두 사람은 급격하게 가까워졌다.

그런데 전쟁이 종식되고 행방불명이 된 죠세프 모레즈가 영영 돌아오지 않고 헥토르와 이사벨라가 점차 가까워지면서 사랑에 빠진다. 두 사람이 결혼을 앞둔 시점에서 헥토르가 베네딕트 마법사의 수석 도제가 되어 처가인 드빌 가문에서 데릴사위로 인정받게 된다.

그리고 전쟁이 끝난 어느 날 이사벨라의 약혼자였던 죠세프 모레즈가 거짓말처럼 돌아오고 이사벨라는 헥토르를 떠나 죠세프에게 다시 돌아가고 버림받은 헥토르가 다시 마법학교에 들어가 마법 공부에 전념한다. 베네딕트 대 마법사가 자신의 비밀 마법책을 물려주고 헥토르는 실질적으로 대마법사의 모든 비법을 승계한다. 민트 베네딕트가 타계하고 헥토르는 마법의 성의 성주가 되어 대마법사의 후계자로 인정받는다. 그런데 민트 베네딕트가 떠나면서 유언처럼 비밀의 방에 있는 비급 마법책을 절대로 읽지 말라는 당부를 남긴다.

대륙 최고의 마법사가 된 헥토르는 스승의 경지를 뛰어넘어 대륙의 어느 왕도 그를 함부로 대하지 못할 정도로 막강한 마력을 지니게 된다. 십 년 동안 헥토르는 대륙의 모든 나라에 대해 전쟁을 하지 못하도록 대마법을 걸어 대륙의 평화를 이끌어낸다. 헥토르는 실제로 대륙의 제후국들의 왕들이 그를 따르는 최고 영도자가 된 것이다.

"휴우! 지난날이 꿈만 같군...."

헥토르는 브랜디를 한잔을 크리스탈 컵에 따라 들이키고는 마법예언서를 닫았다. 아니 닫으려 했다. 그런데 마법의 예언서가 투두둑 소리를 내면서 스스로 움직였다.
순간 헥토르는 직감했다.

"이런! 새로운 예언이 나오는군!"

헥토르는 부리나케 <북 오브 라르>의 마지막 페이지를 폈다. 그러자 하얀 백지에 마치 투명 인간이 글씨를 써 내려가듯 새로운 문장이 저절로 쓰이고 있었다.

헥토르는 과거 전설의 문명 시대의 문자인 룬문자로 쓰인 비법서의 내용을 해석하기 시작한다.

<북 오브 라르> -- 시간은 물질이다. 그것은 빛이란 물질이 흘러가는 것이다. 빛이라는 물질을 잡고 멈추는 방식으로 시간을 느리게 가게

할 수 있다. 시간의 무한한 에너지 흐름을 더 막강한 힘으로 세우는 힘은 바로 그것을 얼려버리는 것이다. 빛의 에너지를 완전하게 얼려버리면 비로소 시간이 멈춘다. 시간의 에너지를 멈추는 것은 흑마법술의 일종이다. 그런데 시간을 멈추게 하면 과거 어느 시절에 멈춰진 시간이 다시 풀려서 그것이 작동하면서 그 시간대에 얼려있던 흑마법사들과 몬스터들이 풀려날 수도 있다.

비급 마법서를 해석한 헥토르는 뛸 듯이 기뻤다. 헥토르는 당장 그 마법을 사용해서 이사벨라의 딸을 구하고 싶었다. 그런데 그 시간 멈춤의 마법이 실행되면 과거의 대마법사들에 의해 유폐되었던 괴물들이 봉인 해제되어 세상으로 출현하게 되는 것이었다.

"하아! 어찌해야 할 것인가..... <데블 출현!>이라니....."

헥토르는 데블을 이길 수 있다고 확신한다. 과거 대마법사들보다 자신이 더 우월하다고 믿고 마왕들과의 싸움을 두려워하지 않게 된다. 그는 세상을 얼려 시간을 멈추고 드래곤을 잡아 심장과 유황, 몰약, 크리스탈, 오팔, 루비를 섞어 백 년 동안 끓여 약을 만들기로 한다. 그는 드래곤을 사냥하기로 한다. 나중에 드래곤 하트를 구하기로 하고 먼저 거대한 황동, 청동, 금동, 백동, 흑동을 녹여 만든 마법 항아리에 약을 끓이기시작한다.

드래곤 하트와 보석들이 준비되면 이제 꺼지지 않는 마법의 불을 사용해 백 년 동안 끓이면 되는 것이었다.

세상을 얼리는 마법의 주문

마법사의 방으로 돌아온 헥토르는 정성을 다해 꺼지지 않는 마법의 불을 지핀다. 이미 며칠째 끓고 있는 마법 항아리에 마지막 재료인 사파이어 드래곤 하트를 넣었다. 마지막 약재가 들어가자 부글거리던 거품이 사라지고 신비로운 향이 나면서 잠시 후 마법의 약이 다시 끓기 시작한다. 그는 다시 한번 더 <북 오브 라르>의 내용을 확인한다.

"매일 마법의 나무에 새로운 마법의 불을 지피고 항아리를 저어주면 삼만 육천일 후에 약이 완성되리라....."

헥토르는 아이러니하게 행복한 그리고 동시에 고통스러운 미소를 머금는다.

"이사벨라 드빌이 다시 나타나 내 모든 것을 바꿔버리다니...."

마법 항아리에 만병통치약을 끓이기 시작한 지 사흘이 지난 뒤 헥토르는 마침내 위대한 마법사의 <북 오브 라르>의 금지된 별책부록을 꺼냈다.

"글자가 마법으로 보이지 않다니! 이래서 오랜 세월, 세상이 보이지 않은 모양이로군!"

별책 부록은 마법서의 맨 뒤에 붙어있었지만 무심코 만지면 그냥 한 권으로 보였고, 막상 금지된 부분에 잠겨있던 열쇠를 떼어 내자 독립된 한 권의 책자로 떨어져 나왔다. 헥토르는 짐짓 떨리고 두려웠지만 애써 태연하게 시간을 멈추는 마법에 대한 페이지를 찾았다. 침을 삼키면서 그 마지막 페이지를 여는 순간 헥토르는 그야말로 당황할 수밖에 없었다.

"어라?"

단 한 줄 뿐이었다.

"비밀의 문을 열고 들어가 시간을 멈추는 주문을 시간의 권력자에게 받아오라!?"

그것이 시간을 멈추는 마법서 내용의 전부였다.

"시간의 권력자? 흐음.... 뭘 어쩌란 말인가?"

잠시 명상에 잠긴 듯 미동도 하지 않는 헥토르의 귓전에 누군가의 목소리가 들린다.

"그대는 선택을 할 것인가?"

그것은 바로 <북 오브 라르>의 목소리였다.

"좋다! 선택하겠다!"

헥토르의 강단 있는 말을 끝나자. <북 오브 라르>의 책갈피에 숨겨 둔 삼십 센티 길이의 마법 지팡이가 튀어나왔다.

"매우 익숙한 장면이로군!"

헥토르는 매직 윈드를 휘두르며 마법의 열쇠를 작동시키는 주문을 건다.

"끌레스크레!"

마법의 주문이 말해지자 과연 황금빛 열쇠가 서서히 모습을 드러낸다.

"이것이로군!"

황금열쇠를 만지작거리던 헥토르의 목전에 순간 커다란 소용돌이가 치더니 부연 연기가 방안에 깔리면서 마법의 문이 열린다.

순간 망설이던 헥토르가 자신도 모르게 그 소용돌이치는 마법의 문 앞에서 문득 이사벨라의 얼굴을 본다.

"이럴 수가?"

이사벨라를 뚜렷하게 떠올린 그는 지체 없이 마법의 문을 열고 그 안으로 발을 내디뎠다.

휘이이잉

소용돌이치는 회오리바람이 한차례 불더니 그는 적막하고 황량하기 그지없는 허허벌판 위에 서 있는 자신을 발견한다.

"도대체 여기가 어딘가? 어디로 가야 시간의 권력자를 만난단 말인가?"

헥토르는 황무지의 계곡에서 일광이 비치는 몇 시간 동안을 이리저리 인적을 찾아 헤매었다. 하지만 인가가 보이지 않았고 아침 무렵인 것 같았는데 그가 있는 골짜기에 긴 그림자가 덮이고 차차 어둠이 내려왔다.

"흐음 허기가 지는군."

생각해보니 그는 사흘 동안 아무것도 먹거나 마시지 않고 마법 항아리를 지켰다. 헥토르는 어두침침한 골짜기에서 샘물이 흐르는 소리를 들었다. 그는 바위틈에서 한 방울씩 떨어지는 물을 아껴서 마셨다.

"이제 정신이 좀 드는군."

그는 주위에 커다란 죽은 나무토막을 들고 마법의 주문을 외운다.

"볼레오씨엘!"

그는 마법 빗자루처럼 생긴 긴 나무토막을 타고 골짜기 위로 솟아오르기 시작했다. 한동안 날아오른 그는 마침내 산 정상에 도착했고 오후의 햇빛이 그의 눈을 찔렀다. 눈을 감았다가 다시 뜨자 그의 눈에 어딘가로 향해 길게 닦여진 도로가 보였다.

"오! 누군가 저기에 있겠군!"

지평선의 끝에 성으로 보이는 작은 점이 그의 시야에 들어왔다.

"좋아! 가보자!"

그는 길을 따라 날지 않고 직선으로 그 성을 향해 날아가기 시작했다. 하지만 거리는 예상보다도 훨씬 멀었다. 날아가는 동안 어둠이 내렸고 드디어 밤이 이슥해지고 결국 그가 그 괴상한 성에 도착했을 때, 성문 주위에 토치들이 켜지는 저녁 시간 무렵이 되었다.

오랜 비행으로 그가 어지간히 지쳤을 때 도착한 성벽을 타고 오르려할 때 그는 별안간 무언가와 부딪쳐 큰 충격을 받는다.

쿠쿵

"우욱! 결계로군! 성 전체에 결계가 쳐져있을 줄이야...."

지상으로 떨어진 그는 통나무와 함께 나동그라졌다. 성문 앞은 매우 어두웠다. 그는 스스로 안광을 폭사하는 마법으로 사방을 둘러보았다.

사방이 점점 밝아오는 빛 속에 성문이 나타났고 그 척박하고 황량한 땅에 우뚝 선 그 괴상한 성으로 들어갔다. 성안에는 아무도 없었고 성문에서 멀지 않은 곳에 아담한 성채가 있었다. 바르테르 궁성에 비하면 십분의 일 정도의 작은 성이었다. 길 양쪽으로는 어두운 구름 같은 칙칙한 빛깔의 숲으로 덮인 정원이 있었고 그 주위는 온통 가시나무 같은 날카로운 관목들로 우거져 있었다.

"분위기가 영 어둡군. 시간의 권력자는 암흑의 신인가?"

헥토르는 성채의 대리석 문을 열고 당차게 들어갔다. 성채의 실내는 예상과 달리 매우 밝고 아름다웠다. 온갖 화려한 꽃들과 그 화훼에 어울리는 휘황찬란한 보석 장식들이 헥토르의 눈길을 끌었다.

"아무도 없습니까?"

불안 속에 낮은 목소리로 겨우 입을 뗀 헥토르는 사방을 둘러보았다. 하지만 아무도 나타나지 않았다. 그런데 희한한 것은 방 한가운데에, 그 어떤 피사체도 존재하지 않았지만 그늘이 져 있는 것이었다.

"저, 저럴 수가?"

그는 무척 당황했다.

"사방의 토치에서 뿜어져 나오는 불빛을 도대체 누가 막고 서있길래 저기에 그림자가 있는 거지?"

헥토르는 직감적으로 그것이 그림자로 투명하게 변신한 시간의 신이라고 직감했다. 그는 허리 숙여 인사를 올렸다.

"시간의 권력자이시여! 저에게 백 년 동안 시간을 멈추는 마법 주문 사용을 허락해주십시오!"

그 그림자는 대답이 없었고 대신 성채 안의 대리석 바닥에 솟아오르면서 괴상한 건조물이 헥토르 눈에 보였다. 그것은 바르테르 왕국의 모습이었다. 항구 옆의 도시와 산허리를 깎아 만든 길도 있었으며 고도의 석공술로 세워진 아치형의 다리도 있었다. 신전 앞에 도착한 헥토르는 기진맥진했다.

"왜 이렇게 기운이 빠지지? 힘이 하나도 없잖아...."

지칠 대로 지친 헥토르의 귀에 역시 그 시간 권력자의 목소리가 들려
온다.

"마법사여! 그대는 오지 말아야 할 길을 왔노라."

기운이 거의 없는 그는 대답할 에너지가 다 떨어졌지만 그래도 다시
한번 더 부탁을 한다.

"시간의 권력자이시여! 제 소원을 들어주소서...."
"그대가 사랑하는 여인은 다른 남자의 여인이노라."
"알고 있습니다. 저는 곁에서 그들을 바라볼 뿐입니다."

별안간 성채 내부에 한차례 바람이 불더니 그의 목소리가 무겁고도
진중하게 바뀌었다.

"마법사여! 그대는 이미 야위었고 안색이 나쁘도다! 그대는 죽음이
임박해 있도다!"
"어차피 누구나 죽지 않습니까?"
"그대가 죽지 않고 살 가망은 있노라. 살아 있어야만 지금처럼 갸륵

하고 착한 일도 할 수 있지 않은가?"

헥토르가 기운이 없어 대답을 하지 못하자 시간의 권력자의 목소리가 돌변한다.

"마법사여! 그대는 알고 보니, 악하기 그지없도다! 왜 남의 가정을 파탄을 내려고 하는가?"

헥토르가 겨우 힘을 짜내 한마디 한다.

"아닙니다. 저는 이사벨라를 사랑하지만 그 가정을 깨지 않습니다."
"거짓말이로다! 오로지 마법 연구와 명상에 몰두하고 일말의 사특한 마음을 갖지 않았다면 왜 그대의 몸의 피가 말라가는가!"

분노한 그의 목소리와 함께 별안간 일진광풍이 불고 헥토르는 어깨를 움츠린다.

"지금이라도 시간 멈추기 놀이를 중단하면 어떠한가?"
"시간의.... 신이시여. 송구하오나.... 저는 약속을.... 지킬.... 것입니다...."
"마법사여! 내 목소리를 들어보라! 나는 이토록 편안히 살고 가장 큰 기쁨을 누리며 모든 욕망을 버렸다. 보아라! 이 마음과 몸의 깨끗함을!"

순간 무지개와 같은 광채가 빛나고 황홀한 향기가 성채 내부 전체에

감돈다. 그리고 다시 무거운 그의 목소리가 들린다.

"마법사여! 그대가 간절하게 갖고 싶은 욕망, 그것은 애착이다. 다시 말해 고집이다. 알겠는가?"

그가 형체도 없이 무언가 움직임을 보이더니 허공중에서 달콤하고 황홀한 무언가 기운을 헥토르에게 불어넣어 준다. 순간 헥토르는 입안에 갈증이 해소되고 배가 포만감으로 든든해지면서 더없는 행복감이 밀려온다. 그는 최고의 만족감으로 정신이 몽롱해진다.

"어떠한가? 이런 상태로 명상을 하고 마법 연구에 정진하시게나!"

헥토르는 하지만 고개를 가로로 저어 보이고는 한마디 한다.

"시간의 권력자이시여! 저는 혼자서 무섭고도 쓸쓸한 곳에 들어와 간곡히 바랍니다. 저는 세상 최고의 마법과 신의 경지에 오르는 명상과 절대권력과 온갖 재물을 다 버리겠나이다!"

순간 화려했던 성채 안의 모든 꽃과 보석과 아름다운 장식물들이 순식간에 사라지고 성은 별안간 다시 황무지로 변해버렸다. 그리고 시간 권력자의 목소리가 들렸다.

"어리석은 마법사여! 그대는 천국의 길을 마다하고 지옥의 길을 가는 도다!"

"용서하소서! 시간의 신이시여!"

"좋다! 마지막으로 너에게 깨달음을 주는 이야기 하나를 들려주마."

"말씀하소서."

잠시 침묵이 흐른 뒤 그가 더욱 무거운 어조로 말한다.

"어떤 새가 맛있는 콩처럼 생긴 돌을 날아와 먹으려 하였다. 아무리 쪼아도 그 콩을 결코 먹을 수가 없는 것이었다. 결국 새는 그것을 먹지 못하고 부리만 다쳐서 허공으로 날아갔다. 마법사여! 그대도 또한 그 새와 같으니 헛되이 수고하지 말고 진실함으로 돌아가시게."

헥토르는 즉각 대답했다.

"시간의 권력자이시여! 저에게는 이사벨라에 대한 사랑만이 곧 진실함이옵니다."

그 대답을 마지막으로 헥토르는 엄청난 굉음과 함께 소용돌이 속에 갇힌다. 얼마나 그 회오리바람 속에 돌고 또 돌았을까. 어지러움을 극한으로 느낄 때 즈음 그는 다시 마법사의 방으로 돌아왔고 그의 귓속에서 시간을 멈추는 마법의 주문이 들려온다.

"아레르레탕...."

기진맥진한 헥토르는 몸을 움직일 힘이 전혀 없었다. 그는 침대에 그야말로 시체처럼 쓰러져 혼수상태가 되어버렸지만 입가에 작은 미소가 보였다. 그는 자신도 모르는 사이 마법의 성을 제외한 온 세상의 시간을 멈춰버린 것이었다.

대마법사, 헥토르의 첫 외출

온 세상이 하얗게 얼어버린 후 헥토르의 마음은 하얀 설원처럼 아무런 생각이나 감각도 사라지는 것 같았다. 그는 매일 반복되는 일과로서 마법 항아리에 약을 끓이면서 거의 대부분의 시간에 명상을 했다. 명상 중에 과거를 회상하다가 호흡이 다소 불규칙해졌지만 이내 평정을 되찾는다. 그의 호흡이 점점 사라져 희미하게 들숨과 날숨이 미약하게 유지되고 있다.

"후우후.....하아아...."

그런데 순간 잡념이 뇌리를 스친다. 하얀 평원 위에 무언가 움직이고 있다는 느낌이 든 헥토르는 살짝 눈을 뜬다. 올드 마스터 대마법사 마르티르 베르트랑의 마법의 방 한켠에 그의 동상이 마치 살아 움직이는 것처럼 보인다. 동시에 자신의 마스터였던 베네딕트의 초상화도 그 표정이 웃는 모양으로 잠깐 변형되어 보였다. 그리고 위대한 마법서 <북 오브 라르>가 서가의 한쪽에서 책장 뒤로 스르르 미끄러진다.

"시간 멈춤 마법의 부작용인가?"

헥토르는 방안을 자세하게 살폈다. 그러나 마법의 방안에는 이상한 것은 없었지만 성벽 밖에 얼어붙은 세상에 균열이 생겼거나 외부 충격이 있었던 것 같았다.

"허어! 이 방 안까지도 마력이 영향력을 미치는가?"

헥토르는 조금 당황했지만 현기증이 날 정도로 그가 이십 시간씩 명상을 한 까닭임을 알아차린다.

"이제 완전히 얼어버렸군……"

헥토르는 창밖의 꽁꽁 세상을 물끄러미 바라보다가 마법 구슬을 통해 날짜를 확인한다. 한 달을 꼬박 마법약을 끓인 헥토르는 마법 항아리를 들여다본다.

"이런! 십분의 일밖에 물이 없군."

그는 즉시 마법 빗자루를 들어 주문을 왼다.

"디비제안디스!"

그의 주문에 맞추어 하나의 마법 빗자루가 열 개로 불어난다. 그는 빗자루 손잡이 끝에 금빛 주전자를 각각 열 개 매달아 휘파람을 불며 마법의 방을 빠져나온다. 첨탑 아래의 던전 입구에 마르지 않는 생명수 같은 지하 샘물터에 다다른 헥토르와 빗자루들이 물 주전자에 가득 깨끗한 샘물을 뜬다.

빗자루들이 물을 떠서 다시 성의 첨탑 꼭대기 층의 마법사의 방으로 올라간다. 줄지어 물을 나르는 빗자루들은 흡사 군사들처럼 줄 맞추어 걷는다. 헥토르도 기분이 좋아 휘파람을 불면서 다시금 마법사의 방으로 돌아가 주전자 열 개의 물을 모두 항아리에 붓는다. 그리고 다시금 항아리 아래 마법의 불을 이십사 시간 동안 활활 타오르도록 마법을 건다. 마지막으로 크리스탈 주걱과 플래티늄으로 만든 긴 국자를 서로 춤추게 하여 항아리의 약을 젓도록 만들고는 만족한 표정을 짓는다. 그런데 헥토르는 이내 시무룩한 표정이 된다.

"흐음! 아직도 삼만 육천사백오십 일이 남았군. 후후."

처음 이사벨라를 만났을 때부터 사파이어 드래곤을 잡으러 가는 동안의 시간을 떠올리며 마치 그 시절 속으로 잠깐 다녀온 것 같은 그 생각에 빠져 산 시간이 한 달이나 지났다는 것이 그나마 그를 위로해준다.

창밖으로 보이는 세상에서 가방 먼저 발견되는 사람들은 스노우 어째씬들이다. 성벽 틈이나 첨탑 아래 혹은 벽돌 계단 참에 은닉해있는 그들의 모습이 헥토르의 눈에 들어왔다. 물론 그들은 최대한 은폐를 한 상태지만 그 은폐술을 가르친 헥토르로서는 보지 않으려 해도 안 볼 수가 없었다. 그리고 충성스러운 마법사 제자들이 마법의 성안에서 공부하거나 마법을 연구하는 자세로 그대로 얼어붙어 있었다. 그리고 저 멀리 성문에는 바르테르 기사들과 군사들 그리고 바르테르 성의 백성들도 몇몇 보였다.

"나가볼까?"

헥토르는 처음으로 마법의 주문으로 얼어붙은 세상 속으로 가고 싶은 마음이 생겼다.

"과연 나가질까?"

그는 다소 긴장한 기분이 든다. 그리고 성 내부가 아닌 첨탑의 들창문을 열어보려 했다.

"웃차! 안 열리네? 얼어서 그런가? 아니면 마법 때문인가?"

그는 마법 지팡이를 들어 창문틀에 얼어붙은 얼음조각을 녹이는 마법을 시행하고 다시 창문을 열어보았지만 허사였다. 그는 루미에르 검으로 만든 오색보석의 열기를 창문에 쏘았다.

"지잉! 지잉! 치이익!"

루미에르 검에서 방사된 강력한 열기가 창문을 충분히 녹여버렸다. 그래도 창문은 열리지 않았다. 헥토르로서는 얼어붙은 첨탑의 창문이 열리지 않는 이유를 알 길이 없었다. 그는 하는 수 없이 던전으로 통하는 계단으로 내려간 마법의 성 정문을 열고 나가기로 했다.

시간이 얼어붙어서 성 내부는 먼지가 쌓이고 시간이 흘러간 흔적들이 눈에 들어왔다. 그러나 세상은 먼지 하나 없는 고요하고 깨끗한 세상으로 보였다.

"끼이이익!"

마침내 마법의 성 정문이 열렸다. 그리고 한차례 한풍이 성안으로 밀려 들어온다.

"어? 이게 뭐지?"

그가 첫발을 내딛으려 하자 사방에 투명한 결계가 쳐져있어서 마법의 성 밖으로 나갈 수가 없었다. 어떻게 해도 눈앞에 투명하게 보이는 세상으로 들어갈 수가 없는 것이었다.

"이런!"

그는 순간 눈앞이 깜깜했다.

"그야말로 백 년 동안 이 성안에 갇혀 있어야 한단 말인가?"

그는 백 년 후 자신이 만든 약을 가지고 이사벨라와 그녀의 딸을 만날 생각을 하다가 절망했다. 백삼십 세가 넘은 호호 할아버지가 삼십 세의 젊은 이사벨라에게 약을 주면서 무언가 로맨틱한 장면을 생각했던 그 상상이 완전히 깨져버린 것이다. 순간 그의 뇌리를 스치는 생각 있었다.

"그렇지! <북 오브 라르>!"

그는 부리나케 날아서 첨탑의 마법사의 방으로 올라갔다. 미친 듯이 페이지를 넘겨 별책 부록의 금서 부분을 뒤졌다. 그는 <아레르레탕> 앞뒤 페이지에서 저절로 마법이 풀리는 백 년 동안의 주문 이외에 그것에 대한 다른 주문을 찾아보았다. 그는 다급했지만 그런 내용은 보이지 않았다.

"백 년 동안 세상을 얼려버리는 주문을 넘어서는 주문이 분명히 있을 거야!"

그는 몇 시간을 헤매고 읽을 페이지를 읽고 또 읽고 고대의 복잡다단한 룬문자를 번역한 끝에 겨우 주문을 조합하여 만들어냈다.

<세미온유니브>

"자신을 보호하기 위한 방어 결계를 치는 주문이라...... 이게 먹힐까?"

헥토르는 다시 성의 정문으로 다가가 마법 지팡이를 들고 조심스럽게 주문을 왼다.

"세미온유니브!"

주문을 허공에 큰소리를 외쳤지만 아무것도 달라진 것은 없었다.

"역시 안 되나?"

헥토르는 무척이나 긴장하여 침을 꿀꺽 삼키고는 최대한 조심스럽게 성문 밖으로 한 걸음 떼어 본다.

"어이쿠!"

그는 하마터면 중심을 잃고 바닥에 그대로 넘어질 뻔했다.

"으라차차!"

다시 중심을 잡은 헥토르가 마침내 성 밖으로 나와 세상을 둘러본다.

영하 수십 도의 차가운 세계! 아무도 살아있는 것이라곤 존재하지 않는 얼어붙은 세계! 그리고 그가 사랑했던 이사벨라가 있는 세계!

헥토르는 당장 이사벨라의 집 쪽을 향하여 마법 지팡이 위에 걸터앉아 비행을 시작한다. 온몸에 결계가 쳐져있어서 날아가는 바람을 느끼지는 못했지만 차가운 느낌은 있었다.

"바람의 느낌이 있네?"

순간 창공을 응시하던 헥토르의 눈에 구름이 움직이는 것이 보였다.

"바람과 구름은 얼지 않았는데, 어떻게 시간이 얼지?"

순간 그는 두려움에 휩싸인다. 그가 마법서의 별책 부록에서 본 예언! 그건 사실 두려운 예언이다.

<데블출현!>

악마가 얼어붙은 세계에 나타날 수도 있다는 예언을 자신이 감당할 수 있을까 하는 불안감에 비행하는 동안 마음이 편하지 않았다.

그는 일부러 마법 빗자루에 에네르기를 주입하여 하늘 높이 날 수 있는 최대치로 비행했다. 하얀 설원의 풍광이 지평선까지 눈에 들어오자 마음이 한결 밝아진다. 그는 속력 또한 최대치로 높인다. 그의 인생에서 그는 이 순간 가장 높이 그리고 가장 빨리 날았다.

"우와! 이건 마법 비행의 신기록이군!"

바르테르 성 북쪽 마법의 성에서 날아올라 남쪽 항구에 있는 죠세프 모레즈의 저택으로 최고속도로 비행하여 그야말로 눈 깜짝할 사이에 도착했다.

이사벨라의 집 마침 죠세프가 왕의 허락을 받아 범선 배아트리스 호를 항구에 정박시키고 이사벨라와 딸을 만나기 위해 집의 포털로 들어서는 순간 얼어버렸다.

그는 죠세프가 들고 있는 선물을 들여다보았다. 그는 양손에 선물을 이미 개봉하여 드러내놓고 집으로 들어서고 있었다.

양손에 선물을 나누어 든 그의 입가에는 미소가 머금어져 있었다. 한 손에는 보석이 들려있었다. 이사벨라에게 백금과 진주 목걸이를 주려고 한 모양이었다. 그리고 다른 손에는 아픈 딸 실비에게 동방의 나라에서 구한 파낙스 진생 인형을 주려고 했다.

"죠세프.... 자식! 별거 없네?"

헥토르는 꽁꽁 얼어붙은 죠세프의 어깨를 툭 치고는 포털을 지나 저택 안으로 향한다. 집의 큰 중앙문을 지나 헥토르는 하인들과 리트리버와 레브라도 같은 대형견들이 마당에서 뛰어놀다 얼어버린 그 사이를 지나 홀 안으로 들어간다.

이사벨라는 서서 침대에 누워있는 아이를 안아주려고 두 팔을 벌리고 있는 그 순간에 얼어버린 모양이었다. 두 팔을 벌린 이사벨라의 품속으로 헥토르가 쏙 들어간다. 그리고 그녀에게 안겨 얼굴을 마주 본다.

늘 그랬던 것처럼 그녀의 입술은 무언가 신비로운 기운이 감돌았다. 육체가 얼음처럼 얼어버렸는데도 불구하고 그녀의 입술은 무언가 생기가 느껴지기도 했고 무슨 달콤한 말을 해줄 것만 같았다. 헥토르는 그녀의 눈과 입술을 한동안 바라본다.

"아....이게....아닌데......"

그는 문득 그녀의 가정을 깬다거나 죠세프로부터 이사벨라를 강압적으로 빼앗고 싶지는 않았다. 그리고 그런 맹세를 한 기억이 새록새록 떠올랐다.

비록 얼었지만 이사벨라가 딸 실비를 바라보는 눈길에 사랑스러움이 가득하다는 것을 헥토르는 충분히 느낀다. 그는 문밖에서 달려들어 오다가 얼어버린 죠세프를 멀찌감치 보다가 다시 이사벨라의 아름다운 모습에 눈길을 돌린다. 온 우주가 완전하게 얼어있다는 것이 그를 무감각하게 만들어버리는 느낌이 든다.

헥토르는 그녀의 얼굴을 뚫어져라 바라본다. 그 예쁜 얼굴 중에서 입술에 그의 시선이 고정된다. 그리고 그녀의 입술이 자신을 부르고 있다는 느낌을 받는다. 그녀가 자신에게 들려줄 말이 있는 건 아닐까 하는 착각을 하게 만드는 그녀의 입술은 그의 호흡이 닿아 실제로 생기가 조금 되살아나는 것처럼 보였다. 그는 망설였지만 몸이 저절로 움직인다.

키스!

얼음과의 키스였지만 차가움보다는 달콤함이 느껴진다.

"하아, 이사벨라....."

헥토르는 자신의 얼굴이 얼어버릴 지경이 될 때까지 그렇게 그녀의 품에 안겨 있었다. 그리고 지난 십 년의 세월이 다시 주마등처럼 지나갔다.

대마법사 헥토르의 두 번째 외출

과거 회상 중에 트리스탄 모르그의 생각이 그의 명상을 중단시켰다. 헥토르는 과거 가장 치열하게 싸우고 아직까지도 그의 이미지가 커다랗게 자신의 뇌리에 남은 트리스탄과 악마들 생각에 기분이 좋지 않았다.

"불길하군...."

밤새 명상을 한 헥토르는 의자에서 일어서면서 기지개를 켰다. 그런데 머리가 핑 도는 어지러움을 느낀다.

"이거 왜 이러지?"

그는 몇 달째 잠 대신 명상으로 밤을 새웠다. 잠보다는 심연의 명상,

그게 더 체력을 증진시키고 머리가 맑았기 때문이었다.

 "그런데 오늘은 왜 이럴까?"

 헥토르는 불현듯 <악마출현>이라는 그 단어가 또 떠올랐다. 그리고
는 피식 웃어버렸다.

 "온 세상이 얼어붙었는데 무슨 악마가 나올 수 있겠나. 후후."

 그는 와일드 베리 차 한잔을 마시면서 고서들이 즐비한 서재로 눈길
이 갔다. 그리고 위대한 올드 마스터 베르트랑의 마법서들을 한번 주욱
훑어보았다.

 "역시 대단하셔!"

 미노스 시대와 그 이후 바르테르 시대에 걸쳐 이백 년간 살았던 대마
법사 베르트랑의 업적은 단연 대마왕 데바드페르(devadefer)와 악마 비
엘제버브(Beelzebub)를 영원한 암흑의 공간 속에 유폐시킨 것이다.
 바르테르 대륙을 집어삼킬 듯한 대 마왕과 악마와 그의 추종자들을
소멸시키고 베네딕트를 제자로 받아들여 세계의 질서 유지한 것도 대
단히 위대한 일이었다. 베르트랑 대마법사의 흉상을 보다가 헥토르는
약간의 악취를 느꼈다.

"흐음! 이게 무슨 냄새지?"

드래곤 하트와 다섯 보석을 섞어 삼 개월째 끓인 후로는 전혀 드래곤 냄새와 유황의 냄새 그리고 몰약의 수액 방향 내음조차 맡은 바가 없었다. 그리고 청동, 백동, 황동의 마법 항아리는 살균과 탈취의 능력이 있었다.

"그런데 오늘은 유황 냄새가 나다니? 괴이한 일이로군?"

헥토르는 마법 항아리 뚜껑을 조심스럽게 열어 드래곤 하트 그리고 유황, 몰약, 크리스탈, 오팔, 루비의 냄새를 맡아보았다. 유황 내음이 항아리에서 나는 건 아니었다. 그런데 유황의 냄새가 점점 강해지는 것이었다.

"유황 냄새가 강해진다? 이상하군? 유황을 오분의 일로 정량을 넣었는데? 그렇다면 밖에서 유황의 기운이 들어오기라도 했단 말인가?"

순간 헥토르는 무언가 생각난 것이 있어서 마법의 서 <북 오브 라르>를 펼친다.

"가만있자 어디에 적혀있더라....."

유황에 대한 챕터는 너무나도 장황하게 서술되어 있었다.

* 유황이 세계에 미치는 영향 - 황은 우리 몸속에 8번째로 높은 생체 필수 원소이다. 인체에는 수소(H), 산소(O), 질소(N), 유황(S), 나트륨(Na) 등이 대표적인데 유황은 손상된 세포를 수리하고 정자(精子)를 살린다. 뼈를 강화 근육과 머리카락을 강하게 한다. 또한 염증 제거와 살균작용 그리고 독과 유해 물질을 해독시킨다. 콜라겐의 탄력성을 유지시켜 주기 때문에 대기 중에 유황의 냄새가 나면 트리스탄 모르그의 유폐관 안에 있는 콜라겐 감옥을 확인하라! -

　순간 헥토르는 다시금 그 단어가 떠오른다.

　<악마출현?>

　"그럼 악마가 세상으로 다시 나왔단 말인가?"

　헥토르는 마음이 급했다. 부리나케 마법 지팡이를 꺼내 들고 올라타자마자 알프스 산의 오트뒤로셰의 바위 감옥으로 날아간다.

　"트리스탄 모르그! 악마여! 제발 그대로 있어라!"

　그는 마법 빗자루 위에서 최고 속도로 날아가면서 마음속으로 기도를 했다. 만년설이 뒤덮인 알프스 산의 산맥을 따라 바람을 맞으며 날아가는 것이 여간 고통스러운 게 아니었다. 영하 오십 도의 하늘을 어마어마한 속도로 날고 있기 때문이었다.

"휴우! 너무나 춥구나!"

마침내 도착한 소위 암벽 감옥인 오트뒤로세의 입구는 아무런 변화나 누군가 나왔다거나 다녀간 흔적이 전혀 없었다.

"일단 오보석의 결계 장치를 살펴보자."

헥토르는 눈에 덮인 결계석으로 다가가 쌓인 눈을 모두 치웠다. 푸른 오팔, 붉은 루비, 노란 유황석, 하얀 크리스탈 그리고 검은 몰약석으로 이루어진 다섯 보석의 결계석은 그대로 위치하고 있었다. 그리고 콜라겐으로 다섯 보석을 감싸서 바위에 고정시킨 결계의 베이스도 그대로였다. 헥토르는 자세히 오보석을 살폈지만 이상한 점은 발견하지 못했다.

지잉! 지잉!

헥토르는 허리에 차고 있는 루미에르 검에서 진동과 함께 광채가 나는 것을 느꼈다.

"하나하나 확인해야겠군! 먼저 몰약석부터!"

몰약석에서는 검은 광채가 은은하게 빛이 났다. 그리고 정상적으로 결계석으로서의 에너지를 내고 있었다. 몰약은 감람나무의 몰약수 또는 수지로 만든 수액 약품인데 오랜 세월 그 수액이 굳어 보석처럼 변한 것을 몰약석이라고 한다. 뭉친 혈액을 풀어 혈액 순환을 촉진하고, 부종을 없애 통증을 완화하며 새살이 돋아나게 하는 효능이 있다. 흑몰약석이 으뜸이다.

통상 몰약은 수지, 고무질, 정유 그리고 몰약석으로 보관한다. 세계적으로 몰약석은 매우 희귀하다. 정유는 에센셜 오일로써 감람나무에서 추출한 휘발성이 있는 몰약의 방향유(芳香油)이다.

헥토르는 결계석과 감응하는 루미에르검을 교차시키면서 이상 유무를 하나하나 확인한다.

"푸른 오팔, 붉은 루비, 노란 유황석, 하얀 크리스탈, 검은 몰약석.... 어랏?"

금색 빛이 깜빡거리면서 유황석에서 변화가 생긴 것을 직감했다. 헥토르는 희미하게 유황의 냄새, 즉 썩은 계란처럼 매캐한 내음이 나는 것을 알아차렸다.

"역시 유황에 문제가 생겼군!"

그는 황급하게 유황석을 만져보았다. 열기가 있었다. 그리고 루미에르 단검의 노란 보석 부분의 광채가 상당량 흔들리며 깜빡거렸다.

"유황의 에네르기 약해졌나?"

루미에르 검이 아주 작은 진동으로 웅웅거리는 게 느껴진다.

"이걸 어떻게 해결하지?"

헥토르는 그냥 악력으로 손바닥 크기의 유황석을 눌러보았다. 약간의 흔들림이 있었고 마법 지팡이로 그 유격을 좁혀 강하게 콜라겐 결계석 받침에 밀착시켰다. 그는 괴력으로 흔들리는 유황석을 깨질 정도로 강하게 눌렀다.

"이야압!"

헥토르의 마법으로 일단 조금 흔들리던 유황석이 결계석으로서의 역할을 할 수 있을 정도로 다시 고정되었다. 그리고 잠시 후 유황의 냄새가 더 이상 나지 않았다.

"흐음! 세상을 얼려버리니까 트리스탄 모르그 악마가 그 틈을 노려 이 세상으로 나오려고 애를 쓰는 모양이로군."

이미 이백 년 전에 얼어붙은 악마가 아직도 힘을 쓰고 있다는 게 그로서는 신기할 따름이었다. 암벽 바위를 자세히 확인한 후 헥토르가 감옥을 떠나려 하자 신비한 기운이 헥토르를 잡아당긴다.

"아니?"

그는 지체 없이 마법 지팡이를 꺼내 들었다.

"세미온유니브!"

그는 자신을 보호하기 위한 방어 결계를 치는 주문을 외쳤고 순간 그의 몸을 둘러싼 투명막의 결계가 쳐졌다. 그러자 어딘가에서 무섭고도 괴이한 중저음의 웃음소리가 들려왔다.

"흐흐흐흐, 하하하하하하"
"누구냐!"

헥토르가 당황하여 마법 지팡이를 들고 외치자 이번에는 흰 수증기와도 같은 괴이한 기운 덩어리가 그에게 다가와 한쪽에 섰다.

"대마법사님이시여! 만나 뵙게 되어 영광이옵니다."
"그대는 누구인가? 악마의 에네르기라면 기운을 거두고 다시 결계 속으로 돌아가라!"

순식간에 하얀 연기 같은 에네르기가 사라지자 헥토르는 루미에르 검을 사용하여 오보석으로 만든 결계석에 강한 에네르기를 주입하고 마법 빗자루에 올라탄다. 그리고 바르테르 마법의 성으로 향한다. 그는 자주 바위 감옥에 와서 악마, 트리스탄 모르그의 에네르기를 확인해야 겠다고 마음먹는다. 그리고 잠시 후 그가 마법 빗자루를 내려 착륙한 장소를 보고 깜짝 놀란다.

"아니? 여기는 이사벨라의 집이 아닌가?"

그는 자신도 모르게 마법 빗자루에게 그렇게 명령을 내린 모양이었다.

이사벨라와 죠세프의 저택

헥토르는 마법 빗자루에서 내려 착륙한 장소에서 좌우를 둘러보며 한동안 꼼짝하지 않았다. 정원의 왼편에서는 죠세프가 달려들어 오다가 멈춘 자세로 얼어붙어 있었고 오른쪽에는 이사벨라가 그녀의 딸 실비를 안아주려고 두 팔 벌려 웃고 있는 한가운데 그가 서 있었다. 그는 망연자실한 상태로 하늘을 보다가 이내 고개를 숙여 무언가 반성하는 표정이 된다.

"나는 지금 여기 이사벨라의 집에서 무엇을 하고 있는 것인가?"

문득 그는 자신도 모르게 회한이 밀려오는 걸 느낀다.

"이게 다 뭐란 말인가? 다 부질없는 짓은 아닐까?"

"너는 어떻게 생각하나? 할디르 포드경!"

헥토르는 빗자루에게 말을 걸었다가 아무 대답이 없는 빗자루를 보고 머쓱해진다. 그는 평소 자신의 마법 빗자루를 할디르 포드경이라고 부르곤 했다.

"그동안 기왕에 그렇게 불렀으니까, 오늘 아예 진짜 그 사람으로 만들어주마! 히힛!"

그는 순간 마법 지팡이를 써서 그 마법 빗자루를 과거 바르테르 왕국의 현자 할디로 포드경으로 둔갑시켰다.

펑!

소음과 함께 마법 빗자루는 멀쩡한 학자의 모습으로 변했다. 오십 줄에 접어든 점잖은 학자의 풍모가 제법 학식 있어 보였고 풍채가 멋져 보였다.

"할디르 포드경! 아무 말이나 해보시게, 내가 부질없는 짓을 하고 있나?"

마법에 의해 사람으로 변신한 빗자루는 실제 인간의 목소리로 말을 하기 시작한다.

"네? 부질없다니요? 아닙니다. 부질없는 짓이란 그때그때 생각하는 사람의 처한 환경에 따라 달라지는 건 아닐까요?"

"그럼 내가 잘하고 있단 말이지?"

"네! 대마법사님, 그렇게 생각하세요. 긍정적으로요! 남성에게 있어서 여인은 아름답고 매력적인 상대 아닙니까?"

"자네는 켈트족이라 성적인 부분에 대해 개방적이군!"

"마법사님도 켈트인의 피가 반, 엘다르인의 피가 반 섞인 걸로 아는데요?"

"그래서 내가 자네보다 덜 호색적인 거라고!"

"내가 호색한이라고요? 천만에요! 전 빗자루예요! 전혀 색을 밝히지 않는답니다."

"하하하하! 그래, 내가 졌다."

헥토르는 할디르 포드경의 어깨를 툭 쳤다.

"빗자루가 재미난 대화를 이렇게까지 잘할 수 있다니 과연 할디르 포드경! 아니 비호색한 빗자루경은 대단해! 존경할 만해! 정말 놀랍군!"

쿠쿵!

그와의 대화 도중 아득히 먼 곳에서의 충격파가 느껴졌다. 헥토르는 그것이 시간을 얼린 부작용이라는 것을 감지했다. 그는 굉음의 방향과 심지어 위치까지도 정확하게 알고 있었다.

그는 지체없이 마법 빗자루를 타고 다시 오트뒤로셰 감옥으로 날아갔다.

"이런! 오보석 주위의 입석 기둥들이 다 쓰러지다니?"

둘레의 커다란 기둥들이 얼음 바닥으로 쓰러져 엄청난 굉음을 낸 모양이었다. 동물의 힘줄, 피부 등에 들어있는 특수한 단백질을 아교질화하여 결계석을 세웠는데 몇 개월째 강추위에 콜라겐 조직이 깨지면서 기둥이 쓰러진 것이었다.

"어쩌면 이 콜라겐이 다 얼어 터지면 오보석의 결계가 깨지고 악마가 세상으로 나오겠군."

헥토르는 마력으로 콜라겐과 다섯 개의 보석이 한 몸처럼 일체가 되도록 강화시키는 작업을 시행했다.

"좋아! 이제 좀 안심이 되는군."

몇 번이나 확인을 한 끝에 헥토르는 알프스산에서 날아올라 바르테르 마법의 성으로 향한다.

피습당한 헥토르 마법사

깊은 명상 속에서 이사벨라가 자신을 꼭 안아주던 불타는 고블린 성의 장면을 떠올리다가 헥토르는 어느새 눈시울이 붉어지며 자신도 모르게 눈물이 났다. 그리고 자연스레 명상에서 깼다.

그는 불현듯 악마가 자신을 급습할 거라는 예감이 들었다. 신경이 날카로워진 헥토르는 마법 지팡이를 들어 할디르 포드를 이십 명으로 만들어 단번에 마법 항아리에 물을 채웠다. 그리고 외로운 표정으로 서 있는 할디르 포드를 보다가 문득 마법 지팡이도 사람으로 변신시키기로 했다. 그는 바르테르 왕국의 전설적인 미모의 공주인 벨공주로 지팡이를 변신시켰다. 헥토르는 벨공주와 할디르 포드와 옛이야기를 주고받노라니 마음이 어느 정도 편해졌다.

대화 중에 헥토르가 대화를 중단시키고 귀를 기울인다. 그가 상당히 긴장을 한다.

"누군가 마법의 성에 근접해 있다!"

그는 인기척을 느낀다.

"제가 나가보고 올게요. 누군가 있다니요?"

할디르 포드가 성채를 한 바퀴 순찰하고 나서 매우 긴장한 얼굴이 되어 돌아왔다.

"대마법사님...."

"왜?"

"약간의 문제가 있군요."

"무슨 소리야?"

"그, 그게...."

"어서 말을 해봐!"

"저어, 성문이 열려 있습니다."

"뭐라고? 일 년이 넘게 얼어붙었던 성문을 누가 열었단 말이야?"

"그, 글쎄 저도 잘...."

"그리고 또 뭐 이상한 게 더 있나?"

"네, 성문 밖에 보초병들이 모두 쓰러져 있습니다."

"네 명 모두?"

"네, 그렇습니다."

"그들은 눈과 얼음으로 발까지 얼어서 움직일 수가 없었을 텐데?"

"그러게 말입니다. 도대체 누가 그런 괴력을 발휘할 수가 있죠?"

헥토르는 자신의 두 눈으로 직접 확인하고 싶었다.

"가보자!"

"안 됩니다. 마법사님!"

이번에는 벨공주가 그를 말린다.

"함정이에요! 마법사님을 결계에서 끌어내리려고 일부러 그런 짓을 벌였겠지요. 어쩌면 저들이 함정을 파놓고 숨어서 마법사님을 기다리고 있을지도 몰라요."

"글쎄? 과연 나를 이길 자가 대륙에 몇 명이나 있을까?"

헥토르의 자신감에 벨공주가 찬물을 끼얹었다.

"이 대륙 외부에서 엄청난 자들을 데리고 왔다면요? 마법사님을 이길 수 있는 자들을 데려왔을지도 모르잖아요?"

"뭐? 다른 대륙에서? 흐음...."

헥토르는 앉아서 당하고만 있을 수는 없었다. 상대방의 기습에 대비할 방책을 마련해야만 했다.

"벨공주! 할디르 포드경! 우린 더 많은 우군이 필요하다."

헥토르는 학식이 풍부한 할디르 포드경에게 묻는다.

"적을 상대하려면 우군이 강해야 할 텐데... 뾰족한 대책이 없을까?"
"있지요."
"그래? 말해봐."
"가장 막강한 병기를 마법의 기사로 만들면 제아무리 강한 적이라 해도 다 물리칠 수가 있지요."

"가장 강한 병기를 기사로 만들어?"

할디르 포드는 마치 친절한 선생님처럼 설명을 해준다.

"네, 대마법사님, 마법사님이 허리에 늘 차고 있는 이 루미에르 검처럼 세계적인 명검들이 있잖아요."
"그렇지."
"바르테르 대왕이 사용하다가 지금은 바르테르 병기 창고에 고이 모셔둔 무기들만 해도 꽤 됩니다. 투르곤의 검과 디콘창 그리고 실마릴의 보검 등이 대표적이지요."
"그 무기들은 다 병기고에 있겠지?"
"물론이지요."

할디르 포드 싱긋 웃으면서 말을 잇는다.

"대마법사님이 가지고 계신 루미에르 검도 미들랜드의 엘다르인 종족에서 만든 명검이지요."
"루미에르검 말고 뭐 더 강한 최고의 병기는 없나?"

할디르 포드가 곰곰 생각을 한다. 그리고는 무릎을 탁 친다.

"마법사님, 이 마법의 성 건물이 오각형이기 때문에 다섯 개의 무기가 각각 한 방향씩 지키면 좋겠네요."

"그럼 한 개가 더 필요하군!"

"제가 말씀드리기 곤란하지만 오래전 에릭 장군이 사용했던 스톰브 링어란 검이 있습니다."

"뭐? 그건 소유자를 파멸시키는 마검 티르빙의 검 아냐?"

"물론 예전에는 그랬지요."

"예전에? 그럼 지금은?"

"이제는 주인이 바뀌어 더 이상 마검이 아닙니다. 스톰브링어는 검 은색의 대검으로 검신에 빼곡하게 붉은 룬 문자가 새겨져 있습니다. 그 모양 때문에 종종 블랙 소드라고도 불리지요. 이미지가 안 좋지만 실제 로는 가장 강하답니다."

헥토르는 내키지는 않았지만 다섯 방향에 다섯 명의 검투사들을 배 치하려면 막강한 검이 필요하기는 했다.

"할디르 포드! 그런데 그 검은 지금 어디에 있나?"

"글쎄요. 전설에 의하면 폰다로사라는 연못 속에 있다는데...."

"그래?"

마법구슬을 한번 슥 돌려보고는 헥토르는 의미심장한 미소를 지어 보인다.

"이 대륙 동북쪽 끝이군, 왕복 이십 시간은 걸리겠어."

할디르 포드가 무언가 말을 하려다가 멈칫한다.

"무언가 할디르?"

"그런데 마법사님이 세상을 다 얼리셔서 그 장미의 연못인 폰다로사도 얼어붙었을 겁니다."

"그래서?"

"연못의 얼음을 다 깨고 스톰브링어 검을 꺼내는 작업을 열 시간 이내로 마치셔야 합니다. 즉, 마법 항아리의 물이 다 증발하기 전에 돌아오셔야 합니다."

"난감하군, 내가 마법 지팡이와 빗자루를 가지고 가야 하고 지팡이를 남겨두어도 내가 천 킬로 이상 날아가 지팡이와 멀리 떨어진다면 마법력이 약해져서 벨공주가 혼자 던전에서 물을 길어오지 못할텐데...."

"좋아! 일단 다 같이 가서 스톰브링어를 가져오자."

만반의 준비를 한 헥토르가 마법 빗자루를 타고 동북향으로 날아오른다.

"마검 티르빙이라 불렸던 스톰브링어야. 기다려라!"

춥디추운 창공을 무서운 속도로 날았지만 헥토르는 깊은 상념에 잠겼다. 투르곤의 검에서는 화염이 발사되는 화염검이고 디콘창은 무엇이든 박살 내는 파괴의 병기이다. 그리고 루미에르 검에서는 인간이 감히 쳐다볼 수 없을 정도의 강한 광선이 방사되고 실마릴의 보검은 무엇이든 막아 낼 수 있는 세계최강의 방패와도 같은 강한 물질로 만든 명검이다. 그런데 스톰브링어는 우군과 적군을 모두 파멸시키는 마력이 있다. 적의 영혼을 먹는 검 그리고 그 검을 사용하는 자가 저주에 걸려 결국 자신도 파멸한다는 검이기에 헥토르는 영 께름칙하기는 했다.

전투에서 상대를 죽여 스톰브링어 검이 먹은 영혼이 검속으로 들어올 때 검의 주인은 엄청난 쾌감을 느낀다. 이 검이 없으면 마력이 약해지기 때문에 검의 주인은 스톰브링어에 중독되어 의존하게 된다. 스톰브링어도 역시 검의 주인에게 집착하기 때문에, 검을 물속이나 불 속에 던져버려도 공중에 떠서 주인이 다시 잡기를 기다린다. 혹 검을 아주 먼 곳에 버려도 스스로 돌아온다. 또한 검의 주인은 스톰브링어가 가지고 있는 마력을 사용할 수 있기 때문에 검과 검의 주인은 공생관계가 되곤 한다.

그런데 주의할 점은 검이 주인을 선택한다는 것이다. 제아무리 검을 갖고 싶어도 스톰브링어 검이 허락하지 않으면 검을 가질 수가 없다. 일단 누군가 검을 가졌다 하더라도 주인 자격이 없으면 검이 스스로 가버리기 때문이다.

"저기입니다! 마법사님!"

빗자루 형태의 할디르 포드가 소리쳤다.

"우와! 생각보다 엄청 큰 호수인데요?"

할디르 포드가 스스로 알아낸 장소이기 때문에 폰다로사라는 장소를 마법 빗자루는 정확하게 찾아냈다. 그리고 헥토르는 장미 연못이라는 곳이 진짜 장미가 아니라 얼음 장미, 일명 아이스 로즈라는 것도 비로소 알게 되었다.

"이건 다 연못이 아니라 만년설의 눈과 얼음이 녹아서 연못이 크게 불어나 호수처럼 보이는 것이다."
"그렇군요."

헥토르는 에네르기를 양손에 가득 채울 때까지 심호흡을 한다. 그리고 아랫배와 정수리로부터 나온 에네르기가 그의 양손으로 점점 모여 들기 시작한다. 형광색 광선이 은은하게 비치면서 전신의 에네르기 드디어 양 손바닥에 가득 차고 흘러넘칠 지경이 되었다. 그는 순간 마법 지팡이를 높이 들어 화염방사 마법 주문을 외운다.

"에끌라뜨망푸!"

순간적인 화염이 방사되면서 헥토르가 두어 걸음 뒤로 물러섰다. 마법 지팡이에서 나온 강렬한 불꽃은 마치 드래곤의 파이어 브레스트와 같이 강하게 연못 위로 쏟아졌다. 그리고 연못의 표면이 순식간에 녹아버렸다. 그러나 이 미터 정도의 얼음을 다 녹일 수는 없었다.

헥토르는 순간 당황했다

"이거 큰일이로군! 시간이 엄청 걸리겠는 걸! 몇 번이나 더 해야 할까?"

그가 열 번을 쉬지 않고 화염마법을 시행하자 오십 센티미터 정도의 얼음이 녹았고 점차 물로 변했다. 그리고 그 아래 일 미터 정도의 하방에 스톰브링어의 검은 형태가 얼음 속에서 그 모습을 드러냈다.

"오케이! 한 삼사십 번 더 하면 저기까지 녹일 수 있을 거야!"

그가 다시 한 번 더 기운을 모아 화염마법을 시전하려는 찰나 그의 등 위에서 무언가가 빠르게 다가온다.

"앗? 이럴 수가?"

헥토르는 급하게 피했다. 얼음이 사람의 형태를 하고 나타난 것이었다. 그 얼음 인간은 다짜고짜 헥토르에게 달려들었다. 순식간에 피습당한 헥토르는 급하게 루미에르 검을 발검하고 단검을 장검으로 길이를 늘였다. 그리고 광선 에네르기를 쏘아 얼음 인간의 허리를 두 동강이 내버렸다.

"휴우! 응? 어라?"

그가 안도하고 있을 때 이번에는 두 명의 얼음 인간들이 그에게 달려오는 것이 아닌가!

스톰브링어와 헥토르 마법사

헥토르는 비교적 여유 있게 두 명의 아이스 인간에게 루미에르 검을 휘둘렀다. 일차 때와는 달리 얼음 인간들은 루미에르 검의 충격파를 받고도 휘청거리면서 좀비처럼 조금씩 다가왔다.

"이얍!"

헥토르는 파워 있는 동작으로 점프하면서 루미에르 검을 휘둘렀고, 광선과 함께 검날에 맞은 얼음 인간들을 그대로 파괴되었다. 파편으로 변한 그들은 그냥 얼음덩어리에 불과했다.

"이건 흑마술인데⋯⋯괴이한 일이로군!"

헥토르는 사방을 둘러보았다. 그러나 아무도 보이지는 않았다.

"도대체 얼음 인간들을 누가 어디서 조종하는 거지?"

주위를 둘러보다가 헥토르가 할디르 포드를 인간으로 만들고 그에게 루미에르 검을 쥐여주고 그가 사주경계를 하는 동안 자신은 다시 얼음을 녹일 채비를 했다. 그런데 조금 전 삼분일 정도 녹았던 얼음이 점차 살얼음이 끼면서 다시금 얼어붙으려 했다. 그가 급하게 화염마법을 시전하는데 이번에는 멀리서 네 명의 아이스 인간들이 달려온다.

"으음, 저쪽이로군! 저 북쪽 숲속에 누군가 숨어서 얼음 인간들을 보내는 모양인데...."

할디르 포드가 루미에르 검을 들고 얼음 인간 네 명과 맞붙어 겨우겨우 어려운 싸움을 하고 있다. 헥토르가 도와주려고 해도 얼음이 자꾸 도로 얼어버릴까 봐 화염 마법을 멈출 수도 없었다.

"이거야말로 진퇴양난이로군!"

이십여 분을 싸운 끝에 할디르 포드가 루미에르 검으로 네 명의 얼음 인간을 쳐부수고 의기양양하게 헥토르 곁으로 돌아왔다.

"어때요? 저는 문관인데 이 정도면 장군이나 기사보다도 낫지요?"
"뭐? 겨우 이겨놓고 잘난 체하기는? 그 루미에르 명검이 없었다면 할디르, 자네는 부러진 빗자루가 될 뻔했어."
"에이! 마법사님도! 제가 그렇게 호락호락한 줄 아세요? 어이쿠!"
"왜 그래?"
"저길 보세요!"

"어디?"

다시금 북쪽 숲에서 얼음 인간들이 이번에는 여덟 명이나 오고 있었다. 매번 배로 숫자가 불어나고 있었다.

"안 되겠다! 할디르, 이리 오게. 내 곁에 바싹 붙어!"
"예!"

헥토르는 마법 지팡이를 치켜들었다.

"세미온유니브!"

그는 자신과 할디르 포드를 보호하기 위한 방어 결계를 치는 주문을 외우고는 여덟 명의 얼음 인간들이 반경 오 미터 밖에서 빙글빙글 도는 것을 보고 그제야 안심을 했다. 할디르 포드도 안도하는 모양이었다.

"고맙습니다! 마법사님! 저놈들이 여긴 절대 못 들어오겠죠?"
"물론이지."

헥토르는 쉼 없이 얼음을 녹였고 화염 마법이 수십 차례 반복되자 이제 몇 센티만 더 녹이면 스톰브링어의 검병 즉, 소드핸들을 잡을 수 있을 것 같았다.

"으아아아!"

"또 왜 그래?"

그런데 별안간 할디르가 비명을 질렀고, 결계 밖을 보니 열여섯 명의 얼음 인간들이 추가로 나타나 결계를 마구 두드리는 것이 아닌가!

"쿵쿵쿵쿵! 퉁퉁퉁!"

결계가 깨지지는 않았지만, 소음 때문에 헥토르는 집중이 잘되지 않았고 화염마법이 점점 약해졌다. 그리고 그의 마력이 거의 바닥이 난 상태였다.

"쿵쿵쿵 쾅쾅쾅쾅 찌이익."

기분 나쁜 소음에 헥토르가 결계의 상태를 살핀다.

"어? 결계가 찢어지려고 하네?"

"서둘러요! 마법사님!"

하디르가 소리를 지르자 헥토르는 재빨리 화염마법을 쓴다.

"엘끄라뜨망푸!"

화염이 얼음으로 들어가 연못의 물을 거의 끓이다시피 하여 뜨거운 물에서 올라온 수증기가 결계 안에 꽉 찬다.

"이제 한번 더하면 검을 꺼낼 수 있을 것 같다!"

엘끄라뜨망푸!
그가 마지막 주문을 외우는 순간 하늘이 무너지는 굉음이 들린다.

"우지끈! 찌이이익! 콰광!"

실제로 눈에는 보이지 않지만 투명한 결계가 찢어져 완전히 무너지고 말았다. 그리고 얼음 인간들은 어느새 수십 명으로 불어났다. 삼십이 명이 추가로 투입된 모양이었다. 오십 명이 넘는 얼음 인간들이 헥토르와 할디르 포드를 에워싸고 두 사람의 다리와 팔을 마구 잡아당겼다.

"으아아악."

할디르가 놀라 소리쳤지만 실제로 그는 통증을 느낄 수 없는 빗자루였다. 헥토르는 겨우 잡은 스톰브링어의 소드핸들을 강하게 부여잡고 외친다.

"티르빙의 마검! 스톰브링어! 내가 너의 새 주인이다!"

그러자 검은 스톰브링어에서 어둡고도 음침한 불빛이 검신 전체에 한번 휘웡 하고 돌더니 그 불빛을 머금은 채로 징징 울리기 시작한다. 아무런 반응이 없다면 스톰브링어가 새 주인을 거부하는 것이지만 감응이 있다는 것은 그가 헥토르를 새 주인으로 받아들이겠다는 신호였다.

"오오! 감응하는군!"

얼음 인간들에 의해 두 팔과 두 다리가 찢어질 것 같은 고통 속에서 헥토르가 마검을 휘두르자 검에서 엄청난 기운이 느껴졌다.

"우와! 대단한걸?"

스톰브링어는 마력으로 가득한 이른바 마검이었다. 스톰브링어 검은 즉각 탈진한 헥토르의 몸에 마력을 거의 만렙으로 채워주었다.

"이럴 수가?"

헥토르는 스톰브링어의 마력으로 공중으로 날아올라 높이 솟구쳤다가 다시금 아래로 날아내려 오면서 검에서 강한 충격파를 지상으로 흩뿌렸고 일순간 오십 명이 넘는 얼음 인간들이 그대로 산산조각이 되고 말았다.

짝짝짝짝!

할디르 포드가 쓰러진 채로 박수를 보냈다.

"할디르 포드경, 몸은 어때? 어디 부러진 데는 없지?"
"부러지기 일보 직전이었어요."
"휴우! 다행이다."

마법의 성으로 돌아온 헥토르는 루미에르 검과 스톰브링어를 양쪽 등에 교차하여 메고 할디르 포드와 함께 바르테르 성의 이 층에 있는 병기고로 향했다. 얼어버린 궁성을 본 헥토르는 마음이 무거웠다.

"일 년 만에 바르테르 궁이 폐허로 변하다니 세월이 무상하군...."

오래된 대리석에 고드름이 열리고 눈과 얼음으로 둘러싸인 궁성의 문이 열리지 않아 헥토르는 곧바로 이 층으로 날아올라 유리창을 깨고 안으로 진입했다. 하늘을 비행하려면 마법 빗자루를 타고 가야 했지만 스톰브링어가 마력을 배가시켜 주어서 어느 정도의 도약이나 짧은 비행이 가능해진 헥토르는 스톰브링어에 애착이 생겨버렸다.

병기고를 지키던 병사들이 얼어붙어 마네킹처럼 서 있었지만 문은 의외로 쉽게 열렸다. 켜켜이 먼지가 쌓인 병기고는 그야말로 칼과 창과 방패, 투석기와 바리스타 등등 없는 게 없었다. 그리고 오른쪽 구석에 벨벳으로 문짝으로 만든 작은 문이 있었다.

"여기로군!"

헥토르는 힘을 주어 벨벳으로 만든 문을 열자 문짝이 부서지면서 기다란 나무 케이스가 나타났다.

"후우! 먼지!"

케이스를 열자 과연 투르곤의 검이 부연 먼지 속에서도 은은한 광채를 빛냈다.

"좋아! 화염의 검 투르곤은 정말 멋지군!"

그런데 이상한 건 별안간 헥토르의 등에서 지잉지잉 하는 진동이 울리는 것이었다.

"아! 스톰브링어가 질투를 하는군! 이상하네? 루미에르 검에게는 질투하지 않던 스톰브링어가 투루곤의 검에 질투하는 건 왜일까?"

할디르 포드가 끼어들었다.

"마법사님, 그건 간단한 이치이지요."
"뭐가?"
"루미에르는 엘프의 검 즉 엘다르인의 검이기 때문에 질투심이 없고 과거 수많은 피를 먹은 인간의 명검인 투루곤의 검에게는 경쟁의식 혹은 질투심이 발동된 거겠지요."

"그럴까?"

헥토르는 등에서 스톰브링어를 풀어 안아주면서 속삭였다.

"기분 나빠하지 말아라. 네가 최고의 명검이다. 후후"

그러자 비로소 스톰브링어가 진동을 멈추었다. 헥토르는 다음 케이스에서 실마릴의 보검을 꺼냈다. 다이아몬드보다 강한 특수물질로 만든 실마릴의 검은 상대의 검을 부러뜨리고 각종 공격을 다 방어해주는 최강의 방어검이다.

"그런데 디콘창이 안 보이네?"
"그러게요. 여기 보검들 쪽에 없는 걸 보니 창 코너로 가보시죠."

사실 헥토르는 과거 디콘창을 몇 번 보기는 했어도 정확하게 어떻게 생겼는지 기억이 나지 않았다. 그리고 할디르 포드는 디콘창을 한 번도 본 적이 없었다.

"어? 창 코너에는 보검을 따로 보관하는 고급 케이스가 없네? 난감하네?"

헥토르는 실제로 디콘창을 찾을 수가 없었다.

"혹시 스톰브링어가 할 수 있을까?"

고심 끝에 그는 스톰브링어에게 조심스럽게 명령을 한다.

"최고의 명검 스톰브링어! 디콘창을 찾아다오!"

외침과 동시에 헥토르가 스톰브링어를 앞쪽으로 던졌다. 공중에 붕붕 떠 있던 스톰브링어가 이리저리 창 코너에 전시된 천 개가 넘는 창들을 훑어보다가 이윽고 멈추었다. 일반 창들 속에 아무렇게나 방치되었던 모양이었다. 스톰브링어가 지목한 디콘창은 창봉이 굵고 길이가 좀 짧은 창이었다.

헥토르는 그 창이 디콘창임을 증명하기 위해 창을 들고 외친다.

"파괴의 창이여! 너의 힘을 보여라! 디콘스럭션 스피어 파워!"

그는 창을 들어 옆에 있던 여러 창의 금속 부분을 가격했다.

채쟁!

그러자 강철로 된 창의 헤드 부분이 모조리 박살이 났다.

"맞네, 맞아, 헤헤헤."

할디르 포드가 반색을 한다.

"이제 마법의 성으로 돌아가시죠."
"그래! 자네가 검들과 창을 들고 오게."
"왜요? 무거우세요?"
"아니.... 스톰브링어가 싫어하잖아...."
"어이구! 벌써 스톰브링어의 노예가 되신 거예요?"
"노예라니! 말조심하게! 내가 얘를 사랑하다 보니까 그런 거지!"
"사랑이라구요? 그럼 이사벨라님은요?"

순간 할디르 포드의 얼굴이 하얗게 질리고 헥토르가 화가 난 표정으로 날아서 마법의 성으로 먼저 가버렸다. 할디르 포드는 무거운 검 두 자루와 창을 들고 쩔쩔매면서 어렵게 돌아와 헥토르의 눈치를 살핀다.

"죄송합니다.....마법사님...."
"아니다."

헥토르는 할디르 포드가 꺼낸 이사벨라라는 이름이 자꾸 귓전에 맴돈다.

"가면 안 된다. 트리스탄이나 다른 마법사가 있다는 걸 내가 알았으니 절대 이사벨라의 집으로 가서는 안 돼!"

헥토르는 오랜만에 두통을 느꼈다. 그는 마법으로 간단하게 두통을 치료할까 하다가 그대로 놔두었다. 약간의 고통이 그리움을 잊게 할 수 있을 것 같기 때문이었다.

그는 이사벨라가 보고 싶었지만 적의 목표가 정해지는 것을 허락할 수 없었다. 흑마법사인지 아니면 트리스탄 모르그의 수하인지는 몰라도 그가 이사벨라를 해치는 것은 용납할 수가 없었다. 그래도 그는 이사벨라를 보고 싶은 마음을 참을 수 없었다.

"좋아! 일단 다섯 병기들을 사람으로 만들어 그들을 호위병 삼아 가 보자"

그는 먼저 투르곤의 검을 잡고 주문을 외웠다.

"사람으로 변하라!"

투르곤의 검은 바르테르 왕과 아주 흡사한 모습으로 변했다. 헥토르가 그 왕의 초상화를 본 적이 있어서 투르곤 검이 바르테르 왕과 매우 닮았다는 것을 알 수 있었다.

"투르곤, 자네는 외부 침입자들을 완벽하게 처리해야 한다. 침입자들을 모두 불태워 없애버려!"
"네! 대마법사님! 걱정 마십시오."

"좋아!"

그는 다음으로는 디콘창을 인간의 모습으로 바꾸어 생명력을 불어넣었다. 창이 스르르르 모습을 변모시키더니 바르테르 시대의 전설의 장군 지그문트 장군과 흡사하게 변했다. 지그문트는 나중에 왕이 된 검투사였다.

"지그문트! 자네는 외부에서 나를 공격하는 모든 존재를 파괴시켜라!"
"명령을 받듭니다."

헥토르가 실마릴의 검을 변모시키자 검은 즉각 케멜리 왕의 모습과 유사해졌다. 헥토르는 어쩐지 그에게 반말을 하기가 거북했지만 호위병사에게 존댓말을 할 수는 없었다.

"케멜리, 자네는 처음부터 마지막까지 나를 보호하면서 모든 병기를 다 막아내야 한다."
"물론이지요. 방어는 제 전문입니다."

오랜 세월 자신과 함께한 루미에르 검을 인간으로 변하라고 명령하고는 그의 변모한 모습에 헥토르는 적지 않게 놀랐다. 검이 여자로 변한 것이었다. 그것도 나이 많은 실버 헤어의 여인이었다.
그리고 헥토르는 그 여인의 이름이 기억났다. 엘프의 여왕 갈라드리엘과 닮은 여인이었다. 그는 바로 그녀의 이름을 불렀다.

"갈라드리엘."

"네, 말씀하세요."

"너는 어둠의 세력이 나타나면 그들을 태우는 최고의 광선을 폭발시키거라."

"네, 반드시 그리할 것입니다."

그녀의 목소리는 예상외로 젊고 예뻤다. 엘다르인은 늙지 않는다더니 천 살이 넘은 갈라드리엘은 사오십 대의 원숙한 여인 같아 보였다.

마지막으로 헥토르는 스톰브링어를 변신시킨다.

"스톰브링어! 인간으로 변하라!"

그런 스톰브링어는 검 전체에 수증기가 나면서 변신할 듯하다가 그대로 있었다.

"이런! 마법이 통하지 않다니?"

헥토르는 더 강력한 주문으로 재도전한다. 마법 지팡이를 높이 들고 강력한 목소리로 에네르기를 만랩으로 사용해 외친다.

"드브니르위멩!"

하지만 헥토르의 강력한 주문에도 스톰브링어는 여전히 변신이 되지 않았다. 헥토르는 적지 않게 당황했다. 그는 기본적인 변신 마법을 한번 써보기로 한다.

"트랑스포르메!"

그런데 주문과 함께 뭉게뭉게 수증기가 엄청나더니 스톰브링어가 마법의 성 밖으로 날아간다. 헥토르는 즉시 그를 뒤따라 달려갔고 성문 앞의 광장에서 본격적으로 스톰브링어가 변신을 하기 시작한다. 엄청난 수증기가 짙은 안개처럼 일대를 다 뒤덮고 무언가 거대하고 엄청난 존재가 그 안갯속에 도사리고 있었다.

"아니 저것은?"

헥토르가 말문이 막혀 그대로 긴장해버렸다. 그리고 뒤늦게 따라 나온 할디르 포드가 놀라 소리친다.

"마, 마, 마법사님! 저, 저건 드래곤이네요?"

스톰브링어는 인간으로 변신하지 않고 드래곤으로 변신했다. 그것도 검은빛이 감도는 다크 드래곤이었다.

"너의 이름은?"
"드라노쿠스!"

"나를 보호할 수 있겠나?"

"당연하지! 너는 내 주인이다."

"그럼 내가 너를 타고 비행을 좀 할 수 있나?"

"물론! 너는 내 주인이다."

"좋아. 이사벨라의 집으로 가고 싶군. 나머지 네 명의 호위병사들을 다 태우고 출발해보자구. 흐흐흐."

헥토르는 이사벨라 집으로 가는 길에 저절로 웃음이 나왔다. 호위병사인 드래곤이 반말을 해도 기분이 나쁘지 않았다. 콧노래를 부르며 드래곤에서 내린 헥토르는 이사벨라의 집 부근으로 가서 열 집 이상의 가정 방문을 한다. 그러면서 시종 누군가 자신을 미행하고 있지는 않나 촉각을 곤두세웠다. 드래곤 즉, 드라노쿠스와 네 명의 전설적인 왕들이 경호하는 가운데 헥토르는 이사벨라 집 동네를 누비면서 사주 경계를 했다.

그는 집마다 들어가 사람들을 어루만지고 그 집에 잠시 머물렀다. 헥토르는 이사벨라의 집에 와서도 이사벨라와 그녀의 딸 실비를 한번 만져보고 죠세프의 등도 툭 치고 지나갔다. 그리고 다른 집도 계속 들러서 가족들을 모두 만져주었다. 그리고 그는 누군가 자신을 먼발치에서 바라보고 있다는 에네르기를 느낄 수 있었다. 그렇기 때문에 그는 이사벨라를 오랫동안 보거나 만질 수가 없었다. 그래도 그는 기쁨이 눈물이 주르륵 흘러내렸다.

헥토르 마법사의 결계

세월이 무상하다는 말이 실감 나는 아침이었다. 청동거울에 반사된 하얗게 센 머리카락과 줄어든 키 그리고 무엇보다도 얼굴에 주름이 가득한 피사체를 보면서 헥토르는 자기 자신이 아니라고 믿고 싶었다.

"명상 덕분에 감정 기복이 거의 없어졌지만 청춘도 사라졌군!"

헥토르는 마음이 가라앉아 침잠하는 것을 원해서 오랜 세월 명상을 해 왔지만 막상 세상에 무감각해진 것은 한편으로 신경이 쓰이기는 했다.

몇 년을 기다려도 마법의 성 외부에 침입자가 근거리로 접근하는 적들의 기미가 없었다. 그도 그럴 것이 다섯 방향을 전설적인 왕들로 변신한 세계 최고의 병장기들이 지키고 있기 때문이었다.

투르곤의 검은 바르테르 왕의 노련한 병사로서의 자세를 유지하면서 거의 육십 년 이상을 근무하고 있었다. 헥토르는 바르테르 왕의 초상화의 기억의 모습과 점점 더 닮아가는 투르곤의 검이 실제 바르테르 왕이 아난가 하는 착각이 들 정도였다.

그리고 다섯 경비의 검과 창들은 수시로 헥토르와 텔레파시로 대화가 가능했다.

"투르곤의 검이여, 아니 바르테르 왕이여."

"말씀하시지요."

"세상이 얼어붙어 움직이는 것이 전혀 없겠지?"

"그렇습니다만 바람이 불고 있다는 것은 무언가 혹은 누군가가 움직이고 있다고 볼 수 있습니다."

"그래?"

"하지만 그 누구도 나타나지는 않는군요."

믿음직한 바르테르 왕은 바르테르 성의 북쪽 벌판 방향을 주시하고 있었다.

"투르곤! 혹 침입자들이 나타나면 그놈들을 모조리 불태워 없애버려!"

"네! 대마법사님! 걱정 마십시오."

"좋아!"

그는 다음으로는 디콘창에서 변신한 바르테르 시대의 전설의 검투사 출신인 지그문트 왕은 바르테르 성의 서쪽을 경계한다. 이 미터가 넘는 거구이지만 움직임은 그 누구보다도 빨랐고 믿을 수 없을 정도의 괴력을 소유한 왕이었다. 그도 역시 날이 갈수록 지그문트 왕의 모습과 점점 더 흡사하게 변했다.

"지그문트! 이상이 있나?"

"육십 년 동안 이상 무!"

"외부에서 다가오는 것에 그 무엇이라 해도 그 존재를 파괴시켜라!"

"명령 접수 완료!"

헥토르가 지그문트에게 한마디 하려다가 참는다. 그래도 왕인데 자꾸 잔소리를 하는 것도 좀 그랬다. 다음으로 실마릴의 검에서 변모한 케멜리 왕은 파베르쥬 협곡 쪽과 동쪽을 주시한다.

"케멜리, 자네도 뭐 이상이 없겠지?"
"물론이지요."
"좋아."

루미에르 검에서 인간으로 변한 엘프의 여왕 갈라드리엘은 서남쪽을 경계한다. 바람이 다소 불어서인지 천 살이 넘은 그녀의 실크실 같은 머리카락이 움직였지만, 그녀의 몸은 미동도 없다. 헥토르는 그녀의 이름을 조용히 불렀다.

"갈라드리엘."
"네"
"어둠의 세력이 나타나면 광선을 폭발시킬 태세를 유지하고 있지?"
"그렇게 하고 있습니다."

아름다운 그녀의 목소리는 엘다르인의 전형적인 매력이 넘치는 보이스 컬러였다. 헥토르는 문득 어머니가 생각이 났다. 하지만 그는 이내 심호흡을 하고 마지막으로 스톰브링어를 부른다.

"스톰브링어! 대답하라!"

스톰브링어는 성의 첨탑 위를 느리게 선회 비행하고 있었다. 말하자면 성의 하늘 위를 지키고 있는 것이다.

"드라노쿠스! 하늘을 날고 있다."
"무슨 문제라도 있나?"
"없다!"
"나한테 불만 있나?"
"불만? 니가 없으면 나도 없다!"

헥토르는 그가 여전히 반말을 하는 것이 다소 거슬렸지만 운명공동체가 된 인상 괜스레 긁어 부스럼을 만들 필요는 없었다. 최강자의 자존심이랄까 스톰브링어의 제멋대로의 모습이 오히려 더 믿음직하기까지 했다.

매일 반복되는 무료하고 지겨운 일상이 어언 육십 년이 넘었다. 하지만 앞으로 사십 년이나 남았다는 게 실로 까마득하기만 할 따름이다.

명상 도중에 혼침이 찾아온 헥토르는 잠시 꿈을 꾸었다. 꿈속에서 그가 죽인 마녀가 수백 마리의 바퀴벌레로 변신하는 장면이 잊히지 않았다. 이사벨라가 찾아온 날 자신이 마녀를 죽인 게 기억난 것이었다.

"별일이로군? 현몽이 있다는 건 마녀들이 나타난다는 징조인데...."

트리스탄의 사대 마녀들이 떠오른 헥토르는 기억하고 싶지 않은 그 모습들을 하나하나 그려보았다.

마녀들은 여자였지만 그 모습은 그 어떤 존재보다도 끔찍했다. 먼저 염소 대가리의 살벌한 붉은 눈빛이 인상적인 사티레스(Satyres)는 삼지창이 주 무기였다. 그녀는 닥치는 대로 살육을 자행했다. 특히 날카롭기가 칼 이상 가는 삼지창으로 사람의 목을 뚫어 순식간에 잘라버리는 잔악하기 이를 데 없는 마녀였다.

그다음으로는 화려한 의상을 입은 그레모리(Gremory) 마녀는 푸른 눈에 푸른 입술이 괴상망측한 분위기를 자아낸다. 마녀는 광택이 흐르는 멋진 실크 원피스에 어울리지 않게 전갈의 독화살을 수십 발씩 등에 메고 다닌다. 커다란 활에 동시에 십여 발의 독화살을 매겨 수십 명의 인간을 사냥하는 그녀 역시 소름 끼치게 두려운 존재였다.

온몸이 화염에 휩싸여 불타는 몸으로 하늘을 날아다니는 릴리트라(Lillytra)가 불붙은 채찍을 휘두르며 사람을 죽인다. 그녀는 불타는 십 미터 길이의 긴 채찍으로 적들을 태우며 입에서도 불을 뿜는 공포의 마녀이다.

마지막으로 갑주를 입고 긴 쌍칼을 들고 싸우는 샤크티(Sharktri)는 남자기사처럼 생겼고 일대일의 전투에서는 가장 강한 살수이다. 금빛 투구 뒤로 금발이 휘날리면 싸우는 그녀는 매우 날씬해서 자칫 미녀처럼 보이지만 그 투구와 갑주 속에는 백 살이 넘은 해골 같은 파파 할머니의 모습이 사람을 혼란스럽게 한다. 십여 미터를 점프하여 웬만한 성벽은 그냥 날아올라 가고 쌍칼을 한 번 휘두르면 보통 십여 명의 병사들의 목이 날아갔다.

헥토르는 네 명의 마녀를 모두 기억해내고는 입맛이 썼다. 그만큼 그녀들이 강하고 두려웠기 때문이었다. 쿨루니 마스터의 도움으로 네 명을 다 죽이고 트리스탄과 함께 시신을 봉인한 만큼 그녀들이 부활하기란 거의 불가능했다. 그렇지만 결계가 금이 간 이상 마음이 편하지 않았다. 왜냐하면 과거 자신이 역대급 각성을 하고 그녀들을 다 제압한 것을 그 누구도 믿을 수 없었기 때문이었다. 그는 찬물을 한잔 마시고는 깊은 한숨을 쉰다.

"설마 그녀들이 한꺼번에 나타나지 않겠지?"

아무래도 안심이 되지 않자 헥토르는 결계를 확인하기 위해 성 아래 메인 포털로 내려온다. 할디르 포드와 벨공주를 대동하고 문을 열자 강한 냉기가 헥토르의 코끝에 느껴진다.

"어라? 시간이 정지되어도 추위가 더 강해질 수가 있나?"
"강한 추위를 느끼시는 건 마법사님의 마음이 허하셔서 그럴 겁니다."

할디르 포드가 다소 잘난 체를 하면서 성문 밖의 기온을 대략 체크한다.

"어제와 별반 다르지 않습니다."
"그래? 하지만 난 자네를 그리 신뢰하지 않네만. 후후. 갈라드리엘!"
"네, 말씀하시죠."
"왜 오늘 아침 더 추운 거지?"
"북쪽에서 이상한 기류의 움직임이 있습니다. 북풍이 불어서 그럴 테지요."

갈라드리엘의 말을 들은 헥토르의 입가에 미소가 만들어진다.

"거봐! 할디르 포드경! 내 말이 맞지?"
"그런가요? 그럼 큰일인데...."
"뭐가?"
"북쪽의 악마들이 움직인다는 소리잖아요!"
"그렇군."

그때 하늘 높은 창공 아주 멀리서 괴성이 울린다. 그것은 드라노쿠스의 목소리였다. 그는 헥토르에게 말을 하고 싶으면 자기 이름을 먼저 말했다.

"드라노쿠스!"
"말하라."

"마법의 성 북쪽 결계에 균열이 있다."

"뭐라구?"

헥토르는 즉각 바르테르왕을 호출했다.

"바르테르! 확인해봐!"

"이런! 허어! 균열이로군!"

바르테르의 탄식과도 같은 목소리를 들은 헥토르는 즉각 몸을 날려 오각형 모양의 성의 첨탑 위로 날아 올라갔다.

"여기로군! 어? 여기도 있네?"

바르테르가 여러 군데의 결계가 균열이 난 곳들을 찾아내는 동안 오 방위를 감시하던 다섯 명의 왕들이 모두 한데 모였다. 나이가 가장 많은 갈라드리엘이 결계의 균열 정도를 미루어 짐작했다.

"이 정도면 앞으로 오십 년은 견딜 수 있을 거 같군요. 마법사님의 마 력이 워낙 강해서 원래는 백 년 동안 견딜 에네르기인데 균열이 여러 군데 난 게 좀 문제로군요. 아직은 별거 아니긴 한데.... 혹시...."

"혹시? 뭐?"

"다른 악마들이 가세한다면 몇 달 안에 결계가 깨질 수도...."

헥토르로서는 실로 난감했다. 새로 결계를 칠 수가 없기 때문이었다. 백 년 동안 세상을 얼리는 마법 주문을 새로 시행하면 이미 진행한 날짜 때문에 오차가 생기게 된다.

"아! 어쩌지?"

그렇다고 투명 장막과도 같은 에네르기 덩어리인 결계 쉴드를 때우거나 꿰매어 쓸 수도 없어서 그냥 버틸 수밖에 없었다.

"경계를 강화할 수밖에 없군!"

그러자 드라노쿠스가 크게 웃는다.

"하하하하하"
"드라노쿠스! 왜 웃어?"
"지금보다 더 강한 경계 강화는 불가능하다! 지금이 최선이다! 우리는 육십 년 동안 단 일초도 자거나 쉬지 않고 사주경계를 하고 있다."
"듣고 보니 맞는 말이네....."

헥토르는 자신이 더욱 긴장할 수밖에 없었다. 그리고 그는 자기 위안을 하고 말았다. 트리스탄과 사대 마녀들이 총출동해도 다섯 왕들이 충분히 막을 수 있을 것이라고 믿었다. 사실 그렇게 믿고 싶었다.

불안한 마음에 잠자리에 들어 깊은 명상에 잠긴 헥토르는 서너 시간 동안 온몸의 차크라를 모두 열어 에네르기를 순환시키고 다소 지친 기분으로 이완 릴렉스 명상으로 접어들었다. 그렇게 수면 대신 몸을 리프레쉬하는 명상은 늘 마음을 편안하게 만들었다. 비몽사몽 중에 지속적으로 에네르기가 몸을 순환하면서 뜨거운 목욕물 속에 누워있는 기분이 되었다.

채챙! 차차창!

명상에서 나온 헥토르가 즉각 금속성 소리에 반응하면서 커튼을 열었다.

"아니? 몬스터?"

밖에는 아니나 다를까 자신의 오대 경호병사들인 다섯 왕들이 몬스터들과 피가 튀는 살벌한 싸움을 벌이고 있었다.

"기다려! 내가 간다!"

그는 황급히 검을 찾았지만 실마릴 검이나 루미에르 검은 이미 성 밖에서 싸우고 있었고 드래곤으로 변신한 스톰브링어도 불을 뿜어가며 엄청난 위용으로 몬스터들을 일방적으로 살육하고 있었다.

헥토르가 대 마스터인 베르트랑의 검을 들고 나서려는데 할디르 포드와 벨공주가 그의 앞을 막아선다.

"안 됩니다. 마법사님! 다섯 왕들이 너무 잘 싸우고 있어요."
"그래도 나가서 도와야지."

벨공주는 무척 차분하게 말했다.

"아닙니다. 함정일지도 몰라요."
"함정?"
"마법사님을 기다리느라고 악마들이 모습을 보이지 않고 몬스터들만 보내는 거예요."
"그럴 수도...."

그때 결계 밖에서 카랑카랑한 마녀의 목소리가 들린다.

"헥토르 대마법사! 위험한 전투에는 두려워 못 나오시나? 겁먹은 거야? 호호호호"
"저런! 건방진 마녀!"

헥토르는 할디르와 벨공주의 만류에도 불구하고 베르트랑의 장검을 들고 성문 밖으로 나가 밀려오는 몬스터들을 닥치는 대로 베었다. 베르트랑 대마법사의 검은 아주 가벼우면서도 상대가 검에 닿을 때마다 묵

직한 에네르기가 순간 생기면서 가차 없이 몬스터들을 죽여버리는 것이었다. 참으로 신기한 마법의 검이었다. 트롤이나 우르크하일 같은 거구들도 일검에 허리가 두 동강이 났다.

그때 하늘에서 요망한 웃음소리가 들려왔다.

"히히히히히히히"

그리고 검은 구름이 몰려오면서 검은 옷을 입은 누군가가 눈에 보이지 않을 정도의 빠른 속도로 독수리처럼 하강했다. 그리고 무형의 기운으로 다섯 왕들을 차례로 공격하기 시작했다. 헥토르는 입이 다물어지지 않았다. 다섯 왕이 일순간에 그 괴인에게 당해버리는 것이 아닌가. 그들은 모두 원래의 병장기로 모습이 변해버렸다.

투르곤의 검으로 변한 바르테르 왕, 디콘창이 된 지그문트 왕, 실마릴의 검이 되어버린 케멜리 왕, 갈라드리엘 여왕은 루미에르 검 그리고 드라노쿠스 드래곤 왕은 원래의 스톰브링어가 되어버렸다. 그리고 다크 클라우드 속에서 네 명의 마녀들이 나타났다. 그녀들은 순식간에 헥토르를 에워싸고 마력을 방사하기 시작했다.

헥토르는 에네르기를 최대한으로 끌어올려 네 명의 마력을 튕겨내고 그녀들에게 라이트닝 공격을 가하려 하는 순간 헥토르는 몸이 움직여지지 않았다.

"이럴 수가? 아아! 아아아악!"

헥토르가 다시 한번 더 에네르기와 마력을 모아보았지만 허사였다.

"이대로 끝인가?"

순간 헥토르가 침대에서 미끄러지듯 넘어질 뻔했다. 꿈이었다. 그는 가끔 명상 중에 혼침에 들기는 했지만 이처럼 생생한 꿈을 꾼 건 몇십 년 만에 처음이었다. 그는 다시 결계를 돌아보고는 엄청난 기도로 경계 근무를 서고 있는 다섯 왕을 한참 동안 바라보았다. 그는 원시가 되어버린 자신의 눈에 초점을 맞추려고 미간을 찌푸리다가 이내 그만두고 한숨을 쉬었다. 그리고 다시금 늙어버린 노구를 이끌고 깊은 명상에 들어갔다.

최후의 대결

얼마나 시간이 흘렀는지 알 수 없지만 헥토르는 자신이 마력을 동원하여 근접거리의 할디르 포드에게 마법 항아리에 지속적으로 물을 길어다 붓게 했고 그런 세월이 수도 없이 흘렀다. 벨공주가 가져다준 마법약으로 만든 음식을 먹었다. 점차 길게 자란 수염과 머리카락 때문에 식사를 제대로 하지 못한 것도 수십 년이 지나버렸다.

드래곤 하트에서 나온 신비한 드래곤 블러드가 어느샌가 다섯 가지 보석들을 녹여 이제 완전한 겔 상태의 약물이 용암처럼 끓었고 그 소리가 어떤 때에는 무척 요란하기도 했다. 마법사의 방은 쇠락하고 어두운 기운으로 점차 휩싸여갔다.

그리고 또 수십 년이 지나고 명상을 며칠씩하고 식사를 거른 헥토르는 마법 약으로 에네르기를 보충하지만 온몸의 차크라마다 가득한 에네르기를 전신으로 회전시키면 아무것도 먹지 않고도 한 달 이상은 거뜬하게 지내곤 했다.

어둡고 무거운 기운이 마법의 성 전체를 에워싼 어느 날, 벌건 핏빛 바람이 불고 대기 중에 희한하게도 붉은 기운이 가득해졌다. 그리고 잠시 후 마법 항아리의 진동이 느껴졌다.

우우웅우우우웅
할디르 포드가 방으로 달려들어 왔다.

"축하합니다. 대마법사님! 드디어 약이 완성되었어요!"
"그래?"
"네! 백 년의 시간이 다 지났습니다. 정말 고생하셨어요."
"할디르, 그런데 밖에 이상한 에네르기가 감지되는데?"
"그건 온 세상에 시간 정지 마법이 다되어 삼라만상이 깨어나는 것이겠지요."

"아니야! 어둡고 무거운 에네르기가 느껴진다."

그때 벨 공주가 밖을 내다보고는 엉뚱한 소리를 한다.

"하늘도 대마법사님을 축하하는 모양이에요. 온 세상이 핑크빛이에
요. 호호호"
"핑크색이라구?"
"예, 너무 예뻐요!"
"잠깐! 저건 핏빛이 아닌가!"

그때 드라노쿠스의 텔레파시가 들려온다.

"적 출현! 적 출현! 놈들이 온다!"
"뭐라구?"

헥토르는 아직 깨어나지 않은 마법사 제자들과 마력이 높은 마법의
성 내부의 어프렌티스들을 다 깨웠다.

"제자들이여! 깨어나라!"

헥토르의 명령에 천여 명의 마법사 제자들이 백 년 동안의 잠에서 깨
어났고 망루 위에서 감시하던 기사들과 제자들이 기지개를 켜다 말고
아연실색을 한다.

"우와! 저, 저, 저건!"

파베르쥬 협곡으로부터 마법의 성으로 수평선 가득히 몬스터들이 몰려오고 있었다. 그리고 그들 위에는 네 명의 악마들이 날아서 헥토르를 향해 다가오고 있었다.

"모두 방어 준비를 하라!"
"예!"

바야흐로 트리스탄의 사대 마녀들의 공격이 시작되었다.

"데몬 출현!"
"수천 명의 마귀들이 몰려옵니다."

시간을 얼렸다가 녹이자마자 마법의 성 제자들이 비상사태를 외치며 나팔 소리가 성 전체에 울려 퍼진다.

"마녀들이다! 피해!"

트리스탄의 사대 제자들은 엄청난 아우라를 흩뿌리며 날아오고 있었다. 헥토르는 자신의 눈을 의심하지 않을 수 없었다.

"저럴 수가 있나? 다 죽었던 자들이 어떻게 부활했지?"

넷은 모두 여자였지만 그 모습은 실로 끔찍했다. 먼저 염소 대가리의 살벌한 눈빛이 인상적인 사티레스는 삼지창을 들고 나타났다.

그다음으로는 화려한 의상을 입은 그레모리가 커다란 활을 등에 메고 나타났다. 그리고 온몸이 화염에 휩싸여 불타는 몸으로 하늘을 날아다니는 릴리트라가 불붙은 채찍을 휘두르며 날아왔다. 마지막으로 갑주를 입고 긴 칼을 들고 현현한 샤크티가 가장 강해 보였다.

그녀들이 접근하자 다섯 왕들이 날아올라 그 마녀들을 제압하려 출동하는 순간 하늘에서 트리스탄의 강력한 마력이 라이트닝으로 뿌려졌다.

쿠콰콰콰쾅!

동시에 맨 앞의 드래곤 왕이 제일 먼저 스톰브링어로 변하자마자 나머지 네 명의 왕들도 변신하고 말았다. 케멜리 왕이 실마릴의 검, 바르테르 왕이 투르곤의 검으로, 지그문트 왕이 디콘창으로 그리고 갈라드리엘 여왕은 루미에르 검이 되어 공중에서 수직 추락했다. 다만 스톰브링어만이 헥토르를 행해 날아왔다. 하지만 마법사 제자들이 거의 다 살육되었다.

"아아! 전세가 이미 기울었군!"

수천 마리의 몬스터들이 이미 마법의 성에 난입하여 마법 제자들을 무참히 공격해버렸다. 대혈투를 막기 위해 헥토르는 시간을 얼리는 마법을 다시 외쳤지만 허사였다. 선두에 선 마녀 사티레스가 이미 마법의 성 난입으로 주문을 방해하는 바람에 세상은 얼지 않았고 수천 명의 몬스터들이 쳐들어온 상황에서 기사들과 마법사의 일천여 명의 방어선이 속절없이 무너져 버렸다. 엄청난 전쟁에서 악마의 사대 제자들에 의해 일방적인 살육전이 자행되었다. 그리고 마법의 성에는 마녀들의 어두운 에네르기가 일대에 가득 차버린다.

스톰브링어를 발검한 헥토르는 마법의 방을 나서려고 긴 로브를 벗어놓았다. 그리고 문득 청동거울을 보았는데 일백삼십 살의 노마법사가 보였다. 그는 일부러 청동거울을 신속하게 방패로 변화시켜 들고 성 밖으로 날아갔다.

헥토르의 스톰브링어에서는 징징거리는 라이트닝이 가득 충전되었고 그 누구라도 그 번개 공격에 맞으면 순식간에 타버릴 상황이었다. 그런데 일대 사의 엄청난 전투가 예상되었지만 사티레스가 흉측한 송곳니를 드러내면서 웃어 보인다.

"마법사님! 강령하시나이까?"
"마녀들! 무슨 수작이냐?"

그런데 마녀들이 헥토르를 봐주는 듯한 분위기를 풍긴다. 그녀들은 공격을 한다기보다 예를 갖추어 헥토르에게 선공을 양보하고 대기하는 것이 아닌가?

"이것들이 왜 이러지? 무슨 계략이 있는 모양이로군!"

헥토르는 에네르기를 극강으로 끌어올려 사대 마녀들을 강하게 압박한다. 그러나 사대 마녀는 공동 쉴드를 치면서 방어에 전념한다.

"마녀들아! 죽기 살기로 덤비지 않는 이유가 뭔가?"
"그럴 필요가 있을까요? 마법사님!"
"오냐! 너희들의 두목 트리스탄 모르그! 그 악마는 어디 있나?"
"직접 찾아보시지요. 호호호호호!"

릴리트라가 화염을 뿜어내며 살벌하게 웃어 보였다. 그와 동시에 그녀의 웃음이 화염방사기처럼 불을 내뿜었다. 헥토르는 청동 방패로 화염을 막았고 그와 동시에 청동 방패가 거울처럼 빛이 났다.

청동거울에 비친 헥토르의 모습은 이미 그가 아니었다. 그의 몸의 반은 불타는 악마의 화신 트리스탄 모르그의 모습이었다.

"베르트랑 마스터가 마녀 트리스탄을 내 몸에 유폐시켰다니!"

헥토르는 미친 듯이 절규했다.

"아아아악! 이럴 수가! 으아아아악!"

그는 절규했지만 자신의 몸속에 들어있는 트리스탄을 어찌해볼 도리가 없었다. 간신히 기억을 되살리자 헥토르는 베르트랑 마스터와 자신이 이 대 일로 트리스탄 모르그를 몰아붙였던 백삼십 년 전의 대결이 눈에 선하게 보이기 시작한다.

"대륙 최고의 흑마술사이고 다크 위치였던 트리스탄을 아주 죽여버릴 수가 없었던 베네딕트 마스터의 선택이었군....."

처음에는 아무리 스승이라 해도 자신의 몸에 다크 메이지를 유폐시킨 결정을 이해할 수가 없었다. 그러나 점차 스승이 이해되었다 어쩔 수가 없었겠군. 둘의 마력으로 트리스탄을 당할 수 없어서 마스터는 트리스탄의 에네르기를 뽑아 헥토르의 몸속에 저장하는 식으로 일주일간의 싸움을 버티었다. 그러다가 헥토르가 어느 정도 트리스탄의 마력을 흡수한 다음 에네르기가 역전되었을 때 베르트랑 마스터가 순간적으로 트리스탄 모르그를 자신의 몸속에 집어넣은 것이었다.

"아! 그랬구나! 그래서 내가 다크 메이지로 각성했고 그 때문에 내가 그렇게 고강해졌구나...."

헥토르는 베네딕트 마스터와 자신이 공동으로 트리스탄을 처리할 때 자신이 엄청나게 각성하여 그를 죽인 줄 알았지만 각성한 것이 아니었다.

"내가 마녀의 에네르기를 흡수한 것이었다니!"

그때 사대 마녀들이 공손하게 부복하여 예의를 갖춘다.

"감축드리옵니다. 마스터! 이제야 기억이 되살아나셨군요. 호호호호!"

"뭐야?"

"다크 마스터님! 이제 우리를 이끌어주소서! 어서 악마의 세상을 만들어셔야지요!"

그런데 헥토르가 별안간 고통으로 절규를 한다.

"아아아악!"

순간 백삼십 세의 헥토르가 삼십 세의 젊은 헥토르로 변하기 시작한다. 그리고 강력한 마력으로 주위에 엄청난 라이트닝을 방사한다.

콰과과과광

"악! 으아악! 으악! 아악!"

순간 그 번개 공격에 맞은 네 명의 마녀들이 즉사한다.

"크크크크!"

젊은 모습으로 변하면서 헥토르는 트리스탄의 마성이 나타나는 걸 느낀다. 그리고 동시에 헥토르는 자신의 다크메이지로서 결국 트리스탄과 함께 죽어야 할 운명이라는 걸 깨달았다.

"트리스탄을 젊은 이 헥토르와 함께 사라지게 하고 나면 그야말로 송장 같은 껍데기만 남겠군. 흐흐흐흐"

헥토르가 마력을 끌어올려 먼저 자신의 영혼을 분리했다. 지난날 위대한 다크 메이지로서 트리스탄을 죽였던 영웅의 영혼과 이제 아무것도 아닌 평범한 노인의 영혼이 분리되었다. 그리고 그는 내부의 또 다른 자아인 트리스탄과 과거의 젊은 헥토르의 영혼을 한데 묶어 새롭게 합쳐진 영혼을 서로 녹여 융합해버렸다.

"안돼!"

죽어가는 트리스탄 영혼의 목소리가 십 년 만에 들린다. 헥토르는 이제 선택의 여지가 없었다.

"다크 위치! 트리스탄! 그리고 다크 메이지 젊은 헥토르여! 한 몸에 두 개의 자아가 존재했지만 이제 너희들은 공멸하게 되었구나."
"이놈! 그만두지 못해!"

트리스탄의 절규를 뒤로하고 늙은 헥토르는 최후의 마력을 동원해 영혼 자살을 시도한다.

"영혼은 죽고, 이제 썩은 몸만 남아 한 줌 흙으로 돌아가라!"
후우우우욱

한차례 바람이 불 듯 그들은 생명력이 사라지기 시작했다. 헥토르의 극강의 마력과 함께 그들의 영혼은 바람 앞의 촛불처럼 꺼져갔다. 그리고 헥토르의 주문을 끝으로 트리스탄과 다크 메이지의 목소리는 더 이상 들리지 않았다. 트리스탄과 젊은 헥토르를 동시에 보내버린 늙은 헥토르는 이제 껍데기만 남았다. 마력도 사라졌다. 그는 이제 더 이상 마법사도 아니었다.

"후우!"

잠시 후 백삼십 세의 노구를 이끌고 마력이 사라진 일개 범부인 노인의 모습으로 헥토르가 긴 잠에서 깨어나듯 의자에서 일어선다.

"그렇지! 약을 전달해 주어야지...."

더 이상 마법을 쓰지 못하는 헥토르는 대제자 발데스가 모는 마차를 타고 이사벨라와 알제트의 집으로 향했다. 헥토르를 알아보지 못하는 이사벨라와 실비아에게 오색 벨벳으로 감싼 약을 건넨 헥토르는 인자한 미소를 지어 보인다.

"할아버지는 누구예요?"
"나는 헥토르 마법사의 할아버지입니다."
"헥토르는요?"
"그는 바빠서 오지 못하고 내가 대신 약을 전해주러 왔습니다. 이사벨라."

이사벨라가 고개를 갸웃한다.

"할아버지, 처음 뵙는데, 저를 아세요?"
"물론."

백삼십 세 노인의 모습으로 이사벨라 앞에서 헥토르는 비참한 생각
이 들었지만, 그녀의 딸 실비가 약을 먹고 병이 완치되는 모습을 볼 수
있어서 그리고 이사벨라의 행복한 웃음을 볼 수 있어서 좋았다. 그뿐이
었다. 그녀의 웃는 모습 그리고 그녀의 웃음소리가 점점 멀어진다.

헥토르는 마음이 편안해지면서 더 이상 그 무엇도 필요하지 않은 상
태, 말하자면 더 이상 평안할 수 없는 안락한 마음의 평정 상태가 되었
다. 그리고 그가 편안하게 마지막 숨을 쉬고 입가에 미소를 지어 보이는
순간 무언가를 깨달은 이사벨라가 그의 이름을 부른다.

"오! 헥토르!"

하지만 이미 헥토르는 그녀의 목소리를 들을 수가 없었다.

아이스 드래곤

아이스 드래곤

1. 엑스노르 대륙의 드래곤

할디르 포드 대왕 즉위 사십 년, 그해 겨울은 유난히도 눈이 많이 내렸다. 왕은 유명무실한 상태로 황궁에 유폐되었고 유일한 후계자인 벨 공주 역시 왕궁에서 사라져 그 누구도 공주를 찾을 수가 없었다. 마법사들과 역사학자들의 예언 기록에 의하면 일 년 이상 폭설과 강추위가 계속되면 북극 만년 빙하구가 폭발하여 엑스노르 대륙이 영하 오십도 이하가 되어 전부 얼어버린다는 것이었다. 그런데 이번 강설량은 역대급이었다. 본래 엑스노르 대륙은 일 년 중 반이 겨울이었지만 그해에는 폭설이 열 달간 지속하였다. 대설에 모든 것은 눈 속에 파묻혔다. 어리석은 인간의 욕망과 죽음과 피와 눈물… 그 모든 것은 눈 속으로 사라졌다.

그러나 대설 속에 묻히지 않는 자들이 있었다. 그들은 스노우 어쌔씬들이다. 모든 것을 뒤덮어 버리는 눈 가운데, 죽음을 몰고 다니는 이 어둠의 세력은 엑스노르 대륙의 가장 강력한 청부살인 비밀단체였다.

그들이 엄청난 폭설 속에 움직이고 있었다. 그들은 마치 빙하의 바닷

속을 유영하는 실버스케일(은린어)의 비늘이 되어 그들의 몸을 투명하게 만들어버렸다. 때문에 누구도 그들의 움직임을 감지하지 못했다. 모든 것은 백설에 뒤덮이며 하늘은 오히려 어두운 빛을 냈다. 그들은 북극의 사이베리탄에서 남쪽의 케멜리 성까지 살인청부를 받으면 그 누구라도 지옥으로 보내버린다.

엑스노르 대륙에서 케멜리 가문과 더불어 가장 강력한 루카니아 가문의 성문은 대리석으로 이루어져 있었다. 엑스노르 콘티텐트의 가장 번화한 중심 시가지에는 부동항을 통해 모여든 상선의 화물들이 마차에 실려 오가고, 미들랜드 혹은 남쪽 나라에서 온 상인들은 여러 겹의 동복 위에 두툼한 북극곰 모피를 또 걸쳐 입고, 가지고 온 물건을 하역하고 있었다.

"강추위 때문인가? 큐빅 미트와 치즈 생산량이 해마다 점점 줄어드는군."

"아! 추워! 이 추위에 고생 덜하고 좋지 뭘 그래?"

"그래도 돈을 벌어야지! 케밀리 후작님 아니면 이런 하역작업 일거리도 없어!"

"어서 서두르자구!"

하역노동자들이 일하는 항구는 바다와 육지가 눈 때문에 확연하게 구분되고 있었다. 하늘에서 무지막지하게 내리는 눈 때문에 항구의 육지는 점점 더 하얗게 변해갔고 바다는 더욱 검푸르게 보였다. 그때 한설

강풍이 불었다. 그리고 내리는 눈 사이로 엄청난 길이의 비행물체가 공간을 가르며 항구 위를 지나갔다.

"휘잉! 휘잉! 크아악!"

북풍을 타고 높이 날아오르고 있는 실버 드래곤은 흰 구름을 뚫고 치솟아 올랐다. 드래곤은 항구 북부 지역에서 명문으로 손꼽히는 루카니아 성으로 날아갔다.

거리를 돌아다니는 사람들 대부분이 귀족들인 양 무척이나 화려한 옷차림새였다. 그러나 오가는 부유한 행인들은 한가로웠지만 엄청난 추위 때문에 바삐 움직이는 헐벗은 사람들이 있었다. 그들은 루카니아 성의 노예들이었다. 거리에는 눈을 치우는 노예들이 즐비하게 나와 마차가 다닐 수 있도록 쉬지 않고 길을 내고 있었다. 눈은 지속적으로 내렸지만 백여 명의 노예들은 제대로 입지도 못한 상태로 쉬지 않고 눈을 치웠다. 마치 누가 이기나 내기를 하는 것 같았다.

성문에서 본성으로 향하는 길에는 다섯 개의 작은 아성들이 있었고 루카니아 메인 성으로 향하는 길은 깨끗하게 정리되어 있었다. 성에서 마주 보이는 린스틴 산이 눈 속에 파묻혀 윤곽이 거의 보이지 않았다. 그 산이 정면으로 보이는 성의 수호탑 위에는 강력하기 이를 데 없는 강풍을 맞으며 그 바람을 견디는 한 사나이가 서 있었다. 얼굴에 동상이 걸린 듯 푸른 빛이 감도는 그는 기사의 복장이지만 장발이 바람에 휘날려 야생에서 생활한 흔적이 역력해 보였다.

"휘이익 휘익"

귀신의 울음소리처럼 무시무시한 바람과 눈발 속에 그는 무언가를 응시하고 있었다. 그의 머리와 심지어 눈썹에까지 눈이 쌓여갔다. 그는 가끔 눈을 털어냈지만 금세 얼굴 전체가 눈으로 덮였다가 떨어지기를 반복했다.

"오케이! 그레이 드래곤이로군!"

그는 드래곤의 종류를 알아보고 비로소 입을 열었다. 그는 드래곤이 허공을 나는 것을 오랫동안 지켜보고 있었다. 그의 머리 위쪽에는 성의 첨탑 베란다가 있었고 그 창틀의 고드름 뒤로 막 봉우리를 터뜨리는 노란 아이스불룸 한 송이가 있었다. 그는 한참을 바라보다가 그 꽃을 꺾어 입에 물었다. 그리고는 어깨에 메고 있던 발리스타를 내려놓고 익숙한 솜씨로 화살 다섯 개를 장착했다. 손이 얼었지만 그는 손가락이 잘 움직이지 않는 상황에서도 익숙하게 화살장착을 마치고 하늘을 올려다보았다.

"젠장! 더럽게 춥군! 완전 미친 바람이야....."

그는 입술을 가볍게 깨물어 꽃을 잘근잘근 씹었고 드래곤이 나는 방향을 유심히 살펴보고 있었다. 잠시 후 눈발을 엄청나게 뿌려대던 구름이 별안간 돌풍에 휘감기더니 드래곤이 미친 듯 춤을 추기 시작했다. 마침내 루카니아 성문 위의 경비병들이 드래곤을 발견했다.

"드래곤이다!"
"드래곤이 나타났다! 아처들 위치로!"

경비병들의 외침이 터져 나오자마자 아처들이 성문 위로 오십여 명 나와 도열하고 그들의 발을 구르는 소음으로 성문 주변이 왁자했다. 드래곤이 떠오르는 순간 그 거대한 타겟은 순식간에 수백 발의 화살을 빨아들였다. 고슴도치처럼 될 줄 알았던 드래곤은 순간 그 탄력 있는 몸을 회전시켰다. 엄청나게 많은 양으로 발사된 화살은 드래곤의 강철 같은 피부에 튕겨 단 한발도 드래곤의 몸에 꽂히지 못했다. 그 거대한 드래곤은 성의 가장 높은 첨탑으로 휠휠 날아오르기 시작했다.

"으음, 그래! 그렇지! 더 올라가거라!"

드래곤의 비상을 기다리던 그 사나이는 발리스타를 자신의 가슴팍에 대고 발사 준비를 마쳤다.

"하나둘 하나둘"

그는 드래곤의 펄럭이는 날갯짓의 숫자를 헤아렸다. 눈이 펄펄 내리는 하늘에서 드래곤이 날개를 활짝 펴서 날개 내부의 약한 피부가 보이는 순간을 계속 노리고 있었다.

"피이, 슈슈슈슉!"

그 사나이의 발리스타에서 첫발의 발사를 시작으로 연속 발사된 화살은 드래곤이 날개를 활짝 펴는 순간 그 날개 안쪽의 약한 피부에 모조리 꽂혔다. 드래곤은 중심을 잃고 추락하며 억지로 날았다. 아니 날아다니는 것이 아니고 허공중에서 발광하듯 괴로워했다.

"어디 보자! 어디로 갈 것인가?"

사나이는 호수같이 깊은 눈에는 묘한 느낌을 떠올렸다. 그는 긴 금발을 쓸어올리고 눈을 찡긋하더니 발리스타를 챙겨 들고 드래곤의 나는 방향을 따라 빠르게 움직이기 시작했다.

"흐음! 너의 집이 어디냐? 같이 가보자꾸나!"

드래곤은 이리저리 마구 날았지만 그래도 대략 남쪽으로 방향을 잡고 날아갔다. 벼락이 치고 천둥이 울리며 엄청난 폭설이 내리고 있었지만 괴로운 울음소리를 내며 날아가는 드래곤의 비행 루트 아래로는 하얀 설야 위로 드래곤의 핏물이 조금씩 떨어져 내렸다.

"왕자님! 같이 갑시다!"

아까부터 그의 뒤를 따라붙던 일단의 치들이 집요하게 그의 뒤를 추적하고 이따금 말을 붙이지만 그는 대꾸를 하지도 않고 아예 그들을 무시하는 눈치였다.

"드레이크 왕자님! 호위무사라도 옆에 있어야 왕자 체면이 좀 설 게 아니요."

얼굴에 붙은 얼음조각을 연신 떼 내면서 무리의 리더로 보이는 자가 그의 곁으로 바짝 다가왔지만 드레이크 왕자라는 사람은 더 빠르게 걸어갈 뿐이었다. 무릎까지 푹푹 빠지는 눈길을 드레이크는 속보로 전진했다.

하멜포트 서쪽 끝자락의 네프룬 산으로 날아가는 드래곤을 보고 금발의 드레이크는 입가에 미소를 흘렸다. 드래곤이 하강하기 시작한 것이었다. 그는 폭설이 싸인 광야를 매우 날랜 걸음걸이로 산길을 따라 걸어가기 시작했다. 얼마 지나지 않아 그는 동굴을 발견했다.

그는 동굴 입구로 들어가기 전 화살촉에 독약을 발랐다.

"으음, 피 냄새가 나는군."

그는 거침없이 피비린내가 진동하는 동굴로 들어갔다. 그는 허리춤에서 단검을 꺼내 발리스타의 목재 손잡이 부분에 밀착시켜 고정시켰다. 단검에서는 광채가 났다. 단검에서 나오는 불빛이 동굴 안을 밝히자 그는 앞으로 한 걸음 한 걸음 나아갔다. 피비린내가 좀 더 강하게 나자 그는 발리스타를 단단히 움켜쥐었다.

"크르르르"

마침내 드래곤 발리스타 화살을 맞은 그레이 드래곤이 동굴 한쪽 구석에 웅크리고 앉아 있는 모습이 어둠 속에서 보였다. 드래곤은 과다출혈로 기운이 없어 보였다. 드래곤 네스트에서 움직이지 않고 목을 길게 뻗은 채 눈을 껌벅거리면서 신음 소리를 낼 뿐이었다.

"크으으으"
"아직 새끼로군!"

드래곤은 다소 겁에 질린 듯 괴로워했다. 그가 다가가자 드래곤은 최후의 발악을 하듯 고개를 들어 파이어 브레스트를 쏘는 시늉을 했다. 그러나 그는 그 순간을 기다렸다는 듯이 드래곤이 목 부분을 드러나자마자 발리스타를 들어 드래곤의 목 아래 급소를 순식간에 정조준해 발사했다.

"피이잉 쉬이익!"

그는 인정사정없이 다섯 발의 화살을 드래곤의 목 아래 연약한 부분에 정확히 맞추었다.

"끼아아악! 크르르르!"

드래곤은 화살을 맞고 더욱 괴로워했다. 하지만 드래곤은 더 이상 힘이 없는지 공격을 가하지는 못했다. 그리고는 입을 벌려 괴로움을 호소하는 듯했다. 그 기회를 놓치지 않고 그는 다시 다섯 개의 화살을 드래곤의 벌어진 입속에다 정확하게 쏘았다.

"크아아악! 크으으으윽"

드래곤은 긴 비명 소리와 함께 풀썩 쓰러졌다. 드래곤은 아직 미세한 호흡을 하고 있었지만 독화살을 맞은지라 다시 살아날 가망이 없어 보였다. 그때 일단의 사람들이 동굴 안으로 횃불과 토치를 들고 뛰어 들어왔다. 맨 앞에 뛰어 들어온 자가 익숙한 표정을 지어 보이며 말했다.

"와! 혼자서 성공했네! 좌우간 대단해! 드레이크 왕자님!"
"잘 봐라! 이건 실버 드래곤이 아냐! 아이스 드래곤은 얼음 빛이지. 이건 실버 드래곤하고 비슷하긴 한데...."
"아니라구요?"
"그래! 확실해!"
"그런데 내가 본 그 실버 드래곤은 이보다는 훨씬 컸어요! 목에 검은 줄이 두 개 보였고."
"목줄이 있다면 실버 드래곤, 내가 찾는 아이스 드래곤이 아니다!"

드레이크는 발리스타를 들고는 동굴을 저벅저벅 소리가 나도록 거친 발걸음으로 나갔다. 그는 부친이 미들랜드에서 엑스노르 대륙으로 온 이후 몇 달째 찾지 못하고 계속 방황이 나날을 보내고 있었다. 과거 미들랜드 북부의 왕국 벨레리안느의 왕자였던 피에르 트로페즈는 마지막 실버드래곤의 죽음과 함께 반역자들에 의해 축출당했고 당시 왕인 마르티 트로페즈는 누군가에 의해 독살되었다. 드레이크의 부친인 피에르 트로페즈는 실버 드래곤을 찾으러 엑스노르로 간 다음 행방불명이 되었다. 소문에 의하면 대륙에서 기사가 되어 몇몇 전투에 참여했고 이후 그레이 드래곤에게 죽었다는 말만 무성할 뿐 실제로 그를 본 사람은 없었다. 드레이크는 왕의 손자 신분에서 하루아침에 발리스타 제작자의 신세로 전락하여 아버지를 죽인 그레이 드래곤을 찾아 복수하고 실버 드래곤을 잡아 왕위를 되찾고 싶은 생각뿐이었다.

사실 두 달 전 코블란츠 공동묘지로 돌아온 케밀리 병사들은 그레이 드래곤의 공격을 받아 수백 명이 불에 타죽었고 시신들이 모두 뒤엉켜 아무도 수습을 할 수가 없었다. 이미 죽은 사람들과 드래곤의 파이어브레스에 화상을 입거나 새로 죽은 사람들 수백 명이 커다란 웅덩이 함께 묻혔기 때문에 나중에 도착한 드레이크로서는 선친의 시신을 찾을 수가 없었다.

그 후로 그는 냉혈한처럼 일대의 그레이 드래곤들에게 복수를 하고 다녔다. 그렇게 두 달간 무려 다섯 마리의 드래곤을 죽였다. 코블란츠에서 도둑질을 하다가 잡힌 카스텔을 살려주고 드레이크는 그대로 떠났지만 카스텔이 그를 마치 자신의 주인처럼 받들며 부하처럼 따라다녔다. 물론 몇몇의 도둑들 졸개들이 있었지만 드레이크는 무심하게 드래곤 헌팅에만 몰두했고 날이 갈수록 점점 차가운 성정의 사람으로 변해 갔다. 하지만 카스텔 일행은 그를 도둑들의 대장으로 여겼다.

"대장! 이 드래곤 해체해서 루카니아 시장에 팔까요? 오 대 오?"

"그렇게 부르지 말라고 몇 번이나 말해! 인마!"

"왜 그래요? 대장?"

"그냥 드레이크라고 부르라고!"

"알았어. 드레이크 대장!"

"하! 그놈 참 말 안 듣네? 내가 무슨 도둑 대장이야?"

"미안해요. 대장!"

"또!"

드레이크는 그냥 또다시 길을 떠났고 드래곤이 나타난다는 마을을 찾아 방랑을 하기 시작했다. 한파로 얼어붙은 엑스노르 대륙에는 이제 드래곤이 예전처럼 많지가 않았다. 케멜리 후작이 전성기였을 시절 수천 명의 드래곤 헌터들이 대륙 전체의 드래곤들을 멸종시키다시피 했다. 코블란츠에서 서쪽 린스틴 산 일대와 포트포코 항구 도시 사이의 험준한 산악 지대에는 아직도 드래곤들이 종종 출몰했다.

드레이크가 또다시 방랑의 길을 떠나자 무작정 그를 추종하는 카스텔과 그의 부하들이 십여 명이 도축한 드래곤의 사체를 나누어 들고, 일정한 거리를 유지하며 그를 따라갔다. 눈보라가 시야를 가리고 한파가 걸음을 늦추어도 그들은 드레이크를 따라간다. 그들은 도둑질을 하지 않아도 드래곤을 해체하여 팔면 짭짤한 재미를 볼 수 있었기 때문에 카스텔과 부하 도둑들에게는 드레이크가 자신들을 보호해줄 뿐만 아니라 돈도 벌게 해주기 때문에 너무나도 소중한 존재인 것이었다.

2. 카페 엑스노르

린스틴 산의 서쪽 경사면 끝으로 화려한 불빛이 바다까지 비치는 장소가 있었다. 서해안 북단의 몇몇 집들은 엑스노르 카페 때문에 생겨난 작은 마을이었다. 매일 밤 마법대회가 있는 엑스노르 카페는 보통 하루에 이천 명 이상의 손님으로 북적이는 곳이었다.

이곳은 루카니아 가문의 통치영역에서는 꽤나 궁벽한 곳으로 불렸다. 그러나 수년 전부터는 사정이 판이하게 달라졌다. 밤이 되면 수많은 사람들이 이곳으로 모여들었다. 오히려 루카니아 성보다도 더 휘황찬란한 불빛이 그 빛을 발했고 엑스노르 카페 부근에는 야시장이 설 정도였다.

카페 엑스노르, 이곳은 루카니아 성 주변을 통틀어 술과 차가 가장 비싼 곳이었다. 또한 카페 인근에는 상설마켓이 있어서 고래고기나 큐빅미트, 드래곤의 부위별 고기 등이 밀매되기도 한다. 그런데 카페에서는 미들랜드에 비해 보드카나 만년설 위스키가 다섯 배나 비쌌다. 그러나 늘 인산인해를 이루었다. 특히 마법 경연대회가 있는 날은 일주일 전에 미리 예약을 하지 않는다면 좌석을 잡을 수 없을 정도였다. 이유는 오직

하나, 그곳에 가면 누구든 마법을 구경하거나 운이 좋으면 마법을 배울 수 있기 때문이었다.

엑스노르 카페에는 전속 마법사가 오십 명 정도가 있었는데 그중에는 머나먼 키릴란트 혹은 북해의 얼음나라라고 할 수 있는 사이베리탄이나 소단퀼레에서 온 마법사도 있었다. 엑스노르 대륙 전체에서 몰려든 마법사들은 다섯 등급으로 나누어지는데, 최하급 마법사라 하더라도 마법 쇼를 통해 하룻밤에 거의 실버 백 온스를 받는다. 정말 놀라운 것은 그 곳 마법사들 중에는 황금 백 온스 줘도 손님에게 마법을 시연하지 않는 마법사가 있다는 것이다. 최고 등급의 마법사들은 개별공연장이나 극장을 소유하고 카페의 외곽에서 공연을 했다. 지난해 루토르프 마법사가 스노우 어쌔씬에게 암살당한 후로는 블랙모어 마법사가 최고의 인기 마법사로 등극했다.

그리고 이곳은 간혹 불법이 자행되기도 하는데 왕국의 치외법권 지역이기 때문이었다. 왜냐하면 왕국의 형식적인 국가원수 하멜포트 왕조차 루카니아 대공작과 케멜리 후작을 마음대로 하지 못하기 때문이다. 카페 엑스노르의 실질적인 전주는 루카니아가문과 케멜리 가문이었다. 루카니아 성은 금융과 무역 그리고 용병지원으로 재력을 자랑했고, 케멜리 성은 왕국과 이웃 주변국들에 고기와 치즈 그리고 각종 병기류 등을 제작하여 보급하는 부와 권력이 가장 강한 성이기 때문이었다.

드레이크가 카스텔 일행과 함께 카페에 들어서자 건물 안은 온통 아수라장이 되어 있었다. 검을 찬 기사들이 출동해 있었고 구경꾼들이 카페의 입구에 우르르 모여들어 혼란스럽기 짝이 없었다.

"아아! 사람이 죽었다!"

누군가 단발마를 외쳤고. 주위를 순찰하던 기사들이 화급하게 달려왔다. 그리고 곧바로 루카니아의 수비대 소속의 기사단이 출동하여 시신을 살펴본다. 그런데 선임기사가 시신의 상처를 보고 화들짝 놀란다.

"실버스케일! 흐음, 스노우 어쌔씬 짓이로군....."

그는 아무 생각 없이 시신의 얼굴을 확인하곤 더욱더 놀라고 만다.

"아니? 이분은?"
"누굽니까?"
"성주님 동생이신 벤스톡 루카니아 남작이시다! 시신을 어서 감추어라!"
"예!"

기사들이 죽은 남작의 시신을 피륙에 싸서 일단 카페를 빠져나간다. 그리고 곧바로 카페 안의 오가는 사람들이 웅성거리기 시작한다.

"스노우 어쌔씬들이 나타났대?"
"그들은 보통 카페 안에는 잘 오지 않는 자들인데?"
"희한한 일이로군...."

살인 현장이 대충 청소가 되고 나자 드레이크는 카페의 가장 깊숙한 곳에 별동으로 지어진 얼음정원으로 향했다. 그곳에는 얼음을 얼려 환상적인 나무와 꽃으로 장식된 인공정원이 있었고 마법 씨어터 전체를 둘러치고 있는 담장이 모두 얼음으로 되어 있었다.

드레이크가 문 앞에 서자 거대한 덩치의 살벌한 표정을 한 가드 두 명이 그를 막아선다.

"오늘은 블랙모어 마법사님 부재중이십니다. 오늘 공연은 살인사건 때문에 취소되었습니다."

"부재중이라도 괜찮아!"

"잠깐! 피부가 매우 파란데?"

그는 야광석을 꺼내 드레이크의 얼굴에 비친다. 그러나 파란색은 곧 없어지고 차디찬 흰색의 피부가 야광석에 빛났다.

"드워프, 엘프, 옐로우프는 출입금지야! 흐음 엘다르는 아니군!"

"비켜!"

"오늘은 그만 돌아가시지."

"비키라고!"

드레이크가 계속 들어가려고 하자 덩치 둘이 칼을 뽑으려 했고 그 순간 드레이크의 단도 두 개가 날아가 그들의 긴 칼을 얼음 바닥에 떨어뜨렸다. 그리고 드레이크가 몸을 날려 두 덩치의 배를 강타해버렸다.

"우욱! 윽!"

명치를 가격당한 두 덩치들은 엎드려 고통을 호소했고 드레이크는
한 대 더 치려고 주먹을 쥐려는데 누군가 말리고 나선다.

"그만하시지요!"
"누구야?"
"이런! 머나먼 미들랜드의 왕자가 이 엑스노르의 검투사들을 함부로
패다니...쯔쯔"
"오! 블랙모어!"
"왕자님 오랜만이군요. 웬 바람이 불어 나를 찾아오셨나 왕자님께서?"

드레이크는 다소 동정심을 유발하는 표정으로 블랙모어에게 부탁하
듯 말한다.

"오를레앙 기사를 찾고 싶어. 그가 어디 있는지 알고 있지?"
"왜요?"
"아버지와 헤어진 그 기사가 루카니아 궁에 있다는 소문을 들었어."

블랙모어는 고개를 갸우뚱하더니 손가락에서 불을 피워 올려 난로로
향한다. 순식간에 기름 난로에 블랙모어가 만들어낸 불이 날아가 착화
가 되고 이내 불길이 타오른다. 블랙모어는 코냑 두 잔을 따라 하나를
드레이크에게 건넨다.

"나는 아레스 오를레앙이 케멜리 성에 있다고 들었는데요."

"그래?"

"그럼 내게 출입증을 하나 만들어 줄 수 있나?"

"케멜리 성으로 가는 길은 아주 간단하지요."

"말을 타면 되지 않나?"

"아니지요 내 추천장이 있어야 하지요."

"좋아. 그럼 나를 케멜리 성으로 보내줘."

"들여보내 주는 건 어렵지 않지만, 성에서는 드래곤 원정대를 모집하고 있는데 거기에 응하셔야 합니다."

"좋아! 그레이 드래곤이라면 얼마든지 죽여주지!"

드레이크가 흥분한 어조로 말하고 나서 한숨을 돌릴 때쯤 블랙모어가 드레이크에게 다가간다.

"아이스 드래곤을 찾으셨나요?"

"그대가 도와준다면 가능할 것도 같은데...."

"왕자님! 여기는 미들랜드도 아니고. 이제 저를 놓아주실 때도 되지 않았나요?"

"블랙모어 마법사, 그대는 우리 아버지의 은혜를 저버리겠단 것인가? 내 아버지는 그대 가문 전체의 생명의 은인이 아닌가!"

"물론 그렇지요....피에르 트로페즈님은 이미 돌아가셨을 거예요. 벌써 삼 년을 찾았지만 아무도 본 사람이 없지 않습니까?"

"일 년만 더 찾아보고 그때 가서 포기하고 자네에게 더 이상 신세를 지지 않겠네."

"나는 그저 마법사 일에 전념하고 싶어요. 그리고 내가 대마법사가 되면 그때 적극적으로 트로페즈 가문을 돕겠습니다."

"오케이. 일 년 뒤에 그렇게 계약을 하자구! 그럼...."

드레이크는 대마법사의 지위에 오르기 위해 카페 엑스노르의 최고 인기 마법사가 된 블랙모어의 태도가 마음에 들지 않았지만 군소리 없이 카페를 나선다.

그레이 드래곤의 가죽과 고기 등을 해체하여 판 카스텔 일당과 헤어진 드레이크는 케멜리 성으로 향했다.

엑스노르 카페의 불야성 같은 화려한 파티가 점점 조용해지고 먼동이 틀 새벽 무렵 블랙모어 시어터에 두 사람이 나타난다. 그들은 고깔모자에 긴 지팡이를 든 마법사들이었다. 블랙모어는 잠자리에 들기 전 거실에서 그들을 발견하고는 긴장하여 아무 말도 할 수가 없었다. 두 마법 중 키가 큰 사람이 블랙모어에게 손가락으로 가까이 오라는 신호를 보낸다.

"자네가 클루니의 제자인가?"

"예, 그렇습니다."

"그렇군. 바르테르 마법학교 출신이고?"

"맞습니다."

"우리와 함께 가야겠다."

"어디로?"

"미들랜드로 간다."

"대마스터는요?"

"물론 같이 가지."

순간 블랙모어어는 연기를 만들어 그 속으로 숨어버리는 마법을 썼지만 갈색 도포의 마법사가 먼저 그가 사라지기 전에 그의 몸을 지팡이에서 나오는 불빛으로 얼음처럼 굳게 만들어버린다. 그리고 정신을 잃은 그를 공중으로 둥둥 띄워 마차로 태워버린다. 그리고 두 마법사가 두둥실 날아오르자 마차가 유유히 사라진다.

3. 케멜리 성 가는 길

케멜리 성으로 가는 마지막 마을의 비스트로에서는 추위에 피어오르는 연기로 일대가 어수선했다. 비스트로 앞에 북극 팍스털 후드를 둘러쓴 소녀가 방금 도착한 기사의 말 앞으로 다가와 그의 말 뒤에 실려있는 발리스타를 보고는 고개를 한번 끄덕해 보였다. 그리고 케멜리 가문의 엠블렘이 찍혀있는 검자루를 들어 청년에게 슬쩍 보이고는 자신의 말을 묶어둔 줄을 풀면서 청년으로부터 건네받은 초대장 서류를 빠르게 읽었다.

잘록한 허리가 유난히 날씬해 보이는 가죽 재킷의 소녀는 가끔 기나긴 머리카락을 휘리릭 등 뒤로 휘감아 올렸다. 그러면 옷 앞섶으로 늘어져 있던 황금빛 머리카락은 레몬 향을 뿜어내며 그녀의 어깨 뒤로 흩뿌려졌다. 북극여우 털로 만든 흰색 후드 재킷이 잘 어울리는 소녀의 나이는 줄잡아 열여덟, 아홉 정도로 보였다. 밝은 갈색의 가죽옷은 그녀를 더욱 세련되게 연출해주었다. 그녀는 빠르게 초청장을 확인하고는 주머니에 놓으며 길을 재촉했다.

"자. 출발하죠. 피에르 트로페즈님의 아드님!"

소녀는 강추위에 아랑곳하지 않고 마치 한 마리 날다람쥐처럼 사뿐하게 말 위로 날아올랐다. 그녀는 대단히 익숙하게 말을 타고 길의 경사에 맞추어 천천히 혹은 빠르게 눈이 뒤덮인 산길을 따라 오르며 휘파람을 불었다. 그녀가 휘파람을 불 때마다 입김이 허공에서 얼어붙는 듯해 보였다, 뒤따라 말을 타고 그녀를 바싹 따르는 청년은 미끄러운 길을 말을 타고 가면서 긴장한 기색이 역력했다. 산길을 올라 평지에 다다르자 자신의 옆으로 다가와 말을 달리는 청년에게 소녀가 말을 걸었다.

"아저씨는 이름이 뭐랬죠?"
"초청장에 이름이 써 있지 않았나? 아니 그런데, 아저씨라니! 총각한테, 난 드레이크요. 그런데 아가씨는?"
"나한테 관심 있어요?"
"나도 이름을 알려주었으니 그쪽도......"
"뭐든지 똑같이 해야만 직성이 풀리나 봐? 칼잡이들은 다 그래요? 여자의 이름과 나이를 함부로 묻는 건 실례 아닌가?"

"칼잡이라……"

귀족의 복장은 했지만 어딘지 남루하고 어수선하게 옷을 입는 드레이크는 아이보리 컬러의 가죽 백팩을 두드리며 무심하게 말했다.

"싫으면 관두슈!"
"난 미레이예요. 미레이 케멜리. 됐어요? 근데 드래곤 헌터들은 이제 거의 다 사라졌는데 아직도 드래곤 헌팅을 하러 다니는 사람이 다 있네요? 정말이지 외부에서 온 드래곤 헌터는 오랜만에 봐요. 우리 언니같이 꽉 막힌 인물이나 드래곤을 잡으러 다니는 줄 알았는데, 아저씨같이 멀쩡한 분들도 그러구 다니네요?"
"으음…."
"이제는 그럴 때가 아니잖아요? 좋은 시절 다 지나갔죠. 안 그래요?"

그녀가 말한 <이제는> 이라는 의미는 드래곤이 거의 사라진 시대를 말하는 것이었는데 그때가 좋은 시절이라고 말하는 것을 그는 이해할 수 없었다. 사실과 드래곤을 잡으려고 죽을힘을 다해 혈투를 벌이는 것을 좋은 시절이라고 말하는 것이 어폐가 있기 때문이었다. 드레이크가 질문을 하려고 입을 여는 순간 그녀는 고삐도 잡지 않은 채 능숙한 자세로 재빨리 말을 몰았고 말은 그녀가 이끄는 대로 놀라운 속도로 산길을 거슬러 올라갔다.

속도가 나자 그녀는 휘파람을 규칙적으로 불었다. 그럴 때마다 그녀의 양 볼은 찐빵처럼 예쁘게 부풀어 올랐다. 그녀의 허리에는 피리와 연검이 매달려 있었고, 바지 아래쪽의 검은색 부츠 바로 위에도 양발에 모두 단검이 묶여있었다. 부츠에 수놓아진 금속의 장신구에도 케멜리의 가문을 상징하는 문양이 정교하게 새겨져 있었다. 미레이 케멜리는 전설적인 기사인 아이언 케멜리의 손녀였다. 그리고 그 고모인 미셸 케멜리는 왕년에 드래곤 헌터로 이름이 높았었다. 실제로 최근에 드래곤을 사로잡은 유일한 여성 헌터였다.

미레이는 갈수록 힘을 더 내는 종마를 타고 가파르고 울창한 숲길을 가볍게 올랐다. 그녀는 산등성이에서 속력을 더 내기 시작했다. 구릉에 오르자 맞은 편에서 계곡에서 떨어져 내리다 얼어붙은 거대한 폭포는 일대 장관을 이루었고, 하늘 저 멀리 구름에 어렴풋이 가려진 산봉우리들이 그야말로 하나의 자연 성채를 이루고 있었다. 산길을 따라 정상으로 올라가는 산모롱이를 돌자 멀찌감치 고색창연한 황금색 성이 눈앞에 펼쳐졌다. 수백 년 동안 수많은 전투에 한 번도 함락되지 않은 케멜리 대성이었다. 성벽에는 한파에도 얼지 않는 북극 아이비 덩굴에 휩싸여 마치 거대한 풀밭을 세로로 세워놓은 것처럼 보이기도 했다. 담장을 따라 오르막길 중간에 성문이 나왔다. 그리고 그 성문 안으로 멀리 구름인지 혹은 안개인지 부유스름한 습기가 두 사람을 감싸버렸고 이윽고 성 앞의 북쪽 측면에 자리 잡은 거대한 사원이 드레이크의 지친 시야에 들어왔다. 드레이크는 끝없이 이어진 사원의 지붕과 사원을 감싸 안으며 하나로 이어진 건물의 벽과 첨탑들이 고즈넉 해보였다.

숲속에서 나오자 드레이크는 사주경계를 했다. 그런데 숲속 뒤편에서 산 위로 이어진 작은 오솔길에 낡은 기사복장의 한 사내가 머리를 풀어헤치고 등에 짊어진 철제막대 양쪽에 커다란 대리석을 매달고는 천천히 걸어 올라가고 있었다. 급히 뒤쫓아간 드레이크는 절로 눈이 휘둥그레졌다. 철제 지게의 양쪽에 매달려 있는 대리석은 사람 몸의 두 배가량 더 컸다. 드레이크는 그에게 다가가 말했다.

"기사님! 잠깐만요!"

기사복장의 중년남성이 고개를 돌렸다. 순간, 두 사람은 동시에 놀라고 말았다. 뜻밖에도 그 기사는 아레스 오를레앙이 아닌가!

삼 년 전에 두 사람은 칼레도 드래곤 동굴에서 한 번 만난 적이 있었다. 아레스 오를레앙은 비록 성격은 괴팍하지만 검술과 하픈 발사 기술이 심후하여 그 어느 드래곤 헌터에게도 뒤지지 않는 실력의 소유자였다. 그를 알아보고는 드레이크가 반색을 했다.

"아레스 오를레앙 기사님! 왜 여기서 이러고 있는 거죠?"
"...."

아레스 오를레앙은 드레이크를 한번 보고는 알아보았는지 아니면 모르는지 그저 소리 없이 웃고는 아무런 말도 하지 않고 몸을 돌려 다시 걸음을 옮겼다. 분명 자신을 보고 놀란 표정이었지만 아레스는 말이 없었다. 드레이크는 당황하여 소리쳤다.

"아레스 오를레앙! 저를 모르겠어요? 저 드레이크이예요!"

아레스 오를레앙은 고개를 돌려 빙긋이 웃으며 턱을 끄덕여 보였으나 그는 걸음을 멈추지는 않았다. 드레이크가 다시 소리쳤다.

"누가 이렇게 기사님을 쇠사슬로 묶은 거지요? 그리고 그 아이언 프레임은 또 뭡니까?"

아레스 오를레앙은 계속 산을 오르면서 더 이상 묻지 말란 뜻으로 뒤를 향해 손사래를 쳤다. 드레이크는 영문을 알 수 없어 어리둥절해졌다. 궁금한 것을 참지 못하는 성격의 드레이크는 아레스를 재빨리 쫓아갔다. 말에서 내려 내달리던 그는 이상한 기분이 들었다. 무거운 대리석을 지고 걸어가는 아레스는 생각보다 빨리 걷는 것이 아닌가? 심지어 그의 걷는 속도는 드레이크가 그를 따라잡기 어려울 정도였다.

드레이크는 그를 붙잡겠다는 생각을 포기하고 그저 따라가기만 할 뿐이었다. 잠시 후 아레스 오를레앙 기사는 홉슬라 사원의 부속 건물로 지어진 작은 통나무집 안으로 들어가 등에 지고온 대리석을 내려놓았다. 수십 개의 대리석들이 즐비하게 놓여 있었다. 아레스 오를레앙은 드레이크를 한번 보더니 다시 아이언 프레임을 짊어지고 산을 내려갔다. 드레이크는 일단 주위를 살피면서 사라진 미레이를 찾아보았다. 그러나 그녀 역시 온데간데없었다.

"이제는 나를 안내하던 아가씨마저 사라지고, 이것 참 막막하군!"

드레이크가 다시 올라온 길을 돌아서서 내려가자 멀리 쇠사슬이 얼음 바닥에 끌리는 소리가 들리며 아레스가 다시 통나무집 쪽으로 대리석을 지고 올라오는 모습이 멀리 보였다. 그가 아레스 쪽으로 가려는 바로 그 순간 그의 뒤에 괴물 둘이 별안간 나타났다. 포효하는 그들은 오크들이었다. 두 오크는 아레스를 공격하려는지 그의 뒤쪽으로 다가왔지만 빠르게 걸어가는 그를 뒤쫓기 시작했다. 드레이크는 아레스와의 거리가 너무 멀었지만 그래도 칼을 뽑아 들고 전속력으로 달렸다.

"크아악!"

드레이크는 오크들의 비명 소리를 들었지만 촘촘하게 군락을 이룬 전나무들에 가려서 아레스와 오크의 모습이 잘 보이지 않았다. 십여 미터를 더 달려가자 드디어 아레스가 무심하게 크나큰 대리석을 지고 빠르게 올라오는 모습이 보였다. 그리고 그 뒤로 오크 둘이 날뛰는 것이 보였다. 그는 재빨리 나무 뒤로 몸을 숨기며 아레스가 지나가면 바로 오크를 급습하려고 매복에 들어갔다.

"좋아! 한 번에 둘을 동시에 처리해주마! 이얍!"

아레스 오를레앙이 지나가자마자 드레이크가 검을 휘두르며 나서는데 별안간 단발마가 들려왔다.

"비켜요!"

비명소리에 놀란 드레이크는 순간 중심을 잃고 공중에서 몸을 날린 상태로 급하게 검을 도로 회수하면서 풀밭에 착지했다. 그런데 그의 착지와 동시에 드레이크의 곁에 동강 난 오크의 머리통 두 개가 구르는 것이 아닌가! 드레이크는 황급히 몸을 일으켜 검을 높이 들고 방어 자세를 취했다.

순간 뒤에 서 있던 머리가 나무토막처럼 잘린 오크의 몸통이 서서히 드레이크 쪽으로 쓰러졌고 그 뒤로 미레이가 쌍검을 들고 천천히 걸어왔다.

"아! 오랜만에 몸을 좀 풀었더니 개운하네. 왜요, 오크 처음 봐요?"

그녀는 오크의 피가 묻은 칼날을 닦고 칼집에 칼을 넣었다. 미레이가 고개를 좌우로 흔들자 목에서 뚜둑하는 소리가 났다. 그녀는 사춘기 남자아이처럼 으스대며 말했다.

"어때요. 기사 아저씨. 별거 아니죠? 후후."
"검술이 대단하군요. 미레이! 그나저나 아레스 오를레앙 기사님은 어떻게 된 거죠?"
"나도 몰라요. 일단 사원에 가서 대마법사님께 자세히 물어보세요."

미레이는 사원의 북쪽 문 앞 입구에 먼저 가서 말을 묶어놓고 드레이크를 기다렸다. 미레이를 뒤따라 들어간 시원의 내부는 어두침침했고 거대한 건물의 천장을 중심으로 방사형의 실내가 궁성을 방불케 했다. 십 미터 간격으로 배치된 수십 개의 토치에서 불빛이 유령처럼 일렁거렸고 아주 먼 거리의 물체가 잘 보이지 않을 정도로 그다지 밝지는 않았다.

4. 홉슬라 사원의 원정대

고색창연한 홉슬라 사원의 벽에는 한겨울인데도 아이비들이 즐비하게 붙어 있었다. 소녀를 따라 입구로 가면서 드레이크는 왠지 긴장감이 느껴졌다. 어두운 공간에서 오크라도 나타나지 않을까 하여 그는 칼자루에 손을 대고 걸었다.

회랑으로 이어진 벽 끝에 불빛이 새어 나오는 방문이 열리면서 우아한 중년의 여인이 나왔다.

"미레이! 왜 이렇게 늦었니?"
"뭐 별로 늦지는 않았는데요?"
"이 녀석이? 또 까불어! 드래곤 헌터는 잘 데려왔지."
"예! 저기 오네요."

미레이는 뒤에 따라오는 드레이크를 가리켰고 중년의 여인은 드레이크 앞으로 다가서서 똑바로 그의 얼굴을 응시했다.

"아버지를 많이 닮았군! 어서 오게. 나는 미셸이야!"

"예, 명성을 익히 들었습니다 미셸님. 저는 드레이크 트로페즈입니다. 아버님을 대신하여...."

"알고 있네, 일단 방으로 들어가지."

다크브라운 컬러의 고딕식 가구가 즐비한 커다란 방안에는 세 사람이 앉아 있었다. 드레이크는 그들을 살펴보다가 반가운 얼굴을 발견했다. 그는 아버지의 후배 드래곤헌터인 단톤 제라파 아저씨였다. 드레이크는 반가워서 하마터면 소리를 지를 뻔했지만 다른 사람들, 특히 백 살은 되어 보이는 노인이 있어서 단톤에게 목례만 했다.

"어서 오너라. 드레이크!"

단톤이 자리에서 일어서며 드레이크를 반갑게 맞아주었다.

"단톤 아저씨, 오랜만이에요."

"인사드리거라. 대마법사 클루니님이시다."

"처음 뵙겠습니다. 저는 드레이크 트로페즈라고 합니다."

"우선 드래곤 원정대에 참가해주어서 고맙구나. 그래 먼 길 오느라 고생했다. 자 앉거라. 가까이에서 보니 아버지보다도 잘 생겼구나. 허허허허."

클루니 대마법사는 대단히 인자하게 생겼지만 목소리에서 강한 힘이 느껴졌고 웃음소리가 특이했다. 말로만 듣던 전설의 마법사와 인사를 나눈 드레이크는 황홀한 표정이 되어버렸다.

"이쪽은 알랭 발데스 대기사님이시다."

대마법사 뒤에 서 있던 다소 거만해 보이는 노기사가 손을 느릿하게 들어 흔들었다. 알랭 발데스라는 노인은 칠십이 훨씬 넘어 보였지만 기골이 장대하고 허리를 곧추세우고 앉은 모습에서 범상치 않은 기도가 엿보였다. 그는 클루니 마법사에게 깍듯하게 목례를 하고는 미셸을 불렀다.

"미셸, 아이들을 부르고 아레스도 데리고 오게."
"예. 대기사님."

잠시 후 아레스 오를레앙과 두 소녀가 함께 들어왔다. 아레스의 두 발은 여전히 쇠사슬에 묶인 채였다. 드레이크는 자신을 안내한 말괄량이 소녀에게는 별로 눈이 가지 않았지만 뒤따라 들어온 그녀의 언니 이사벨 케멜리에게서는 눈을 떼지 못하고 그녀를 뚫어져라 바라보았다. 드레이크가 심장에서 쿵 소리가 날 만큼 그녀는 아름다웠다. 오를레앙이 문 앞에 서서 손수건으로 이마의 땀을 훔치고 있을 때 알랭 발데스가 일어서서 모두들 의자에 앉을 것을 권했다.

"자! 이처럼 드래곤 원정대의 소집에 응하여주신 여러분께 깊은 사의를 표합니다. 자리에 앉아주시면 대마법사님께서 인사의 말씀을 하실 겁니다!"

그는 공식적으로 클루니 마법사가 회의를 주재하기 전에 <드래곤 원정대>라는 말을 썼다. 원정대가 이미 공식화된 것이었다. 다만 그는 아레스 오를레앙에게는 문 앞에 계속 서 있도록 명했다. 타원형으로 생긴 둥그런 테이블은 족히 이십여 명이 앉을 수 있는 크기였지만 오를레앙을 제외한 사람들이 한쪽으로 모여 앉았다.

미레이 케멜리는 19세 여성으로 마법사이고, 그녀의 언니인 이사벨 케멜리은 21세로 드래곤 헌터이며 그녀들은 모두 아이언 케멜리 후작의 동생인 쿠퍼스 케멜리의 딸들이었다. 그는 유명한 마법사였지만 요절하고 말았다. 그리고 그녀들의 고모인 미셸 케멜리는 50세로 유명한 드래곤 헌터였다. 그리고 또 다른 드래곤 헌터로 현역 최고수인 단톤 제라파 또한 역시 50세였다. 그는 드레이크의 부친과는 절친한 사이며 드래곤 헌터 중에서 불화살을 가장 잘 쏘는 것으로 유명했다. 문 앞에 서서 벌을 받고 있는 아레스 오를레앙도 50세로 그도 역시 드래곤 헌터인데 무술의 고수일뿐만 아니라 드래곤 작살이라고 불리는 드래곤하픈의 달인이며 괴력의 소유자였다. 그리고 그에게 벌을 주고 있는 알랭 발데스 대기사는 77세로 케멜리 왕국의 기사회 부회장이고 제국에서는 전설의 기사로 불리고 있었다.

마지막으로 회색 마법사 클루니는 현재 120세라고 알려졌으나 실제로 그의 나이를 정확하게 아는 사람은 없었다. 이백 살이 넘었다고 하는 사람도 있었다. 그의 다크브라운 로브는 벨벳으로 만들어졌지만 스웨이드 가죽처럼 강했기 때문에 웬만한 병장기는 다 막아낼 수가 있었다. 대륙 전체에 마법사가 몇 명이 있는지 모르지만 서열상 화이트, 그레이, 브라운, 그린 그리고 초급 마법사들은 레드와 블루로 크게 구분되었다. 바르테르 마법학교를 졸업하면 남자는 블루로브가 주어지고 여자는 레드로브가 부여된다. 브라운 마법사인 클루니는 마법학교의 교장이면서 유일한 브라운 등급이었고 대개의 마법교사들은 그린 마법사들로 구성되어 있었다. 소문에는 클루니가 조만간 화이트 마법사로 등극할 것이라는 말이 돌았다. 혹자는 그가 다크 그레이 로브를 입고 다녔다는 말도 있었다. 한때는 그레이 마법사였지만 미쳐서 죽은 과거의 왕 바르테르와 싸우다가 마법능력을 상당량 잃고 다시 브라운 마법사로 강등되었다고도 했다.

드레이크 트로페즈는 부친인 피에르 트로페즈가 행방불명되어 그를 대신했고 엑스노르 대륙에서 피에르 트로페즈는 드래곤 사냥의 필수무기인 발리스타를 제작하는 드래곤 헌터로 알려져 있었다. 특히 그가 만든 소형 발리스타는 정확도와 강도에서 타의 추종을 불허했다.

모두 클루니 마법사를 중심으로 테이블에 둘러앉아 그를 바라보았다. 다만 오를레앙은 서서 표정 없이 전방을 응시했다. 짧은 고요함이 끝나고 대마법사가 이윽고 입을 열었다.

"이렇게 여러분을 소집한 것은 사파이어 드래곤 헌팅 때문입니다.

여러분도 잘 알다시피 지난 주말 케멜리 후작께서 드래곤과의 대결 이후 전신에 삼도 화상을 입으셨소이다. 워낙 강골이시지만 이미 퍽 연로하셨고 화상이 매우 심하기 때문에 치료를 위해 사파이어 드래곤의 피가 필요하게 되었소이다."

"그 드래곤은 죽었나요?"

단톤 제라파가 눈을 크게 뜬 채 물었다.

"그렇소. 수컷으로 사파이어 드래곤이요."

"아직도 사파이어 드래곤이 세상에 살아남아 있었던가요?"

"폰투스 산에서 온 놈이요. 드래곤 시신을 살펴보니 최근 짝짓기를 한 흔적이 있었소. 반드시 암컷이 있을 것이요. 속히 폰투스산에 가서 왕께 바칠 드래곤 피를 얻어와야 합니다."

"드래곤의 피를요? 그럼 그 죽은 드래곤의 피를 쓰면 되지 않습니까?"

"유감스럽게도 그게 그렇게 쉽지 않소이다. 본래 드래곤의 피를 마법사들이 마시면 잠시 동안 동물과 이야기할 수 있는 능력이 생기지만 사파이어 드래곤의 피는 화상에 특효약이나, 반드시 살아 있는 드래곤의 피를 가져와야만 합니다. 드래곤의 피에는 마법의 힘이 들어 있어 대단히 위험한 일이지요. 드래곤을 산 채로 잡아 채혈을 하고 난 후에도 그 드래곤이 살아 있어야 약의 효험을 볼 수 있기 때문에 오늘 이렇게 드래곤을 산 채로 잡을 수 있는 저명한 드래곤 헌터들을 소집하게 되었소이다."

"으음, 그렇군요."

그제서야 이해가 된 단톤 제라파가 고개를 끄덕이며 말했다.

"내일 아침에 후작부인을 뵙고 간단한 비밀 출정식을 가진 후에 출발하기로 하겠소이다. 만일 질문이 있으면 내일 출정식 전에 시간이 있으니 그때 이야기를 나누기로 하겠소이다. 내가 조금 전에 마법으로 간단한 스테이크를 준비했는데 가볍게 이른 저녁을 듭시다. 식사 후에는 모두들 마련된 숙소에 가서 여독을 푸시고 내일 아침에 여기로 다시 모입시다."

"예."

대마법사의 말을 듣고는 다들 미소를 지으며 마법사의 식사 준비를 지켜보았다. 클루니는 문밖의 얼음 상자에서 한빙석에 놓인 콩알만 한 살덩어리를 가져와 소위 생장석이라는 도마 위에 올렸다. 그러자 순식간에 그 고깃덩어리는 십 인분의 크기로 커져 버리는 것이 아닌가.

드레이크는 할 말을 잊은 채 멍했지만 프라이팬에서 지글지글 구워지는 스테이크 내음이 코를 찔렀다. 모두는 준비된 큰 접시의 스테이크와 샐러드 그리고 약간의 삶은 야채를 먹기 시작했다. 드레이크는 커다란 접시의 반 이상을 차지하는 이렇게 큰 스테이크는 먹어본 적이 없었다. 맛도 퍽 생소했다. 그래서 그는 연신 고개를 갸웃하다가 미레이에게 작은 소리로 물었다.

"이거 진짜 먹어도 되나요? 마법으로 만드신 건데?"

"그럼요! 드레이크 기사는 마법 드래곤 스테이크는 처음 맛보나 봐요?"

"그럼 이게 소고기로 만든 게 아니란 말이에요?"

"물론이지요! 마법사님은 더 크고 맛난 드래곤 스테이크도 만들어주세요. 후후"

"드래곤 스테이크? 으으,,,,"

"하하하하, 호호호"

순간 주위의 사람들이 모두 크게 웃었다. 미레이의 농담에 순진한 드레이크가 속은 것이었지만 드레이크는 잠시 영문을 몰라 했다.

"자! 즐거운 식사를 마쳤으면 오늘은 푹 쉬도록 하세요."

대마법사의 말이 끝나자 알랭 발데스가 일어서서 대마법사에게 경의를 표했고 대마법사는 먼저 자리를 떴다. 알랭 발데스는 강한 어조로 서서 겨우 식사를 마친 오를레앙을 불렀다.

"아레스 오를레앙!"

"예!"

"그대는 기사도의 명예를 실추시키고 스스로 반성을 하지 않았으니 약속대로 참회의 방을 만들어 오늘 밤을 거기서 지내고 새벽에 다시 용서를 구하시게! 앞으로 처벌이 끝날 때까지 침묵의 처벌을 내려졌으나 <예>라는 대답 외에 아무런 말도 할 수 없다!"

"예!"

"그대는 악인과 내통하고 더러운 황금을 받았으니 그 죄가 매우 무겁다. 자네가 스스로 여덟 개의 대리석을 세로로 쌓아 올려 참회의 방을 만들었으니 여덟 시간 동안 참회하고 새벽에 다시 우리에게 합류하라! 그대가 이번에 드래곤 원정대로 뽑혔기 때문에 특별히 이 정도로 처벌하는 것이다. 차후에 대마법사님께 사의를 표하라!"

"예!"

아레스 오를레앙은 죄인의 몸이 되어 고개를 푹 숙인 채, "예"라는 대답 이외에는 아무 변명도 못 하고 대기하고 있던 호송 기사들의 뒤를 따랐다. 마치 사형수처럼 오를레앙 기사는 검은 망토의 기사들에 이끌려 방을 빠져나갔다. 드레이크는 답답하다는 표정으로 미셸에게 다가가 물었다.

"왜 저러는 거죠?"

"아! 아레스 오를레앙 기사가 얼마 전 칼레도 동굴에서 도굴 도둑에게서 금괴를 받아 그걸 산 아래 고아원에 주었는데 그 고아원 원장인 여사제가 그걸 어제 발데스 대기사님에게 갖다 바쳤다는군. 그래서 발각이 난 모양이야."

미셸의 이야기를 들은 드레이크는 분노했다. 자신이 관련된 일이었기에 그는 가만히 있을 수가 없었다. 그가 일어서자 두 명의 호송 기사가 그를 막아섰다.

"잠깐만요! 세상에 말을 못 하게 하는 엉터리 처벌이 어디 있어요! 나는 저 오를레앙 기사와 잘 아는 사이입니다. 제가 대신 설명을 해드리지요. 작년에 칼레도 동굴에 저도 함께 있었습니다. 그리고 오를레앙 기사님은 도둑의 황금을 받은 게 아닙니다. 제가 드린 겁니다."

"트로페즈 기사! 그대는 더 이상 말썽을 부리지 말고 자리로 돌아가시오!"

말을 막은 기사에게 드레이크는 더욱 화가 나서 대꾸했다.

"이 모든 게 오해예요. 제가 그걸 밝히려는 거예요! 오해만 풀리면 되는 거 아닌가요? 그리고 한갓 오해 때문에 아레스 오를레앙 기사를 사슬로 묶고 말도 못 하게 괴롭히는 건 아니라고 봐요!"

"그만하시게!"

검은 망토의 키가 큰 기사가 드레이크에게 강하게 말했다.

"이보게 젊은 기사! 설령 케멜리 후작님이라 해도 기사도의 규율을 깬 사건에 대해서는 간섭하지 못하는데 그대가 무엇 때문에 나서는 것인가?"

드레이크는 성난 음성으로 따졌다.

"아레스 오를레앙 기사는 충직하고 선량한 사람이에요. 몇 번이나 말을 해요? 그리고 금궤는 내가 준 거예요! 물론 난 도둑이 아니고요.

그러니 아레스는 무죄라니까요!"

"비키게!"

키 작은 기사는 앞으로 나아가다가, 드레이크의 허리에 단검을 알아보고 놀라 입을 열었다.

"이건 피에르 트로페즈님의 단검이군요. 그분과 어떤 관계지요?"

"내가 그분 아들 드레이크 트로페즈요."

"그렇군요. 나는 오 년 전 그대 아버님을 도와 탄탈로스 전투에 참여하여 발리스타 제작을 도왔지요. 그때 그 루미에르검을 보았는데 이렇게 그 아드님을 만나게 되니 반갑군요."

"저도요. 그런데 혹시 최근에 아버님 소식은 들었나요?"

"엑스노르에서는 피에르 트로페즈님이 은둔하신 걸로 모두들 알고 있지요. 그래서 이번 원정대에도 추천은 했지만 본인은 오지 않고 아드님이 오셨군요."

"조금 전에 루미에르라고 하셨는데. 이 검의 이름인가요?"

"아니! 검의 주인인데 그것도 몰랐어요?"

"나는 그냥 아버지의 검 중 하나를 가지고 와서……그나저나 아레스 기사님에 대한 오해는 풀어 드리고 싶어요."

"이미 늦었소. 아레스 기사는 자신이 도둑에게 금괴를 받았다고 실토했고 기사단에서 정식으로 처벌이 내려졌기 때문이에요."

"실토라니요? 그건 거짓 진술이에요!"

드레이크가 키 작은 기사와 이야기를 나누는 도중에 별안간 비명 소리가 들렸다.

"으아악!"

드레이크가 키 작은 기사와 이야기를 하던 중에 오두막 옆에서 아레스를 감시하던 키 큰 기사가 마치 누군가 던져버린 물체처럼 별안간에 허공중에 떠올랐다가 내동댕이쳐졌다. 그는 순식간에 허리가 부러져 죽고 말았다.

"아니?"

키가 큰 기사의 죽음에 놀랄 겨를도 없이 드레이크는 다급하게 검을 꺼내 들고 소리쳤다.

"어서 피해요! 트롤이에요!"

아직 석양빛이 남아 있었건만 빽빽한 원시림에 가려 저녁처럼 짙은 그늘이 진 훕슬라 사원의 북쪽 기슭은 이미 어둠이 드리웠기 때문에 야행성인 트롤이 움직일 수 있었던 것이었다. 트롤의 등장으로 아레스도 검을 들고 나왔다. 그러나 그의 양발에는 쇠사슬이 묶여 있어서 자유롭지 못했다. 더구나 그의 검이 무척이나 길었기 때문에 괴력의 아레스는 스스로 쇠사슬을 끊을 수가 없었다.

"잠깐만요!"

드레이크는 민달팽이처럼 몸을 돌돌 말아 굴러서 아레스 곁으로 갔고, 그의 검으로 쇠사슬을 강하게 내리쳤다. 불과 세 번의 가격으로 쇠사슬이 박살났고 아레스는 겨우 몸을 풀고는 트롤 쪽으로 내달렸다.

"이얍!"

마치 새처럼 몸을 날려 트롤에게 강한 검 공격을 펼쳤지만 악취가 심하게 나는 돌 근육의 트롤은 아레스의 검 공격을 양팔로 막아내고는 육중한 팔을 휘둘러 급하게 반격했다. 그가 팔을 휘두를 때마다 붕붕하는 소리가 공기를 갈랐다.

사원 뒤 오두막에 쌓아둔 대리석을 집어 든 트롤이 여덟 개의 대리석을 사방으로 마구 집어 던졌다. 그러나 대리석 집을 짓던 아레스의 반격은 예상외로 강력했다. 그는 믿을 수 없을 정도로 높이 날아올라 다시 한번 강력하게 검을 휘둘렀다. 트롤이 미처 방어를 준비하지 못한 상황의 빠른 공격이었기 때문에 머리통을 검에 맞은 트롤이 뒤로 자빠졌다. 분기탱천한 트롤이 광분하여 닥치는 대로 양팔을 휘둘렀고 부근에서 도망가던 키 작은 기사가 트롤이 마구 휘두른 주먹에 맞아 그 자리에서 절명했다.

"으악!"

작은 기사의 시체를 들어 올린 트롤은 그 시신을 잡아 양팔로 허리를 끊어버렸다. 그 순간 아레스와 드레이크의 협공이 트롤에게 적중되었다. 양쪽에서 트롤의 허벅지를 동시에 강타한 것이었다. 트롤은 다시 한 번 쓰러졌다. 아레스의 강력한 검 공격에 강타당한 트롤은 아레스 쪽으로 무너지듯 쓰러졌다. 그런데 다시 몸을 추스른 트롤이 기어 다니면서 괴력을 발휘하여 아레스가 대리석을 쌓아 만든 오두막을 완전히 파괴시켰고 일대의 나무들도 쓰러트렸다. 그리고 다시 일어선 트롤이 광분하여 사원 쪽으로 쿵쿵 굉음을 내며 내달리기 시작했다. 트롤이 사원의 정원으로 들어서는 순간 엄청난 마법주문의 소리가 들렸다.

"브네르페소!"

순식간에 클루니 대마법사의 지팡이에서 나온 광선으로 주위가 대낮처럼 환해졌다. 동시에 트롤이 돌로 변했다. 마침내 미쳐 날뛰던 트롤의 한바탕 난리가 끝이 나고 홉슬라 사원의 경비대가 트롤을 에워쌌다. 그들은 석화된 트롤의 몸을 밧줄로 포박했고 빛이 사라지게 되면 곧바로 화형에 처할 수 있도록 온몸에 기름칠을 해두었다. 대마법사의 지팡이에서 나온 빛이 꺼지면 불을 붙여 돌 상태에서 깨어난 트롤을 태워죽일 요량이었다. 돌 상태일 때 불로 태워봐야 트롤을 죽일 수 없기 때문이었다.

잠시 후 마법사가 지팡이를 거두자 빛이 사라졌고 다섯 개의 횃불이 트롤에게 던져졌다. 돌에서 점점 몬스터의 피부로 변하기 시작하던 트롤은 자신의 온몸을 태우는 열기에 괴로워하면서 몬스터의 괴성으로 포효했다. 그러나 온몸이 밧줄로 묶여 있는 트롤은 중심을 잃고 땅바닥에 자빠지고 말았다. 불붙은 트롤에게 군사들이 창을 던졌고, 드레이크도 자신의 발리스타에 장착한 크로스 애로우를 발사하였다. 마지막으로 아레스의 강력한 스페이드 공격을 당한 트롤은 결국 죽고 말았다. 트롤의 시신이 치워지고 사원의 정원이 언제 그랬냐는 듯이 정리되었다. 클루니 마법사는 아레스와 드레이크를 불러 치하했고 아레스의 처벌을 즉각 중지시켜주었다. 그제서야 아레스는 드레이크에게 눈 한쪽을 찡긋해 보였다.

"드레이크! 멀리까지 오느라고 고생했다. 아까는 말을 못 해서 놀랐지?"
"아니에요. 아저씨야말로 고생하셨네요."
"형님은 소식은?"
"예?"
"니 아버지 찾았냐고."
"아직...."
"이제 형님은 드래곤 헌팅계를 스스로 떠나시고 아예 드래곤 보호주의자가 되셨는데, 반대로 그 아들이 이 바닥에 새로 들어왔군!"
"그런데 아저씨! 왜 발데스에게 금괴를 제가 주었다고 말씀하지 않고 도둑에게 받았다고 하셨어요?"
"그건 이길 수 없는 싸움이기 때문이었다."
"예? 그게 무슨 말이에요?"
"알랭 발데스와 논쟁으로 그 누구도 이길 수 없다. 그는 증거를 조작하고 여론을 몰아가는 천재이고 불패의 논객이지, 나 혼자의 힘으로 케멜리 기사회를 이길 수는 없지, 그들은 공범자인 동시에 증인이 되고 심판자까지 되어버리거든, 후후, 니 아버지도 예전에....."

"제 아버님도요? 말씀해주세요? 무슨 일이 있었던 거죠?"

"아니다. 니 아버지 같은 분은 없을 거다. 혹 찾게 된다면 잘 해드려라!"

"예, 그래야지요. 그런데 이해 못 하는 부분이라니요?"

"나중에 말해주마, 오늘은 일찍 방에 들어가 쉬거라."

"예."

사원 경비대 군사들에게 경계령이 내려졌지만 왕비 일행에게 비밀로 해야 하는 야릇한 상황이 연출되었다. 마법사가 경비대 군사들과 드래곤 원정대 일행에게 왕비와 왕자들에게 비밀로 하라며 일행에게 주의를 주었다. 그때 미레이가 손을 들고 말했다.

"마법사님. 사실 제가 아까 사원 밖에서 오크를 둘 죽였어요."

"그래? 미레이, 왜 진작 말을 하지 않았느냐?"

"요새 종종 오크들이 산 위에서 돌아다녔지만 사원 가까이에 온 것은 처음이에요. 별일 아니라고 여겼지요 뭐."

"그런데, 미레이!"

"예?"

"너 요즘 드래곤 보호주의자들과 어울린다고 들었는데 사실이냐?"

"아니, 그냥 친구 중에 그런 애들이 있어요."

"너는?"

"저야 뭐....꼭 그런.... 건 아니죠.... 그나저나 사원의 결계가 파괴된 건가요? 대마법사님?"

"으음.... 결계를 확인해봐야겠군....."

클루니 마법사는 잠시 상념에 잠겼다. 그는 서둘러 자리를 뜨는 미레이를 의심 어린 표정으로 바라보았다. 호기심 가득한 표정의 드레이크는 단톤 제라파에게 다가가 조용하게 물었다.

"기사님, 예전에도 이곳 사원에 오크나 트롤들이 자주 출몰했나요?"

"아니. 이런 일은 거의 없었지. 오래전에 케멜리 성 주위에는 결계가 둘러쳐 있어서 오크나 트롤이 들어오기가 불가능할 텐데? 조짐이 좋지 않군."

"그럼 결계가 깨진 건가요? 혹시 스노우 어쌔씬들이 침입한 거는 아니겠지요."

"글쎄다...."

사람들이 웅성거리자 클루니 마법사는 모두에게 대단히 무거운 목소리로 말했다.

"자! 이야기는 그만하고 모두들 사원 이 층에 마련된 숙소로 들어가도록 하시오."

"예."

5. 한밤중에 일어난 일

홉슬라 사원 주위에 경비 병력이 두 배로 증원되고 밤새 경비병들이 강추위 속에서 분주하게 돌아다녔다. 특히 홉슬라 사원에서 케멜리 성의 북문으로 이어진 성벽 밑에는 백 명 이상의 군사들이 배치되었다. 북쪽의 루카니아 성과 스노우 어쌔신들의 공격을 대비하기 위한 방어선이 있기 때문이었다. 경비병들이 횃불을 들고 돌아다녔기 때문에 방에 불빛이 어른거렸고, 알 수 없는 괴수들의 비명 소리 같은 소음이 멀리서 들렸지만 장거리 여행으로 피곤했던 드레이크는 더할 나위 없이 잘 잤다. 창문 너머로 새벽의 여명이 비쳐왔고 사원은 평화롭게 보였다.

케멜리 왕궁은 북쪽 홉슬라 사원의 바로 아래쪽 남측에 하늘을 찌를 듯이 거대하게 세워져 있었다. 특히 궁성의 첨탑들은 구름 위로 치솟을 정도로 높았다. 동틀 무렵 새벽안개가 검붉은 광야 위에 스멀스멀 피어오르는 부연 시야 뒤로 일대의 낙엽송 군락지에서 갈가마귀 떼가 날아올랐다. 백여 마리의 갈가마귀 떼는 궁성의 북쪽 방향인 홉슬라 사원 위로 날아갔다.

드레이크는 아직 어둠이 채 가시지 않은 사원의 후원을 내다보았다. 희뿌연 새벽안개가 유령처럼 일렁거렸지만 하늘에는 이미 밝은 기운이 감돌았다. 들창을 열자 차가운 공기가 방으로 밀려들어 왔고 그는 황급히 창문을 도로 닫았다. 늦가을의 한기를 느낀 드레이크는 화장실에 가고 싶었지만 문을 열었다가 그냥 닫았다. 회랑 끝의 남자 화장실이 멀어서 잠시 나가지 않고 방안의 온기를 느끼고 싶었다. 그런데 회랑에서 인기척이 나는 것이 아닌가. 그는 살며시 방문을 열었다. 회랑의 어두운 끝 쪽에 두 사람이 보였다. 그들은 서둘러 움직이고 있었다. 드레이크는 그들이 오크일지도 모른다는 생각에 대충 옷을 걸치고 단검만을 든 채 회랑 끝으로 향했다. 새벽이어서 그런지 회랑의 촛불은 거의 다 꺼져있었고 그나마 한두 개 타고 있는 촛불들도 심지가 다 되어 회랑은 어둑어둑했다. 드레이크는 인기척을 느끼고 남자 화장실 문을 거칠게 열고 안으로 들어갔다.

"누구냐! 아니?"
"어머?"

드레이크는 검은 망토를 뒤집어쓴 두 사람과 맞닥뜨리자 가슴이 섬뜩하여 놀라고 말았다. 후드를 내려쓴 두 사람은 미레이와 이사벨이었다. 그녀들도 놀란 건 마찬가지였다.

"어? 두 사람이 남자 화장실에 웬 일로?"
"쉿!"
"두 사람, 원래 남자였어요?"
"조용히 하라니까!"

미레이가 윽박지르듯 소리를 낮추어 말했다. 드레이크의 비웃는 듯한 말을 듣자 이사벨은 얼굴이 좀 붉어졌다. 자신이 생각하기에도 여자가 남자 화장실에 들어온 게 부끄럽기는 한 모양이었다.

"입 다물어요! 조용히 하고 내 말 들어요! 으흠...."

미레이는 드레이크에게 지나치게 명령투로 말했다는 것을 깨닫고, 이번에는 헛기침을 하며 누그러진 말투로 말했다.

"드레이크 기사가 무슨 일로 여기 왔는지 모르겠지만, 일단 무기를 아니, 그 조그만 단검을 내려놓고 내 말을 들어봐요."

드레이크는 일단 단검을 집어넣은 다음, 상대방의 말투가 부드러워지자 그녀들을 살폈다. 미레이는 고개를 올려 천정을 보고 한숨을 쉬었다. 그리고는 살짝 고개를 다시 내려 턱으로 이사벨을 가리켰다.

"언니가 말해!"
"왜? 미레이! 니가 해?"
"이사벨! 시간 없어 빨리 해!"
"니가 하라니까?"

드레이크는 자매간의 말다툼이 끝나기를 기다리는 수밖에 어쩔 도리가 없었다.

"좋아, 미레이, 나 혼자 가는 수밖에 없겠군! 넌 여기 있어!"

이사벨은 남자화장실 안의 비밀 석문을 열려고 했다.

"알았어. 내가 말할게. 드레이크! 내 말 잘 들어요. 이건 우리 마법학교의 아주 중대한 문제예요. 무리가 마법학교에 가서 누굴 좀 만나야해요. 그러니 드레이크는 오늘 새벽에 우리를 본적이 없는 거예요? 알았죠? 그 누가 물어도, 설사 클루니 대마법사님이 물으셔도 우릴 본 적이 없다고 해야 돼요."

"제가 왜요? 두 사람이 스노우 어쌔씬의 스파이일지도 모르는데....."

"아이! 웃기고 있네! 정말, 에잇!"

"퍽!"

"윽!"

미레이는 주먹으로 드레이크의 배를 쳤다. 정확하게는 명치를 가격한 것이었다.

"알았죠? 믿어요! 드레이크 트로페즈 기사님! 기사의 명예를 걸고 대답하세요. 네! 라고."

"예?"

"아니, 네! 빨리!"

"네....."

"좋아요. 이제 방으로 돌아가세요."

그녀들은 마지막 화장실 방 안쪽의 비밀 석문을 밀고 나간 다음 밖에서 다시 닫았다. 그녀들은 드레이크를 믿는다고 했지만 그는 자신의 방으로 돌아가지 않고 화장실의 비밀 석문을 조심스럽게 열어보았다. 문은 홉슬라 사원의 남쪽 화단 위로 통해있었다. 눈 깜짝할 사이에 두 소녀는 케멜리 성 쪽으로 향하더니 비탈길 아래로 달려 내려갔다. 드레이크는 호기심이 발동했다. 그는 자신도 모르게 그녀들을 뒤따랐다. 길은 아직 어두웠지만 그녀들을 따라갈만한 정도로 새벽길은 밝아있었다.

놀라운 속도로 달려간 드레이크는 그녀들이 궁성 밖의 사원 부속 건물 같은 곳으로 들어가는 것을 확인하고 자신은 건물 측면의 다른 문 가까이 다가갔다. 건물 실내는 칠흑처럼 캄캄했다. 드레이크는 두 소녀가 들어간 방향으로 조심스럽게 나아갔다.

그가 기둥 오른쪽으로 돌자 희미한 불빛이 보였고 그것은 방문의 아래쪽에서 새어 나오는 불빛이었다. 아주 작은 소리지만 누군가 두런두런 이야기를 나누는 소리가 들렸다. 드레이크는 방문에 귀를 대고 들어보려 했지만 잘 들리지 않았다 그는 하는 수 없이 문을 살짝 열어보았다. 그 순간 드레이크는 등 뒤에서 뾰족한 금속의 촉감을 느꼈다

"누구냐?"

"어? 나, 나는...."

"드레이크? 우릴 따라왔어요?"

이사벨과 웬 남자가 동시에 칼을 드레이크 등 뒤에 댄 것이었다. 드레이크는 급하게 변명을 하려고 했다.

"저, 저는 그냥 두 분을 보호하려고....."

"무슨 개소리! 이자 누구야? 케멜리 후작의 첩자 아냐?"

"아닙니다. 저는...."

"넌 말하지 마! 이사벨! 이놈 누구야?"

금발의 키가 큰 사내는 거칠게 말했다. 드레이크는 예의를 갖추고 정중하게 말했지만 그는 드레이크의 단검을 빼앗아 들고 소리쳤다.

"봐! 무기까지 있잖아!"

"내 단검을 돌려줘!"

"자, 모두 침착해. 드레이크! 왜 따라왔어요! 좌우간 알제트, 너도 조용해! 내가 다 설명할게! 이쪽은 드레이크 트로페스라고 피에르 트로페스님의 아들이야?"

"뭐라구? 진짜? 아! 이거 만나 뵙게 되어 영광입니다. 나는 알제트 모레즈요! 아버님은 잘 계시지요?"

"아, 예...."

알제트라는 친구는 다짜고짜 드레이크를 허그했다. 드레이크는 영문을 몰라 그냥 그게 하는 대로 가만히 있었지만 편하지는 않았다. 미레이가 급하게 말했다.

"알제트! 이번은 아니야. 대마법사도 있고 기사회의 고수들이 다 집결해 있어! 모험할 필요 없어! 잡히면 퇴학 정도가 아니고 케멜리 던전에 투옥될 거야!"

"던전투옥이 바로 내가 바라는 거야! 반드시 던전의 비밀을 밝히고
말 거라구!"

"좌우간 무조건 안 돼! 알제트! 너를 잃을 수는 없어! 제발!"

"알았어."

"그럼 믿는다! 알제트! 부디 학교에 남아 있어!"

"언제 올 건데?"

"몰라."

"폰투스산이면 왕복 삼사일은 걸릴 텐데...."

"우리 걱정을 말고, 자! 약속해줘! 집회에 안 갈 거지? 그렇게 알고 있
을게?"

미레이는 알제트를 껴안다시피하여 간곡하게 말했다. 그러자 알제트
는 아무런 대답을 하지 않았고, 미레이는 알제트라는 청년의 이마에 키
스하고 말했다.

"약속해! 알제트!"

"그래, 약속할게."

"고마워."

"미레이! 마법사님이 우릴 찾으실 거야! 자 서둘러 빨리 가자. 어서!"

이사벨이 빨리 돌아가자며 채근했다. 알제트는 방을 나서기 전, 다시
한번 자신의 손가락을 입에 대고 손 키스를 날려 보이며 작별을 고했다.

두 소녀도 웃으며 그에게 인사를 건넸다. 이사벨, 미레이 그리고 드레이크는 서둘러 다시 사원의 남자 화장실을 통해 흡슬라 사원의 실내로 돌아왔다. 이 층 회랑에서 미레이가 애끼 손가락을 들어 보였다. 그녀는 드레이크에게 약속을 지키라는 시늉을 했고 그도 역시 애끼 손가락을 들어 보였다. 이미 날이 밝아 빛이 훤하게 비친 회랑에서 그들은 헤어졌다. 자신의 방으로 돌아온 드레이크는 그때까지도 숨이 찼다. 쉬지 않고 달려온 까닭이었다. 그는 한바탕 꿈을 꾼 것 같았다.

6. 사이베리탄의 진격

한편 엑스노르 대륙의 북단 마을, 북극 오로라가 깜깜한 하늘에 마치 춤을 추는 듯한 초록색 빛의 향연이 펼쳐지고 있었다. 사이베리탄의 엄청난 추위를 아랑곳하지 않고 녹색의 에너지가 하늘 전체에 우뚝 선 기둥처럼 서서 일렁거렸다. 화려한 초록의 형광 불꽃이 하늘을 가득 채우자 드넓은 오로라 빌리지에 북극의 인간들이 모여들었다. 그들은 추위에 강한 사이베리탄 명마들을 타고 삽시간에 수천 명이 모인 것이었다.

인근 티피란 텐트에서 계속 사람들이 나오자 전체 모인 사람들은 일만 명이 넘었다. 오로라가 사라지고 나자 캄캄한 밤하늘에는 수만 개의 별들이 지상으로 쏟아질 것만 같이 엄청나게 반짝거렸다.

사람들이 모여든 광장은 분지 형태였다. 북극의 설원 가운데에 형성된 그 거대한 분지에 커다란 울림의 목소리가 들렸다. 르비에르라는 지도자의 한마디에 군중의 대답은 끝없이 이어지는 메아리로 북극 대륙 전체를 뒤흔들 것 같은 함성이 연이어 나왔다. 일만여 명의 북극인 가운데 북극곰 가죽으로 전신을 칭칭 동여맨 자가 앞으로 나왔다. 그는 좌우를 살피고는 공손하고도 절도 있게 사방에 대고 네 번의 큰 인사를 했다. 그는 필요 이상으로 허리를 깊게 숙여 대중에게 절을 하다시피 했다. 그리고 북극의 인간들 가운데 우뚝 선 그 지도자가 믿을 수 없을 정도로 크게 외쳤다.

  "나의 형제들에게 영광이 있으라!"
  "와아아아아아!"
  "때가 왔는가?"
  "그렇습니다. 북극 감시병이 백 명이 모였습니다."
  "좋소!"

설원에 여기저기 오 미터 이상의 얼음 기둥들이 백여 개가 모인 것을 보면 사이베리탄 사람들은 좋은 징조라 여겼다.

사이베리탄은 더 이상 왕국이 아니었다. 민중 의장단이 얼마 전까지 수십 년을 통치해오던 루카니아 북부 수비대장인 폭군 듀브로크를 몰아냈다. 그리고 이제 사이베리탄은 루카니아의 통치를 벗어나 민중의 지도자가 이끄는 민중의 나라가 되어 있었다. 그런데 그들은 생계가 어려워지자 추위에 강한 어쌔씬들을 키워 이른바 살인청부업을 하면서 연명을 해왔다. 하지만 엑스노르 대륙의 전쟁과 살인청부업이 줄어들자 남쪽 땅으로의 진출을 모색하고 있었다. 그리고 비로소 그 남하의 순간이 도래한 것이다.

"나의 형제들이여! 10개월간 혹독한 추위가 멈추질 않는다! 북극 얼음 신의 예언대로 우리는 남쪽으로 가야 할 때가 온 것이다. 그대들은 진정 풍요한 삶을 원하시는가!"

"와와!"

"나는 무조건 그대들의 의견을 따르겠다. 진정 원하는가?"

"와와와!"

"좋다! 우리는 남으로 간다. 나를 따르라!"

"우와와!"

르비에르를 필두로 일만이 넘는 북극인들이 행진을 시작했다. 그들은 얼음 분지를 벗어나 소위 북극의 감시병들이 줄지어 선 얼음기둥 지대를 거쳐 남으로 향했다. 코끝이 알싸해지고 호흡조차 얼어붙어 버리는 강력한 추위 속에서 북극의 감시병을 만나면 기절초풍할 노릇이지만 이 괴상한 물체들은 사실 거대한 나무들이 눈과 얼음에 뒤덮여 있는 모습이었다.

"남으로!"

"와와!"

구호를 외치면서 진군하는 사이베리탄 군사들은 이미 내리는 눈 속에 거의 파묻혀버릴 지경이어서 그들의 움직임을 멀리서 보면 설원이 통째로 움직이는 것 같았다.

사이베리탄 북극 군사들은 행군한 지 반나절 만에 루카니아 북부 변경을 넘어 엑스노르의 할디르국의 국경도시를 뭉개버렸다. 일만의 군사가 오백 명의 국경수비대를 처리하는 데에는 불과 열 시간도 걸리지 않았다. 북쪽 국경의 붕괴는 백 년 만에 처음 있는 일이었다.

전쟁 소식을 보고받은 루카니아의 쥬네트 대공작은 무척 당황했다. 그는 긴급 군사회의를 소집했다. 헬렌공주가 배석한 가운데 루카니아의 장군들이 모두 참석했다. 사실 며칠 후 헬렌 공주와 조세프 장군의 결혼식을 거행할 예정이었다.

"결혼식을 열흘 앞두고 전쟁이라니!"

조세프는 기분이 불쾌했다. 사이베리탄군에 적개심이 불타오를 지경이었다. 며칠 전 자신의 절친인 루카니아 남작이 엑스노르 카페에서 스노우 어쌔씬에게 암살되었고 결혼식마저 망쳐진다는 생각에 내내 상기된 표정이었다. 헬렌 공주가 입장하여 착석하자 루카니아의 총리대신 격인 피아트 공이 개회사를 했다.

"오늘 급작스럽게 여러 장군을 소집한 것은 쥬내트 루카니아 대공께서 북쪽 변방의 침입에 매우 걱정을 하고 계시기 때문이외다. 모두 착석하고 조세프 장군은 나와서 전황을 설명하시오."
"예!"

그는 다소 흥분한 표정이었고쥬네트 대공은 당황한 조세프를 보고 인상을 찌푸렸다.

"전황을 보고드리겠습니다."

"보고하라."

"예! 현재 국경이 함락되어 우리 군 칠천 명이 디아르 산 매복지대에 급파되었습니다. 적군은 대략 일만 여에 육박한다고 합니다. 북쪽에서 루카니아로 넘어오려면 디아르 산맥을 지나야 합니다. 만년설이 정상에 쌓여있는 해발 삼천 미터의 험준한 산악이 매복의 최적지입니다. 사이베리탄 군은 여기서 우리 군으로부터 매복 공격을 받을 가능성이 있다고 예상할 것입니다. 과거 사이베리탄의 군대가 소규모전투를 벌이려고 쳐들어왔다가도 루카니아의 매복으로 물러간 적이 있었기 때문입니다."

"그래서?"

"예, 이번에는 적의 예상을 뛰어넘어 예상 매복지에는 척후병만 보내고 디아르 산의 우리 측 경사면에 매복할 예정입니다."

"그런데 거기서 밀리면 우린 끝장이다. 만전을 기하라!"

"예!"

조세프가 보고를 마치고 자리에 앉아 전서구의 쪽지를 들고 전령이 회의실에 들어왔다. 그는 부복하여 쥬네트 대공에게 쪽지를 건넸고 대공의 깜짝 놀란 표정이 한동안 그대로 멈추어있었다.

"무슨 일이옵니까?"

"이상하구나?"

"무엇이 이상하단 말씀이옵니까?"

"사이베리탄 군사들이 이미 북쪽 국경을 무너트리고 우리 성으로 진격하고 있다는군!"

"예? 그렇게 빨리요?"

"우리 방어선이 허를 찔렸구나! 사이베리탄 군사들이 파죽지세로 밀고 들어왔다는군. 으음...."

북극 대륙을 뒤흔든 사이베리탄 기마군단의 에너지는 말과 활 그리고 조직력이었다. 북극 지역의 일개 사냥꾼들은 그다지 무서울 게 없지만 그들의 일사불란한 조직은 그 무엇보다도 강력했다. 그리고 그 부대의 첨병에는 스노우 어쌔씬들이 무서운 속도로 진군하고 있었다. 또 사이베리탄의 의장단의 세력은 둘로 나뉘어 남하했다.

의장인 르비에르는 루카니아 성으로 총사령관인 블라트는 케멜리 성으로 각각 나뉘어 진군했던 것이다. 블라트는 사이베리탄의 의장인 르비에르를 민중지도자로 모시고 북쪽 대륙을 평정했던 용장이다. 그는 스노우 어쌔씬에서 흑마법을 구사하는 리더이고 동시에 사이베리탄 명마들로 구성된 기마 군단 조직의 최초 지휘자였다.

그의 기마 군단은 보급부대가 따로 없는 전원 기병이었다. 기병 한 사람이 말을 다섯 마리씩 몰고 다니면서 짐을 나르는 데뿐 아니라 비상식량이나 물통을 소지했다. 사막을 건너갈 때는 말의 피를 빨아 마셨다. 속도가 느린 보급부대가 따라다니지 않으면 전투부대의 이동 속도는 엄청나게 빨라진다. 결국 북쪽의 사이베리탄 기마군단은 루카니아나 케멜리의 농경 국가의 군대보다 다섯 배 이상이나 빨랐다. 기동성을 높이기 위해서 그의 기마 군단은 갑옷도 가볍게 만들었다. 그들은 추위에 단련된 몸이었기 때문에 남쪽에서는 거의 옷을 입지 않았다.

"빠르게! 더 빠르게!"

전쟁을 벌이는 동안 블라트의 명령은 늘 '빠른 공격'뿐이었다. 중무장한 엑스노르 대륙의 기사들에 대하여 기마군단의 전법은 이백 미터쯤의 거리를 두고 활로써 집중사격을 하여 혼란에 빠뜨린 다음 돌격하여 박살을 냈다. 기마 군단은 또 퇴각을 위장하여 적들을 유도, 분산시킨다음 삽시간에 재집결하여 분산된 적을 각개 격파했다. 이것은 기동성에서 앞섰기 때문에 가능했다.

르비에르 의장의 캠프에 연기처럼 나타난 블라트가 르비에르를 보고 고개를 끄덕하고는 건방지게 인사를 한다. 그리고는 다짜고짜 명령조로 말한다.

"루카니아는 필요 없소."
"무슨 소리야? 블라트?"
"우리는 남쪽의 케멜리 성으로 가야 해."
"루카니아 북쪽 지역이면 우리가 살기에 충분해!"
"천만에!"
"자네 미쳤나? 우욱...."

르비에르 의장의 목에서는 붉은 선혈이 흘러내렸고 결국 그는 싸늘한 시신이 되어버렸다. 막사에서 나온 블라트는 르비에르의 전위부대를 본대에서 이탈시켰다. 그리고 자신의 부대로 편입시켜 행군을 지시했다.

"케멜리 성으로 진군하라!"

케멜리 성으로 향한 일만여 병사들은 지평선 끝까지 눈길의 먼지를 내며 기나긴 행렬을 만들었다. 파베르쥬 협곡을 지나 남쪽의 케멜리 성으로 향하는 군사들은 오크들의 삶의 터전이 협곡의 작은 오크의 성채들을 끝없이 파괴시켰다. 그리고 도망치는 수천 명의 오크들을 케멜리 성 쪽으로 몰아갔다. 그들의 추격과 도피는 끝없이 이어졌고 이미 하얗게 변한 설원에는 또다시 눈이 내리고 있었다.

7. 케멜리 성의 위기

케멜리 성은 동서로 이 킬로미터 남북으로 사 킬로 정도 되는 거대한 성이었다. 성은 모두 다섯 개의 성으로 이루어져 있다. 북쪽은 기암괴석의 천연 절벽으로 이루어진 철옹성이었고, 서쪽은 목장 지역으로 영토의 끝이 깎아지른 하얀 단구로 되어 있어서 적군이 결코 침범할 수 없었다. 또한 동성으로 통하는 매우 길고도 좁은 진입로에는 길목마다 케멜리 정예군이 지키고 있어서 단 한 번도 그곳으로 적군이 쳐들어온 적이 없었다. 그렇기 때문에 유사시에 케멜리 성은 남문만 잘 지키면 되는 성이었다.

　케멜리 성 경비대의 일천여 기사들은 대부분 성 위에서 남쪽 방향인 파베르쥬 협곡 쪽을 응시하고 있었다. 급기야 후퇴하는 인간과 오크들이 앞다투어 달려오는 것이 멀리 보였다. 그리고 그 뒤를 느긋하게 사이베리탄의 기사대가 쫓았다.

　오크군이 다가오는 것이 육안으로 확인되자마자 케멜리 성의 간부급 기사들이 긴급회의에 들어간다. 케멜리 후작이 드래곤 브레스트에 당하여 사경을 헤매고 있었지만 케멜리 성 정규군의 군사력은 엑스노르 대륙의 최강부대였기 때문에 만일 공성전이 발생하더라고 성 방어는 문제가 없다고 대부분의 기사들은 굳게 믿고 있다. 무엇보다도 케멜리 성에는 전설적인 사대 기사가 현존하고 있었다, 소위 케멜리 사대기사는 올리비에 백작, 티보데 백작, 쟈끄 남작, 그리고 알퐁스 남작이 그들이다. 그들은 각각 동서남북의 성문을 책임지고 수비하여 아직까지 몇십 년 동안 케멜리 성이 함락된 적이 없는 최고의 기사들이었다.

　드래곤 원정대의 긴급회의 결과 후작을 살릴 사파이어 드래곤을 잡기 전에 일단 스노우 어쌔씬들로 이루어진 사이베리탄 선봉대를 막기로 했다. 그리고 자연스럽게 사파이어 드래곤 원정대는 올리비에 백작의 휘하로 배속되어 정문에 배치되었다. 원정대의 전투 참여로 방어력이 급상승했다. 무엇보다도 대마법사인 클루니가 성에 있다는 것은 비밀리에 움직이는 스노우 어쌔씬의 침략에 맞설 수 있기 때문이었다.

사이베리탄 군대와의 전투를 앞두고 케멜리 성에서는 던전에서 기름을 퍼 날라 성벽을 타고 쳐들어오는 적군을 태우기 위한 준비와 활과 화살을 수십 만발 준비하느라 눈코 뜰 새 없이 바쁜 상황이 이어지고 있었다.

그런데 사이베리탄 선봉 부대들과 스노우 어쌔씬들이 진격하면서 일단의 오크 무리들을 공격하며 동시에 도망자들을 추격했다. 그들은 천 명이 넘는 오크들을 마치 양몰이를 하듯이 케멜리 성으로 몰아갔다. 그리고 블라트가 스노우 어쌔씬들을 이끌고 오크왕의 절벽 동굴로 잠입했다.

케멜리 성 외곽의 수비대의 병력과 일대 접전이 벌어진 오크들은 수없이 죽어 나갔다. 그러나 오크들은 죽은 동료들의 시신을 타넘고 계속 전진했다. 오크의 시체가 산처럼 쌓여도 오크들은 집요하게 행진을 멈추지 않았다. 그들은 통증에 둔하고, 오로지 살육과 파괴를 즐기는 존재이기 때문에 자신의 죽음을 무릅쓰고 상대를 파괴하는 것을 더 큰 쾌락으로 여기고 무조건 달려들었다. 그들은 또한 인육을 닥치는 대로 먹어 치우기 때문에 파괴와 살육의 전쟁터에서 그들보다 우세한 전력을 갖고 있지 않다면 누구라도 전투가 힘들어지기 마련이었다.

성문 수호탑의 아처로 배정을 받은 드레이크와 알제트 그리고 미레이가 멀리서 들려오는 전쟁터의 아비규환 소리에 사뭇 긴장했다. 특히 알제트는 가슴이 답답했다. 그는 비교적 여유 있게 자신의 발리스타를 마른 헝겊으로 닦으며 휘파람을 불고 있는 드레이크에게 말을 걸었다.

"드레이크, 너는 꿈이 뭐야?"

"꿈이랄 게 뭐 있겠어, 그냥 케멜리 케멜리 후작처럼 이름을 날리는 거지, 너는?"

"내 꿈은 온 세상의 평화야."

"하하하하!"

옆에 있던 미레이가 약간 조롱하는 웃음을 웃었다.

"놀고 있네, 평화는 개뿔, 니 한몸이나 잘 챙겨 알제트."

"왜 그래, 미레이? 지금 알제트는 진지한데? 그리구 너희들은 언제 드래곤 보호운동에 가입한 거야?"

"그걸 왜 물어보는데?"

"그냥 궁금해서....."

"한 일 년 정도 되었어, 그치 미레이?"

"그런 거도 미레이 승낙을 받아야 되냐? 알제트는 좀 순진하고 귀여운 데가 있어. 후후."

"너 그게 무슨 뜻이야? 우리 알제트가 귀엽다니? 얘는 나한테만 귀여워야 돼! 참!"

미레이가 불현듯 무슨 기억이 났는지 박수를 쳤다.

"맞아! 드레이크! 너 최근에 드래곤을 죽였다고 했잖아?"

"그 얘기는 이제 그만해! 미레이! 그런데 너희들은 왜 공포스러운 드래곤을 보호한다는 거야?"

"뭐? 드레이크 너도 알제트만큼이나 멍청하구나?"

"왜?"

"드래곤이 아주 없어질까 봐 보호하는 거지. 세계의 환경이 얼마나 중요한데!"

"그게 무슨 소린지 난 모르겠어. 드래곤이 없어지면 좋잖아? 사람들도 안전하고...."

"이런 바보! 알제트보다 덜떨어진 애는 니가 처음이야!"

"뭐?"

"쉬잇! 모두 조용! 오크들이 몰려온다. 아처들은 모두 화살을 장전한다! 실시!"

성벽 가장 높은 망루의 케멜리군의 기사가 소리쳤다.

주위의 모든 아처들이 활시위에 화살을 장전하고 성벽 밖의 전진 부대들의 엄호를 준비했다. 아처들의 엄호하에 신속하게 달려온 군사들이 성으로 퇴각했다. 일단 숫자에서 밀리는 케멜리군 사들은 이백 명 정도가 협곡에서 죽고 나자 남은 병력들이 더 이상 협곡 입구를 지키지 않았고 전선은 속절없이 밀려서 본진의 성채까지 후퇴하고 만 것이다.

"오크들이 온다! 일제히 쏴라!"

수호탑에 있던 자크 장군의 명에 따라 아처들이 오크 수십 명을 쏘아 맞혔다. 오크들이 잠시 주춤거리며 더 이상 진격하지 않았다. 그사이에 약속대로 케멜리 성의 경비대 보병 삼백 명과 용병 천 명이 성문 밖 최전선으로 배치되었다. 케멜리 경비대는 일사불란하게 훈련이 되어 있어서 알퐁소 장군의 명령대로 전위대가 화살을 쏘고 빠지면 후위대가 이어 사격하는 방식으로 마치 연속 발사되는 발리스타처럼 정확하게 오크들을 쏘아 죽였다.

케멜리 경비대의 지원 발사 하에 용병으로 투입된 산적들 천여 명이 성문 아래에서 오크들과 맞섰다. 그러나 그들은 닥치는 대로 오크들과 뒤섞여 싸움을 했지만 오크들을 압도하지는 못했다. 성문 앞에 전사자들의 시체가 늘어났고 오크의 시체는 산을 이룰 정도였다. 오크들은 이미 대략 오백 명 이상이 전사했다. 그러나 오크들의 광적인 진군은 계속되었다.

드레이크와 알제트 그리고 미레이는 서로 경쟁하듯 오크들을 성문 위에서 화살로 쏘아 맞혔다. 발리스타에 능한 드레이크는 오십 명 이상의 오크를 쓰러트렸다.

"야! 드레이크! 치사하게 발리스타를 너만 쓰냐?"

"뭐가 치사해? 전투만 잘하면 됐지!"

"야! 발리스타는 오크 두 명을 하나로 쳐줄 거야! 너 몇 명이야? 오십 넘었어? 나는 스물아홉 해치웠어!"

옆에서 듣던 미레이가 늘 그렇듯이 알제트를 나무랐다.

"알제트! 지금 이게 장난이야? 오크 숫자 세기 장난이냐구!"

"아니, 드레이크가 너무 빨리 쏘니까 따라갈 수가...."

"시끄러! 이건 목숨이 걸린 전투라고! 까불지 말고 집중해! 쯔쯔....저거 언제 철들지?"

원정대원들의 화려한 궁술 활약에도 불구하고 오크들의 진격은 끝이 없었다. 백병전의 산적들이 너무 많이 당하는 걸 성벽 위에서 지켜보던 관측기사가 알퐁소 장군에게 왔다.

"장군! 이대로는 안 되겠습니다."

"안된다니?"

"일단 우리 아이들을 성안으로 후퇴시키고 공성전을 대비하여 병력을 아껴야 할 것 같군요."

"으음....공성전은 오크들에게 유리한 것으로 아는데? 일단 명령에 따르도록 해!"

기사는 얼굴을 무척 찡그리며 불량한 태도를 보이더니 참았던 울분을 터트리듯 말했다

"경비 군사들을 너무 소모전에 투입시키지 말고 성안에서 임무를 주면 그 명령에 따르겠습니다. 하지만 우리 군사 천명이 오크 오천에게 모두 죽도록 놔두는 건 어리석은 짓입니다. 일단 성으로 들어오면 나중에 그 전투력으로 싸울 수 있는데 왜 그들을 다 죽입니까?"

"으음.....그럼...."

알퐁소가 망설이자 순찰을 돌다가 옆에 있던 미셸이 둘의 대화를 끊고 말했다.

"아니요! 공성전이 더 어려울 거예요. 오크들에게 성벽을 기어오르게 방치하면 대책이 없어요. 저놈들은 마치 거미처럼 성벽을 쉽게 타넘고 올라올 거에요. 그 싸움이 더 어렵지 않을까요?"

"그렇다고 우리 인원을 다 죽게 놔둘 수는 없습니다. 오크들은 오천 명이 넘어요!"

"그래? 내가 해결해주지."

어느새 마법처럼 다가온 대마법사 클루니가 말했다.

"일단 군사들을 들이고 시간을 끌어! 우리 성문 아래에 기름과 황산을 쏟아놓을 테니."

"예? 그럼 화공전을 한다구요?"

"오크들이 성벽을 타넘지 못하게 성문 아래와 성벽에 기름칠을 하면 하루 이틀은 오크들이 쳐들어오지 못한다."

한 시간이 지난 후 기름 배치 작전이 끝나고 케멜리 군사들이 모두 성 안으로 퇴각했다. 바야흐로 화공전이 시작되는 순간이었다. 오크들이 성을 향해 다가왔을 때 성문 밖에 놓아둔 수백 개의 단지를 향해 성문 위에서 궁수들이 불화살을 쏘았다. 그것은 불꽃놀이보다도 더 화려했다. 기름 항아리가 터지면서 불이 붙으면 그 옆에 있는 황이 폭발하면서 오크들이 마치 콩을 기름에 튀겨지듯 죽어 나가자, 오크들이 두려운 표정으로 불을 바라볼 뿐 감히 진군을 하지 못했다. 그리고 성곽 위에는 성벽에 부을 기름통이 즐비하게 놓였다.

대마법사는 별거 아니라고 했지만 군사들로서는 더없는 도움이 되었다. 성문 밖에서 싸우던 케멜리 군사들은 모두 성곽 위에서 기름통을 들고 대기했다. 두어 시간이 지나자 불길이 거의 사그라졌고 오크들이 다시 성문으로 다가오기 시작했다. 그러자 군사들이 성문 아래에 기름을 붓고 다시 불을 질렀다. 그렇게 하기를 두어 차례 반복하자. 협곡에는 연기가 가득 차 앞이 잘 보이지 않는 상황이 되어버렸다.

협곡에 늘어선 오크 가운데 대오를 뚫고 누군가 앞으로 나왔다. 마침내 오리엔탈 변종 말을 타고 오크 왕 타이움 카이스가 모습을 드러냈다. 오리엔탈 변종 말은 말대가리가 드래곤을 닮았고 눈은 피가 충혈된 듯 붉게 빛났다. 또한 그 말의 주인인 타이움 카이스의 흉측하게 생긴 얼굴은 인간들에게 가히 공포감을 주기에 충분했다. 그는 자신의 오크들을 거의 천명 가까이 죽이고도 눈 하나 깜짝하지 않았다.

그런데 케멜리군이 더욱더 부담을 갖게 된 것은 드디어 키타이 카이스와 타이움 카이스 부자가 함께 나란히 오크들을 지휘하게 되었다는 것이었다. 게다가 키타이 카이스는 투석기부대를 이끌고 나타났다. 오크들은 의외로 일사불란하게 오크 본진에 도착한 투석기에 바위를 투척하기 위한 장전을 하기 시작했다. 그것을 본 망루의 케멜리 군사가 볼멘소리로 외쳤다.

"투석기다! 모두 여, 열 대다!"

오크들이 끌고 온 대형 투석기는 세 발 달린 괴물 같았다. 공성전 시에 매우 유용한 공성 병기를 오크들이 잘 다루는 이유는 무조건 명령에 따르는 오크들의 규율 때문이었다. 오크들이 투석기로 공격할 수 있는 대상 타겟은 외성문과 그 위의 수호탑이었다. 성문을 열고 수호탑의 아처들을 없애면 오크 떼가 그대로 진격할 수 있기 때문이었다. 그렇게 되면 현재 오크들에게 불리한 흐름을 단번에 바꿀 수 있었다.

타이움 카이스는 투석기 열 대를 일렬로 세웠다. 그리고는 말 위에서 성을 바라보며 기분 나쁘게 웃었다. 그가 웃을 때마다 징그러운 머리통의 주름살들이 벌레처럼 움직였다. 그의 부하 오크들은 그의 괴기스러운 모습을 보고 두려워하였으나 그걸 자세히 바라본 드레이크는 웃음이 절로 나왔다. 너무 못생겼기 때문이었다. 드레이크가 혼자 웃자 알제트가 이유를 물었다.

"왜 웃어? 드레이크?"

"저기 오크왕 말야, 너무 못 생겨서, 후후후후"

"좀 있으면 오크들이 투석기로 포탄과 바위들을 날릴 판인데 넌 지금 웃음이 나오냐?"

"그럼 울까?"

"아이구! 내가 말을 말자!"

케멜리의 성은 투석기에 대한 대비가 완전하지는 않았다. 그도 그럴 것이 협곡에서 투석기를 쓸 일이 거의 없었기 때문이었다. 케멜리 정규군은 엑스노르 대륙에서 가장 세기 때문에 협곡전투에서는 늘 승자였다. 그러나 오천 명 이상의 오크 떼가 투석기를 가지고 왔다면 이야기가 달랐다. 승산이 없었다.

알퐁소 장군은 끝에 연기를 피워 수호탑을 정조준하지 못하도록 했다. 성문 부근과 수호탑이 있는 성벽에 기름을 붓고 불을 붙이자 검은 연기가 수호탑을 완전히 가려버렸다. 금광 지하에 유전이 있어서 기름은 충분했지만 투석기를 쏘게 되면 수호탑과 성 위의 아처들이 무사하지 못할 것이 뻔했다.

오크왕 타이움 카이스가 도끼를 들어 올렸다가 힘차게 내리자 열 대의 투석기에서 일제히 바위들이 성벽으로 날아오기 시작했다.

"휘이이익! 콰광쾅쾅!"

첫 번째 투석이 시작되자 마치 하늘을 찢는 물체가 날아오는 듯한 엄청난 굉음을 내며 바위들이 성벽 여기저기를 부수고 그곳에 있던 아처들이 수십 명 넘게 쓰러졌다.

"아처들은 성벽 아래로 숨어라!"

알퐁소 장군이 급하게 명령했지만 또다시 이차 투석이 시작되었다. 역시나 엄청난 굉음과 함께 케멜리 남쪽 성의 수호탑 일부가 부서지고 결국 탑과 망루들은 반 이상 무너져내리고 말았다. 투석의 위력은 마치 성벽에 강력한 벼락을 맞은 것 같았다. 성 주위의 기름이 타면서 만들어 내는 연기 때문에 우군들이 우왕좌왕하게 되었고 케멜리 군사들은 순식간에 공포의 도가니 속으로 빨려 들어갔다.

서로를 죽이는 비명이 아우성치고, 흙가루가 흩날리고 기름이 불타는 연기가 휘몰아치는 상황에서 아레스가 드레이크에게 다가왔다.

"드레이크, 우리가 투석기를 없애버리자!"
"예? 어떻게요?"
"날랜 병사들을 모아 성 밖으로 나가 불태워버리면 될 거 아냐. 여기 기름은 지천이니까."
"하지만 나갔다가 오크들에 잡히면 끝 아니에요?"
"안 잡히면 되지!"
"말도 안 돼요! 아레스!"

곁에서 두 사람의 대화를 듣던 미셸이 아레스를 말렸다. 그리고 새로운 아이디어를 주었다.

"지금 오크들이 사용하는 투석기의 줄은 인간의 머리카락이에요."
"예? 정말이요"
"탄력성이 있는 인력줄로는 사람의 머리카락을 씁니다. 오크들은 전쟁에서 패한 포로들이나 노예의 머리를 땋아서 사용하지요."
"그렇군요."

"그래서 말인데 장거리 발리스타가 있으면 불화살을 집중적으로 쏘아서 투석기를 무력화할 수 있어요."

"그게 좋겠어요!"

드레이크가 맞장구치자 미셀이 자세한 설명을 해주었다.

"지금 오크들이 가져온 투석기는 인력선 투석기에요. 투석 바위보다 무거운 추를 달아 고정시키고 반대편에서 사람 머리카락으로 만든 인력줄을 이용해서 추가 달린 쪽을 높이 올라가게 당겨서 고정시키지요. 그다음 여기에 돌을 올려놓은 다음 줄을 자르면 탄력으로 그 돌이 날아가는 방식이지요. 우리는 저 인력줄을 태우면 되는 거예요."

"하지만 너무 멀어요. 저 정도 거리는 활로는 불가능합니다. 그렇다고 지금 여기서 발리스타를 제작할 수도 없고....."

드레이크가 다소 실망한 기색을 보이자 알제트가 군사들에게 수소문을 했다. 마침 과거에 오크들이 인간에게 빼앗은 발리스타가 있었다.

"우와! 이거면 되겠다!"

드레이크는 간단한 점검 후에 성능을 확인했다. 그는 오크들의 투석기가 회전축에 고정된 지렛대를 이용한 것이어서 불화살로 투석기를 태울 수 있다고 호언장담했다. 과연 중형 발리스타의 화살촉에 기름 가죽을 달고 불을 붙이면 동시에 열 개의 화살을 쏘았을 때 투석기의 나무

회전축을 태울 수는 있었다. 드레이크의 현란한 발리스타 솜씨가 빛났다.

"피이이이잉!"

열 발의 불화살이 발리스타에서 집중 발사되고 이내 오크들의 투석기에 불이 붙었다! 그리고 자연스럽게 인모로 만든 인력선도 태워버렸다.

"우와! 명중이다! 투석기에 불이 붙었어! 와! 드레이크! 역시 정의의 용사!"

알제트가 기뻐 춤추듯 점프를 했다. 그러나 열 대의 투석기를 모두 없앨 수는 없었다. 세 번째 투석기를 태우자 오크들이 동료들의 시신으로 방어둑을 만들기 시작했다. 오크들은 자기 동료들의 시신을 둑처럼 쌓아 발리스타의 불화살을 막는 동안 나머지 투석기에서 날아온 바위들에 의해 마침내 성문이 파괴되었다.

"성문이 부서졌다. 성문 안쪽의 백병전을 준비하라!"

쟈크 장군과 티보 장군이 경비병들을 이끌고 성문 입구 쪽으로 달려갔다. 아레스도 미셸과 미레이에게 엄호를 부탁하고 드레이크와 알제트를 데리고 오크를 막기 위해 성벽 아래로 갔다. 날이 어둑어둑해질 무렵에 시작한 백병전은 심야까지 이어졌지만 밀려드는 오크들의 숫자는 줄어들 줄을 몰랐다.

대마법사는 알퐁소 장군을 불렀다. 그리고는 귀에 뭐라고 속삭였고 알퐁소는 양손을 가로로 저으며 반대했다. 하지만 성벽 위의 남은 기름통이 피아간에 뒤섞여 싸우는 전쟁터에 쏟아졌다. 그리고 잠시 후 성문 안팎의 병사들의 머리 위로도 기름이 쏟아져 내렸다. 이윽고 성문 위에서 불화살들이 발사되었다. 그리고는 성문 주위에 넘쳐나는 기름에 불이 붙었다. 열심히 싸우던 우군과 적군들도 기백 명이 불에 타버렸다.

"으아악! 아아! 악!"

얼마 후 불에 타죽은 시체들로 성문 주위가 자연스럽게 막혔다. 일단 전투가 소강상태에 접어들자 클루니는 다시 한번 기름을 성문 밖으로 부으라는 명령을 했다. 기름은 거의 연못처럼 성문 앞에 흘러 모였다.

적장 키타이 카이스의 얼굴이 일그러졌다. 그리고는 그는 아들의 뺨을 후려쳤다. 따귀를 맞은 타이움 카이스가 말을 몰았고 그를 따르는 오크 천여 명이 다시금 진군하기 시작했다. 그러나 클루니 마법사는 매우 침착했다. 그다지 크지 않은 소리로 명령했다.

"불을 붙여라!"
"예!"

진군하는 오크 앞의 성문밖에는 또다시 불길이 치솟았다. 성문은 이미 깨지고 성벽도 파괴되었지만 불길이 성문과 성벽의 역할을 해주었다. 그런데 놀랄만한 일이 벌어졌다. 오크들이 불길을 아랑곳하지 않고 진군하는 것이 아닌가. 게다가 동료들이 타죽으면 그 시체를 넘고 혹은 이미 죽은 동료들의 시신을 앞으로 던져 발판으로 만들어가며 진군했다. 성문 앞에는 타죽은 오크 시체들이 불길을 다 꺼버릴 지경이었다. 알퐁소 장군은 계속 기름을 나르라고 명했지만 아직 새로운 기름이 금광으로부터 도착하려면 멀었고 오크들은 이미 성문 안으로 들어오기 시작했다. 전쟁 상황을 지켜보던 드레이크는 자신도 모르게 혼잣말을 했다.

"으음.... 클루니 마법사가 저런 경우는 예상치 못했나?"

새벽 무렵 성문 안에서 백병전이 다시 시작되었다. 오크들은 혹독한 겨울 날씨였지만 거의 윗옷을 입지 않은 채로 싸웠기 때문에 더 불리했다. 케멜리 기사단은 갑옷을 입고 있었기 때문에 칼싸움과 주먹싸움에서는 오크들이 밀렸지만 오크는 숫자가 많아서 성안의 혈투는 대등하게 전개되었다.

시간이 갈수록 원정대의 빛나는 활약에도 불구하고 싸움은 케멜리군에게 점점 불리하게 전개되었다. 그리고 전선의 대치 상황을 한방에 뒤집는 일이 벌어졌다. 사이베리탄의 기사단이 등장한 것이었다. 기사단은 전원 기병으로 신속하게 성으로 들어와 말을 탄 채로 케멜리군과 무고한 백성들을 닥치는 대로 베어버렸다. 기겁을 한 사람들의 탈주기 여기저기서 벌어졌고 아이들과 노약자들도 지하동굴로 숨기에 바빴다. 알퐁소 장군이 창을 들고 외쳤다.

"도망간 자들에게 연연하지 말고 저지선을 지켜라!"

그러나 케멜리 군사들이 밀리고 사람들이 도망가자 머지않아 케멜리 군 수비대의 패배는 불 보듯 환했다. 무언가를 결심한 듯 비장한 표정의 알퐁소 장군이 부관 기사에게 말했다.

"저지선에 최소병력을 만기고 서쪽 성으로 후퇴시켜라."
"예!"
"일단 몸조심하고 살아남으면 나중에 다시 만나자!"
"장군님과 마법사님께서는 어디로 가실 겁니까?"
"으음....."
"후방 부대와 같이 가시죠! 그래도 케멜리 북 성이 안전할 겁니다."
"아니다. 나는 클루니를 믿어보겠다. 일단 미레이와 이사벨 그리고 원정대원들을 케멜리 서쪽 성으로 데려가 보호해주길 바란다."
"알겠습니다. 걱정하지 마십시오."
"그럼...."

원정대 요원들과 호위병들이 지하로 통하는 문으로 사라졌고 알퐁소는 자신의 바로 앞에서 맹렬하게 싸우는 아레스와 드레이크 그리고 미셸을 바라보며 망연자실했다. 그리고 듣기에 소름이 끼치는 알제트의 목소리를 들었다.

"모조리 죽여라. 다 태워버려라!"

흑기사단은 창끝에 불을 붙여 사람을 죽이기도 했지만 닥치는 대로 불태우며 전진했다. 목책 부근에서 적을 막고 있던 티보 장군이 적들이 다가오자 기사들에게 외쳤다.

"협곡을 붕괴시켜 적을 저지하라!"

그러나 이미 바람처럼 몰려온 흑기사단이 협곡을 무너뜨리려고 출동한 기사단을 궤멸시켰고 정규군과 전투에 참여했던 민간의 사람들이 살길을 찾아 제각각 우왕좌왕하기 시작했다. 티보 장군은 모든 것을 포기한 듯한 표정으로 소리를 질렀다.

"모두 케멜리아 서쪽 성으로 퇴각하라!"

패잔병들이 제각기 살길을 찾아 갈팡질팡하는 동안 사이베리탄 기사단은 마치 사냥을 하듯 패잔병들을 잡아 죽였다. 던전으로 피하지 않은 원정대 일행은 자크 장군과 함께 성 외곽의 북쪽 절벽 위로 올라갔다. 자크 장군이 협곡 위로 올라가는 길을 알고 있었다. 그는 붕괴 방지용으로 협곡 경사면에 둘러쳐진 밧줄 그물을 타고 오르기 시작했다. 그리고는 원정대 일행에게 빨리 따라오라고 외쳤다. 마지막으로 줄을 서서 올라가기를 기다리던 드레이크는 불타는 케멜리 성을 바라보았다. 모든 건물이 불타고 아직도 살육이 자행되는 아수라장은 그야말로 지옥 그 자체였다. 하얀 설원 위에 피어난 연기가 하늘 끝까지 이어지고 있었다.

8. 케멜리 성의 비밀

전방과 협곡 남쪽의 성들이 두 개나 오크와 사아베리탄 세력들에 의해 함락되었지만 세 개의 성은 아직도 포화에 휘말리지는 않았다. 서쪽 후방의 세 성은 독립적으로 성벽이 건설되어 있어서 아직은 안전한 지역이라 할 수 있었다.

겨울 안개가 산으로부터 케멜리 후방성으로 내려와 흐릿한 풍경이 연출된 공간 위에 성의 망루가 보였다. 그리고 그 첨탑 위로 몇몇 사람이 마치 새처럼 재빠르게 들어왔다. 아이언 후작의 집무실로 들이닥친 일행은 아이언 케멜리 후작의 동생인 마르티르 섭정은 집무실에 없었다. 미셸을 알아본 호위병이 집무실에 들어가서 기다리라고 해서 일행은 일단 응접실에 모여앉았다.

케멜리국의 실질적인 실력자인 마르티의 집무실은 의외로 수수했다. 오래된 원목 책상과 그 앞의 회의를 할 수 있도록 나무 의자들이 십여 개 놓여졌고 역시 원목으로 된 탁자가 배치되었다. 벽에 걸린 칼과 창 그리고 사슴과 표범들의 박제가 눈에 띄었다.

드레이크는 어려서부터 자신의 영웅이 어떤 곳에서 일을 하는지 궁금했다. 그런데 오늘 막상 그 영웅의 집무실에 와서 직접 자신의 두 눈으로 보자 지난날이 떠올라 가슴이 벅찼다. 그의 목소리에는 흥분한 기색이 역력했다.

"알제트, 너도 여기는 처음이지?"

"응, 근데 좀 시시하지 않냐?"

"시시하긴! 후작님의 체취가 느껴지고 엄청난 포스가 있잖아! 알제트! 저 검 좀 봐!"

드레이크는 벽에 걸린 양날이 푸르스름한 검에 매료되었지만 알제트는 그 위의 벽에 걸린 스노우 레오파드의 박제에서 눈을 떼지 못했다.

"우와! 스노우 레오파드가 마치 살아있는 것 같아!"
"알제트! 너는 칼은 안 보고 박제를 본 거야?"
"야! 드레이크! 칼은 이제 내 거가 저거보다 더 좋아! 근데, 대기사님은 레오파드 보호주의자는 아니시네!"

때마침 마르티르가 무척이나 피곤한 모습으로 방으로 들어왔다. 그는 호위병에게 미셸이 돌아왔다는 말을 듣고 문을 활짝 열고 들어왔다. 그는 미셸을 보고는 손을 마주 잡았다. 그가 조카딸을 사랑하지 않는다는 말은 잘못된 소문이었다. 그는 눈시울이 조금 붉어져 있었다. 그는 미셸의 얼굴을 한참 동안 들여다보다가 사랑스러운 표정으로 그녀를 껴안아 주었다.

"오오! 미셸, 무사히 돌아왔구나! 걱정 많이 했다."
"걱정은 왜 하세요? 케멜리 성에 저만한 인물이 어디 있나요?"
"처음에 클루니가 마취전문가로 너를 추천했을 때, 난 너만은 절대 안 보낸다고 했거든! 근데 클루니가 부득불 우기더라고, 어? 그런데 클루니는?"

"예, 일단 대마법사님은 나중에 오실 거예요. 어디에 좀 다녀올 때가 있다고 하셔서...."

"그래? 우리 군은 어떻게 해서든 적을 막아낼 거다. 또한 지원군들이 속속 도착한다는 .....좌우간 모두들 수고가 많았구나!"

마르티르 섭정은 이사벨과 미레이를 바라보았다. 그는 처음에 어정쩡한 자세로 악수를 하려는데 미레이가 달려가 그의 품에 안겼고 그는 이사벨 그리고 아레스를 차례로 안아주었다. 그가 드레이크를 보고 당황하는 눈치가 보이자 아레스가 소개했다.

"이 친구 이름은 드레이크입니다. 공성전에서 큰 공을 세웠습니다."

"아! 그래! 드레이크! 드래곤과 이름이 비슷하군."

드레이크는 마르티르 섭정관 앞에서 한쪽 무릎을 꿇고 경의를 표했다. 그러자 섭정간이 그를 다시 일으켜 세웠다. 아레스는 못다 한 말이 있는 사람처럼 머뭇거리다가 다시 말했다.

"드레이크는 발리스타의 명인인 피에르 트로페즈의 아들입니다."

"오! 피에르 트로페즈의 아들! 정말 수고했다."

알제트 앞에서는 마르티르가 어리둥절한 표정을 지었다.

"그래, 자네도 고생했다."

"이름이 알제트입니다. 이 친구는 원래 처음에 같이 가지 않았지만 클루니가 도중에 포함시켰습니다."

"그렇군."

이번에는 아레스가 한 손으로 창을 짚고 한쪽 무릎을 꿇었다.

"섭정관님! 죄송합니다. 이번 전투에서 알랭과 단톤 그리고 쟝을 잃었습니다."

"그들의 희생이 영광으로 되살아나길!"

그들은 서로 부여잡고 잠시 묵념을 했다. 그 의식은 케멜리 철기사단의 통상적인 예의였다. 죽은 동료를 위한 기도가 그들의 전통이었다. 잠시 후 아이언이 무거운 어조로 말했다.

"지금은 전황이 급하니까 나중에 이야기하자. 밤새워 전투하느라 피곤할 텐데 간단하게 아침 식사를 하고 눈을 붙여! 자네들은 모두 서쪽 후방성으로 가서 휴식을 취하도록! 이것으로 원정대에 대한 감사의 말을 대신하겠다!"

"예!"

이로써 원정대는 사실상 해체되었다. 사파어 드래곤 블러드가 필요했지만 성이 사이베리탄군침공으로부터 안정될 때까지 클루니를 포함한 중요 멤버들이 원정을 갈 수는 없었다.

잠시 후 식당에서 다과를 하는 중에 드레이크가 다시 공성전 이야기를 꺼냈다.

"근데 사이베리탄 놈들의 공성전이 여기에서는 어렵겠지? 케멜리 후방성은 높이가 칠십 미터가 넘는데 오크들의 투석기가 미치지 못하겠지?"

"그럼, 이런 성은 전문용어로 난공불락성이라고 하지. 후후"

"아직도 식사 중이니?"

미레이가 까부는 목소리로 말할 때 돌아온 미셸이 허브차 컵을 들고 말했다.

"상황이 생각보다 안 좋은데 걱정하지 마."

"예? 왜요?"

"후작님도 걱정이지만 지원군들이 도착한다는 소문이 있어. 그때까지 푹 쉬거라."

"그런데 후작께서는 좋아지셨나요?"

드레이크가 진지하게 말했다.

"아직은 잘 몰라."

미셸이 억지로 웃으면서 말했다.

"성에 돌아와도 마음이 편안하지가 않구나."

한편 사이베리탄의 군은 케멜리 성 남쪽 성문과 광장에 막사를 세웠다. 사이베리탄은 정규군과 기사단은 케멜리 성을 구원하기 위해 루카니아에서 파견되었던 이천 명의 군사들이 오고 있다는 소식을 듣고 전후방 감시를 하기 위해 블라트가 몸소 부관들을 데리고 언덕 위로 올라갔다.

겉으로 보기에 전군이 기마병으로 구성된 이천 명의 케멜리군은 그 위용이 대단했다. 오백 명 정도의 기병이 선두에 섰으며 약 천여 명이 그 뒤를 이었다. 계속해서 약 오백 명 정도로 추산되는 보급 기병들이 전투용 수레와 함께 행진하고 있었다. 그 행렬은 일 킬로가 넘어 보이는 벌판에 흙먼지를 일으키며 장관을 이루었다. 전방부대의 기병들은 십여 개의 케멜리 기사단의 깃발을 펄럭였다. 질서정연하게 움직이는 것을 보니 훈련이 잘된 정예병인 것 같았다.

블라트은 대략 적의 동태를 살핀 다음 서둘러 막사로 돌아왔다. 그는 막사로 돌아와서 척후병의 보고를 받았다.

"후방의 케멜리군의 샤르트르 기사가 인솔하는 정예병으로 기병이 모두 이천입니다."

블라트가 옆에 있는 부관 사디 카르노에게 물었다.

"케멜리의 인솔자 샤르트르는 어떤 인물인가?"

"케멜리아 시티에 근무한 적이 없고 전쟁터만 누빈 야전형 노장군입니다."

"그래?"

"전투형 인물이라 이거지?"

"그런 것 같습니다. 그런데 최근에는 전투에 참여한 적이 없었습니다."

"좋다. 일단 전군 후방 케멜리 성까지 최대한 신속하게 진군한다."

"예!"

진군 중에 블라트는 사이베리탄 스노우 어쌔씬 들에게 속보를 받는다. 어쌔씬 한 명이 급하게 블라트의 막사로 뛰어 들어와 고개를 숙였다가 귀엣말로 보고를 했다.

"뭐? 이번에는 동쪽에서 용병들이 천명이나 몰려왔다고?"

"예."

"누가 인솔하나?"

"잘 모르는 자입니다."

"누군데?"

"소문에 의하면 목수라고도 하고 발리스타 제작자인 피에르 트로페즈라고도 합니다만...."

"목수라? 용병들이면 정규군이 아니니까 별로 신경 쓸 것 없겠군. 형편없는 것들! 목수까지 동원했어? 허허허허!"

"아닙니다. 그들은 동쪽 오크들을 단기간에 섬멸시킨 굉장히 강한 용병들입니다."

"그래? 만만치가 않은 놈들이야? 그럼 그들이 성으로 들어가지 못하게 동쪽과 남쪽의 성문 가까이에 전군을 배치하고 성을 완전하게 포위한다. 용병들이 다가오면 몇 놈을 아주 잔인하게 죽여! 창에 그 목을 매달고 그들에게 겁을 먹게 해라!"

"예!"

케멜리 후방성에는 실제 병력이 별로 없어서 군사들과 일반 백성들도 불안해하고 있었다. 전방성의 무참한 함락이 그들을 더더욱 겁먹게 한 것이다. 구름같이 몰려온 사이베리탄군이 성을 겹겹으로 포위하자 민심이 상당량 동요했다.

선봉에 선 스노우 어쌔씬 군이 후방성 공격을 시작해 아처 일천여 명이 일제히 발리스타 화살을 퍼부었다. 발리스타의 불화살이 비 오듯 성 안으로 쏟아져 들어갔다. 오크들은 발리스타와 투석기도 성을 향해 쏘았다. 그러나 성벽이 너무 높아 투석기가 성안으로 도달하지는 못했다. 그런데 케멜리 성 안에서는 의외로 반응이 없었다. 마치 아무도 살지 않는, 비어있는 성같이 고요했다.

그러다가 성 밖 사이베리탄의 군사들이 다소 지쳐갈 무렵 성위에서는 수많은 사람들이 일제히 소리 지르고 화살을 쏘고 돌멩이를 던지기 시작했다. 사이베리탄 군사들이 흩어져 은폐물 뒤에 숨기에 바빴다. 케멜리 군사들의 공격이 끝나면 다시 사이베리탄의 군사들이 화살을 쏘았다. 그러나 실제 화살의 최대거리가 칠팔십 미터이고 살상 거리가 사오십 미터이기 때문에 사이베리탄 의 화살공격은 케멜리 성에는 위협

적이지 않았다. 다만 사이베리탄의 발리스타 공격으로 케멜리 성 위의 아처들이 상당량 다치거나 죽었다.

케멜리 성의 후면에 위치한 서쪽 대기병 막사에 불이 켜졌다. 그리고 아레스가 들어와 소리를 질렀다.

"드레이크! 알제트! 우리도 참전한다. 서둘러!"

잠에서 막 깨어난 드레이크가 완전무장을 하고 나타난 아레스를 보고 상황을 짐작했다. 알제트와 아레스 그리고 드레이크는 동쪽 성에서처럼 발리스타를 들고 남쪽 성문의 수호탑 아처들과 합류했다. 거기에는 미셸과 미레이 그리고 이사벨도 이미 와있었다.

"드레이크! 이번에는 나도 발리스타야! 대결 한번 해보자구!"
"좋아. 니가 이기면 내 황금 너 다 줄게?"
"오케이, 니가 이기면.....으음 난 뭘 주지?"
"야단났다. 알제트! 너 무조건 질 텐데....후후."
"그러게, 하하하하!"

알제트와 드레이는 하루 종일 모두 백 명이 넘게 오크와 사이베리탄 군사들을 쏘아 맞히었다. 날이 저물자 지쳐버린 두 사람은 급기야 활을 쏘아 죽인 적병의 숫자를 잊어먹었다.

"드레이크! 몇 명이야? 백 명은 안 넘지?"

"넘을걸?"

"난 백팔 명까지는 분명히 기억이 나는데...."

"알았어. 알제트! 적이 또 온다!"

공방전은 해가 지고도 계속되었다. 투석기 쏘는 소리가 밤새도록 그치지 않았다. 그러나 케멜리 서쪽성은 동성과는 달랐다. 모든 망루와 수호탑 앞에는 방어벽이 설치되어 있어서 대형 발리스타나 투석에 충분한 대비가 되어 있었다. 또한 성벽이 무척 높아서 투석기가 못미치는 곳이 태반이었다.

다음날 사이베리탄 군이 하루 종일 발리스타와 활을 쏘며 공격했으나 케멜리 성에 치명적이지는 못했다. 오히려 케멜리군의 돌멩이에 맞은 사이베리탄 군사들이 자꾸 불어날 뿐이었다. 분노한 사이베리탄 군은 케멜리 주변 십 킬로 안팎의 민가를 약탈하고 불태워 재로 만들었다.

사흘간의 밤샘 전투로 사이베리탄 군사들은 삼삼오오 땅바닥에 쓰러져 누워서 피로를 풀고 있었다. 달빛 아래 케멜리 성은 낮에 본 성이 아닌 것처럼 보였다. 돌로 만든 성벽이 아니라 하늘까지 닿아있는 철벽처럼 보였다. 이미 겨울에 접어든 날씨는 차가운 바람이 불어 병사들이 괴로워했고 특히 오크들은 거의 옷을 입지 않고 있어서 추위에 괴로워했다. 그런데 신비한 음악 소리가 겨울바람에 실려 왔다. 사이베리탄 군 장병들은 자신들의 귀를 의심하며 그 소리 나는 쪽으로 귀를 쫑긋하고 듣기 시작했다. 그것은 케멜리 성안에서 흘러나오는 소리였다.

마르티르가 악사를 불러 하프를 타고 호른도 불게 한 것이었다. 수비군에게는 마음의 안정을 찾게 하고 적군에게는 여유를 보이려 함이었다. 사이베리탄 군사들에게 마르티르는 제이의 클루니였다 그는 마치 마법을 부리는 마법사같이 보였다.

당황한 사이베리탄군도 심리전에 휘말리지 않으려고 속전속결을 결정했다. 사이베리탄군은 드디어 대대적인 공격을 감행했다. 수많은 희생을 감수하면서 사이베리탄의 군사들은 십여 개를 사다리를 들고 성벽으로 진격했다. 사다리를 성벽에 걸치고는 필사적으로 기어올랐다. 성안에서는 그들을 향하여 돌을 던지고 끓는 물을 끼얹었다. 결국 단 한 명도 높은 성벽 위에 올라가지 못했다. 격퇴된 사이베리탄 군사들은 이번에는 성벽 높이와 비슷한 목재탑을 만들어 성 앞으로 끌고 와서 그 위에서 성안을 향하여 발리스타 사격을 가했다. 성안에서는 케멜리 군사들이 맞서 발리스타와 화살을 쏘았다.

대등한 높이에서의 공방전은 자못 뜨거웠다. 올리비에 장군이 선두에서 투석기 발사 병사들을 지휘했고 적들은 목제탑에서 투석기와 발리스타를 무차별 발사하였다. 적들의 투석기가 발사되려는 순간 불화살을 세 개나 장전한 올리비에 장군이 적의 투석기에 활을 쏘아 불을 붙였다. 그 순간 적들의 집중사격에 의해 올리비에 장군의 몸에 수십 개의 화살이 박혔다. 올리비에는 가슴과 배 전체가 고슴도치처럼 되었어도 군사들에게 투석기의 발사를 명하였다. 목재탑 위로 케멜리군 측의 투석기에서 발사된 바윗돌이 날아가 적의 목제 탑을 박살 내며 사이베리탄 군들을 무더기로 살상했다.

올리비에 장군은 수십 개의 화살을 더 맞아 스스로 쓰러지지도 못할 정도로 온몸이 화살로 뒤덮였다. 용감한 아레스와 알퐁소가 올리비에를 안전한 곳으로 옮겼다. 그러나 이미 절명한 후였다.

그래도 사이베리탄 군은 공격을 멈추지 않았다. 그들은 후방의 오크들과 흑기사들을 대량으로 공성전에 투입했다.

한편 케멜리군 쪽도 불안해했다. 사이베리탄군은 계속 늘어나는데 구원군은 성으로 들어오지 못하고 있었다. 성안에 화살이 점점 떨어져 갔다. 아이언 드빌은 낙심하지 않고 물과 빵을 가지고 다니면서 배고프고 목마른 병사들에게 먹였다. 그는 발리스타의 화살이 비같이 쏟아져도 꼼짝하지 않고 선두에 서서 지휘했다. 아이언은 때로는 울부짖으면서 부하들에게 외쳤다.

"나라가 적들의 수중에 들어가면 안 된다! 우리가 지켜야 한다! 승리와 패배는 우리에게 달려있다. 이 성이 함락된다면 우리와 우리 가족이 모두 끝장이다! 내 말을 명심하라!"

마르티르는 눈물로 하소연했고, 군사들은 감격하여 결사적으로 싸웠다. 그러나 군사 숫자는 사이베리탄 측이 열 배 이상 많았다. 새로 배치된 적들은 머릿수를 믿고 사이베리탄 군사들이 성위에 발리스타를 격렬하게 쏘아댔다. 마르티르는 부하들에게 풀과 나무로 인형을 많이 만들어서 성 위로 올렸다 내렸다 하게 했다. 적들이 사람인 줄 알고 활과 발리스타의 화살만 허비할 뿐이었다. 또한 마르티르는 적들의 화살을 주워 재사용하게 했고 적들이 접근하면 화살을 아껴 돌을 던지게 했다.

그러나 블라트는 이틀 동안 한 번도 모습을 나타내지 않았다. 사디 카르노와 빅터 발랑스가 논의 끝에 사이베리탄군은 공성 작전을 바꾸었다. 토성을 쌓고 그 위에 목제탑을 세워 한 부대가 그 위에서 발리스타를 성안으로 쏘아 엄호를 하는 한편, 다른 부대가 사다리를 들고 성으로 접근했다. 그러나 마르티르 이끄는 군사는 이미 적의 의중을 간파했다. 성 위에서 침착하게 발리스타를 쏘아 사이베리탄 군사들을 죽이고 투석기를 발사하여 목재탑을 박살 냈다. 탑이 무너지면서 부근의 군사들도 수십 명이 죽었다. 큰 피해를 입은 군은 사이베리탄는 혼비백산했고 후방 지원부대는 철수했다.

9. 공성전의 최후

사이베리탄군 측은 공성에 계속 실패하자 화공전으로 전략을 바꾸었다. 그들은 불화살로 성문을 집중적으로 쏘아 태우려 했지만 철판으로 덧댄 육중한 성문은 쉽사리 불에 타지 않았다. 그러나 불화살에 기름을 잔뜩 묻혀 쏘고 기름을 끼얹어 마침내 성문에 불이 붙었다. 그러나 케멜리군 경비병들이 재빨리 성문에 물을 뿌려 불은 이내 꺼져버렸다.

지루한 공방전이 계속되었고 마침내 닷새째 새벽의 여명이 비치고 있었다. 사이베리탄군의 사상자는 헤아릴 수가 없었다. 더 이상의 공성전은 의미 없다는 것을 절감한 사이베리탄의 두 지휘관은 일단 공격을 멈추었다.

고요한 가운데 아침이 되었다. 그러나 짙은 먹구름이 하늘을 뒤덮어

밤처럼 어두웠다. 천둥과 번개가 치더니 폭우가 쏟아지기 시작했다. 오전 아홉 시쯤 사이베리탄 군사들은 빗속에서 젖은 빵으로 허기를 때웠고 오크들은 그 옆에서 죽은 시체를 뜯어먹고 있었다. 그 광경은 지옥의 참상이나 다름없었다.

그런데 케멜리 성에서도 변고가 있었다. 마르티르가 진두지휘하다가 적의 발리스타 화살을 가슴에 맞아 정신을 잃었다. 그는 죽지는 않았지만 의식이 없었다. 공격을 멈춘 적병들의 사기가 떨어져 공격하면 크게 무찌를 수 있는 절호의 기회였다. 그러나 군사를 이끄는 마르티르 섭정관이 정신을 잃고 있어서 공격을 벌일 수가 없었다. 파베르쥬 협곡에서 돌아온 알퐁소 장군이 마르티르 대신 전군을 이끌었지만 아무리 사기가 충전했다고 그 역시 천여 명의 군들로 칠팔천의 적들을 치는 무모한 전술을 펼치지 않았다.

"아! 마르티르! 정신 차리세요!"

미셸이 절규했고 미레이와 이사벨도 마르티르의 간호를 위해 병실로 달려갔다. 통상 많은 사람들이 아이언 케멜리를 가장 위대하다고 하고 또 사이베리탄의 군에게 널리 알려졌을 것으로 생각한다. 그러나 사실은 그렇지 않았다. 과거 삼십 년 전쟁 중에 아이언 케밀리는 사이베리탄인들에게 무명의 인물이었다. 사이베리탄 땅의 거의 모든 사람들에게까지 명성을 떨친 케멜리의 장군은 마르티르 뿐이었다.

한편 사이베리탄의 막사에는 이상한 기운이 감돌고 있었다. 블라트의 막사에서 검은 연기가 조금씩 흘러나왔다. 블라트는 나흘 동안 기도한 끝에 마침내 모습을 드러낸 것이었다. 그는 사뭇 달라진 모습이었다. 거의 나흘 만에 손톱이 길게 자라나 있었고 목소리가 매우 허스키해졌다. 그는 사디카르노와 빅터 발랑스를 좌우에 대동하고 장군 십여 명과 흑기사단의 팀장 열 명을 소집했다.

"한마디로 대실망이다! 그대들은 나에게 만족할 만한 결과를 보여주지 못했다. 일만 명으로 겨우 일이천 명을 당해내지 못해? 이런 형편없는 것들! 할 말이 있는가?"

블라트 앞에서 마치 벌을 받는 아이들처럼 그들 중 아무도 대답을 하는 자가 없었다.

"내가 지시한 대로 피해는 최소한으로 했겠지?"
"예!"
"천 명 정도는 괜찮다마는 더 이상은 안 된다. 이제 곧 우리가 케멜리의 치안을 유지하려면 통치군이 충분해야 하거든. 흐흐흐."

블라트는 이미 케멜리를 정복한 사람처럼 말했다.

"나는 너희들에게 이 대륙의 풍요로운 땅을 골라 영주 자리를 줄 것이다. 너희들의 충성을 그대로 유지만 하면 모든 영광과 돈과 권력이 너희 것이 된다. 알았나?"

"예!"

블라트는 소매에서 오른손을 꺼낸 다음 긴 손톱을 뻗어 그 끝에서도 검은 연기를 피워올렸다. 순간 장군들이 모두 두려운 표정을 지었다. 블라트는 좌우의 사람들을 물리고 사디 카르노와 빅터 발랑스만을 남겨두었다.

"분명 클루니는 없어졌지?"

"네. 마스터!"

"마법학교에는 또 누가 있나?"

"예, 오데트라는 할망구와 삐아제 그리고 애나 슈로더가 마법력이 강하다고 알려져 있으나 마스터께서 나설 필요까지는 없습니다. 제가 해결하겠습니다."

"까불지 마라! 그깟 원정대 하나 처리하지 못한 놈이!"

"죄, 죄송합니다. 마스터!"

사디 카르노는 블라트 앞에 엎드려 빌었다. 블라트는 그가 엎드려있을 동안 무언가 생각에 잠겼다. 그리고 한참 후에야 입을 열었다

"사디, 일어나거라. 스노우 어쌔씬의 승리는 마법으로 하는 게 아니었다. 더러운 인간처럼 치사하게 수단과 방법을 가리지 않고 싸워야 하는 것이었다. 흐흐흐흐흐."

블라트은 장막을 걷어 하늘을 올려다보았다. 하늘의 달을 보고 시각을 알기 위함이었다.

"시간이 조금 남았군. 사디."

"네."

"남을 해치려 하거나 미워하는 짓을 하는 사람을 우리는 악한 사람이라고 한다. 그렇지?"

"그렇죠."

"그런데 나 블라트는 그것을 잘 알고 있고 또 그 악행을 즐거워하는 사람이다."

"예?"

"그러니까 악행을 해도 가책이나 후회가 없는 스노우 어쌔씬이 되었지."

잠시후 블라트은 하늘을 올려다보고는 빅터발랑스를 불렀다.

"너희들에게 나의 흑마법을 주겠다. 나를 따르거라."

"예."

블라트는 사디와 빅터의 머리에 양손을 각각 뻗어 기운을 방사했다. 마주 앉은 두 사람은 블라트의 손에서 나온 검은 연기에 휩싸인다. 그리고 검은 연기가 두 사람의 머릿속으로 빨려 들어갔다. 마치 두 사람의 머리가 바람 구멍인 양 검은 연기가 한동안 들어가는 것이었다. 그런데 연기는 곧바로 얼음으로 변하여 땅에 떨어졌고 얼음의 차가운 기운을 받은 두 사람은 두 눈에 푸른 기운을 내비치며 일어섰다.

블라트는 두 사람을 대동하고 케멜리 성으로 걸어갔다. 밤이 이슥하여 곧 자정이 가까워져 올 시간이었다 성벽에 다다른 블라트과 두 사람은 잠시 후 중력을 무시하는 신기한 행동을 했다. 세 사람의 몸이 성벽을 걸어 올라가는 것이었다. 그것도 구십도 각도로 해서 편안하게 산책하듯 성벽을 걸어 올라갔다. 온몸에 검은 연기에 휩싸여 수평으로 된 그들의 몸은 아래로 떨어지지 않았다. 그들은 발에 끈끈이가 붙은 것처럼 성벽 위를 걸었고, 이내 그들은 성벽 안으로 걸어 올라가 버렸다.

성벽 위의 감시가 소홀한 지역에서 그들은 검은 연기처럼 보였다. 그 누구도 그들이 사람이라는 걸 알아채지 못했다.

10. 케멜리 성의 던전

케멜리 성으로 숨어든 블라트와 사디 카르노와 빅터 발랑스를 좌우에 대동하고 첨탑으로 향한다. 미끄러운 눈을 밟고 아이언 드빌의 집무실에서 마르티르 섭정관을 끌고 나온 그들은 온 백성과 원정대와 케멜리군이 보는 앞에서 그를 참수해버린다.

"으아악! 안돼!"

모두 경악했지만 블라트는 케멜리 군들에게 들으라고 태연하게 연설을 한다.

"잘 들어라! 이제 너희들의 지도자는 사라졌다! 그리고 너희들도 항복하지 않으면 곧 죽을 것이다! 항복하면 목숨만은 보장한다! 어서 항복하라!"

빅터 발랑스가 남쪽으로 통하는 성문을 열었고 그가 이끄는 기사단은 천명의 병력으로 케멜리 서쪽 성문 가까이에 다가와 항복을 종용하는 소리를 지르며 항복을 종용했다. 케멜리 성 전체에서는 아직도 시가전이 계속되었지만 서쪽에 마지막으로 명맥을 유지하고 있는 케멜리서쪽성은 이제 빅터 발랑스의 최후의 공격을 기다리는 처량한 상태가 되었다.

한편 시가전을 이끄는 사디 카르노 마법사는 너무나도 살벌하고 잔인하게 케멜리 패잔병들을 죽였다. 심지어 항복한 군사들의 심장을 창으로 찔러 죽이기도 할 정도였다. 그는 과거 삼십 년 전쟁 때 장군으로 참전하여 케멜리 군의 포로가 되었다가 살아난 자였다. 그는 전투 중에는 적을 포로로 삼지 말라는 명령을 받았다. 적을 포로로 잡으면 후송하지 말고 사살해 버리라는 의미였다. 포로를 해결하는 가장 간단한 방법은 죽여버리는 것이었다.

그는 휘하의 기사들이 아군사망 몇 명 적군 사망 몇 명 그리고 포로 몇 명이라고 보고하면 그는 바로 포로를 모조리 죽이고 '포로는 내 사전에 없다!'라고 말할 정도로 잔인했다.

시가지에서 전투가 벌어지면 투석기를 사용할 수 없었고 중대형 발리스타의 화살들도 날릴 수 없었다. 오직 칼과 창이나 도끼만을 들고 몸과 몸이 맞붙어 싸우니 치열한 싸움은 마귀들이 서로 뒤엉켜 한바탕 춤을 추는 것 같았다. 그들은 치열하게 싸우기 때문에 한 손으로는 칼을 들었어도 다른 손으로는 적의 머리채나 수염을 잡고 싸우기 때문에 그들과 싸우기 위해서는 머리카락을 붙잡히는 일이 없도록 하기 위하여 머리카락을 잘라버려야 했다.

바야흐로 어둠이 내리고 컴컴한 가운데 시야가 확보되지 않는 시간이 되었다. 야간 시가전을 무릅쓰고 위해 몰래 성의 쪽문으로 빠져나온 알퐁소 장군과 백여 명의 군사들은 샤르트르 기사를 찾아 병력을 불러오기 위해 조용히 성 쪽으로 살금살금 이동했다.

알퐁소 장군은 적에게 쉽사리 잡히지 않도록 하기 위하여, 병사들에게 긴 머리카락이나 긴 수염을 깎으라는 명령을 내렸다. 알퐁소의 부대는 케멜리 성에서 바르테르 성으로 가는 길목의 마법학교로 가다가 일제히 숲으로 숨었다. 척후병이 적들을 발견했기 때문이었다. 마법학교에서 누군가 외쳤다.

"적이다! 마법학교에 사이베리탄의 군사들이 쳐들어왔다!"

마법교사들이 정문과 후문에 결계를 쳐놓았지만, 그것이 마법공격을 막을 수는 있어도 아키타니아 흑기사단의 진격은 막을 수 없었다. 마법학교의 부교장인 삐아제가 전체 학생들과 교사들을 강당에 모아놓고 있다가 적들을 맞이했다. 사디 카르노가 수백 명의 군사들을 이끌고 문을 부숴가며 강당으로 들이닥쳤다. 그는 야릇한 웃음을 띠며 삐아제에게 다가섰다.

"오랜만이로군? 삐아제."
"사디, 우릴 어쩔 셈인가?"
"그거야 너희들이 하는 걸 봐서 결정해야겠지? 후후"
"그래? 어차피 다 죽이겠군!"

삐아제가 먼저 자신의 마법 지팡이에서 라이트닝 공격으로 썬더를 날렸다.

"이얍! 피잉!"
"챙!"

그러나 사디가 방어술을 펼쳤고 삐아제의 썬더는 사디의 방어막에 반사되어 스테인드글라스로 장식된 학교강당의 유리창을 깨트릴 뿐이었다. 사디는 곧바로 반격했다. 그는 먼저 피아제의 몸을 움직이지 못하게 하는 암흑마법을 썼다.

"얼어붙어라! 피아제!"
"으윽!"

사디의 기합 소리와 함께 피아제는 물론이고 주위의 학생들마저 몸을 옴짝달싹할 수가 없었다. 그 상태에서 사디가 품에서 비수를 날렸다. 그의 비수가 피아제의 얼굴가까이로 날아온 순간 멈추어 공중에 둥둥 떠 있었다. 피아제가 염력으로 날아오는 칼을 막아선 것이었다.

"읍!"
"얍!"

두 사람의 염력은 비등비등했다. 피아제의 얼굴에서 불과 일 미터도 되지 않는 거리에서 날이 시퍼렇게 선 비수가 공중에 떠서 조금씩 피아제에게로 움직였다. 양손을 자유롭게 쓰며 에너지를 보내는 사디와 달리 피아제는 손을 움직일 수 없어서 방어에 초집중했다. 그때 사디가 고개를 옆으로 끄덕했다. 그러자 흑기사 한 명이 창을 들고 와 그대로 피아제의 복부를 찔러버렸다.

"으악!"

어쨌든 삐아제의 패배였다. 그는 방어막도 칠 수 없었고 사디를 넘어서는 마법력을 발휘할 수도 없었다. 배를 부여잡고 쓰러진 피아제를 사디가 발로 걷어차고는 큰 소리로 외쳤다.

"이것으로 바르테르 마법학교의 폐교를 명한다!"

그는 아직 죽지 않은 피아제를 내려다보며 말했다.

"피아제! 죽어라! 스스로 죽음을 선택할 기회를 주겠다."

피아제는 창에 찔렸지만 다시금 일어나서 외쳤다.

"나는 나의 죽음을 땅속에 그냥 묻어버리지 않으리라. 나의 죽은 몸을 증거로 흑기사단의 악마성을 고발하고, 무서운 죽음의 길을 헤매고 있는 모든 가엾은 사람들에게 나를 내 시신을 보여 경고하겠다!"

"이얍!"

그는 매직원드를 들어 하늘로 라이트닝을 쏘아 다시 내려오는 그 썬더를 맞아 스스로의 목숨을 끊었다. 삐아제의 죽음은 그야말로 성스럽게까지 했다. 과연 죽은 피아제의 신체가 하늘로 두둥실 떠올랐다. 모두 공중에 뜬 파이제의 시신을 보고 경악을 금치 못했다. 어린 학생들은 울음 터트리기도 했다.

"아니 저럴 수가!"

학교의 교사들과 학생들은 삐아제의 죽음 앞에 슬픔을 감출 수 없었다. 그러나 삐아제가 죽자 잔인한 사디는 흑기사단에게 몰살을 명령했다.

"다 죽여라!"

"와아!"

"피해라! 얘들아!"

아이들을 무참하게 살육하려는 흑기사단에 맞서 오데트가 앞에서 연기 마법으로 강당 안을 한 치 앞이 안 보이게 만들었고, 애나 슈로더 교사가 바늘과 못과 같은 뾰족한 물체를 날려 적들을 찌르는 공격 마법을 펼쳤다. 그 와중에 교사들은 어린 학생들을 대피시켰다. 그러나 연기 속에서 학생들의 비명 소리가 여기저기서 들렸고 강당은 아수라장이 되고 말았다.

"살려줘요!"

"악!"

학교 밖으로 나온 아이들을 흑기사들이 마구 살육했다. 숲속에서 이를 지켜보던 알퐁소 장군이 참지 못하고 부하들을 이끌고 흑기사단에게 돌격했다.

"케멜리 용사들이여! 저들을 무찔러라!"

알퐁소의 부대원들은 흑기사단과 맞서 싸웠고 그사이 오데트와 애나 슈로더의 활약으로 몇몇 아이들이 살아남았다. 그러나 오데트는 사디가 나타나 그의 잔인한 칼을 맞고 숨지고 말았다. 그녀의 죽음을 뒤로하고 애나는 울면서 아이들과 숲속으로 사라졌다.

그러나 백여 명의 알퐁소 부대원은 수백 명에 달하는 흑기사단에 의해 점차 밀리기 시작했다. 거의 일 대 오의 싸움이었다. 마법학교 교정에서부터 밀린 알퐁소의 부대는 알퐁소 장군의 뛰어난 검술 실력에도 불구하고 숫자가 점점 줄어들었다.

"전군 후퇴한다! 북쪽 성으로 돌아간다. 후퇴!"

절대 소수인 알퐁소 장군의 군사들은 속절없이 후퇴하면서도 상당수의 병력을 잃었다.알퐁소는 샤르트르도 찾지 못한 채 케멜리 성으로 후퇴하고 말았다. 그런데 성 앞에는 빅터 발랑스의 군사 천여 명이 진을 치고 있었다. 케멜리 성 밖에서 빅터는 목이 터져라하고 외쳐댔다.

"항복하는 자는 그 누구를 막론하고 현재의 지위와 모든 조건을 그대로 유지해주겠다. 오히려 상금을 더 내릴 것이다."
"닥쳐라!"

패전하여 도망 온 알퐁소가 빅터에게 달려들었다. 알퐁소는 이미 두어 시간을 싸워 상당량 지쳤고 또 매우 흥분한 상태였기 때문에 칼솜씨가 퍽 거칠었다. 알퐁소의 네댓 차례의 공격을 막아낸 빅터가 씩씩거리는 알퐁소를 향해 매우 빠르고도 강력한 검을 휘두르기 시작했다.

"이얍!"
"채챙!"

알퐁소는 빅터의 다섯 번의 공격을 막아냈지만 마지막 공격을 한 번 더 받고 칼을 떨어트리며 쓰러졌다.

"으악!"

빅터 발랑스와의 대결에서 참패한 알퐁소가 자신의 칼을 주우려는데 빅터는 무참하게 그를 찔러버렸다. 그리고는 잔인한 미소를 지어 보이고는 성을 향해 다시 소리 질렀다.

"너희들의 장군 알퐁소가 죽었다! 이제 대항하는 자들을 다 죽이겠다! 하하하하하"

멀리 광장에는 서쪽으로 샤르트르 기사가 이끄는 기사단이 오크들에게 둘러싸여 어려운 전투를 벌이는 게 보였다. 그리고 그곳에 피에르 트로페즈 기사가 왔다는 말이 들렸다. 서쪽 전투지역으로 달려간 드레이크가 급한 마음에 소리를 질렀다.

"나는 케멜리 성 기사에요! 피에르 트로페즈 기사님은 어디 계시죠? 제가 아들이에요."
"그래요? 이리로 오슈!"

수염이 덥수룩한 사냥꾼 복장의 중년 사내가 네 사람을 안내했다. 임시 천막의 간이침대 위에 과연 피에르 트로페즈가 누워있었다.

"아버지! 살아 계셨군요! 이게 어떻게 된 거죠?"
"전투를 지휘하시다가 적의 화살에 맞으셨습니다."

화살을 뽑고 치료를 했지만 목을 관통한 화살이 만든 상처 때문에 과다한 출혈이 있었던 것으로 보였다. 피에르는 지혈이 되었지만 정신이 돌아오지 않았다.

"아! 아버지!"

드레이크가 절규했고 넋이 나간 사람처럼 그는 누워있는 아버지 옆에 쓰러지듯 엎드려 울었다.

"흐윽!"

그때 이사벨이 드레이크에게 조용하게 말했다.

"드레이크! 피에르 기사님을 모시고 가자 여기서는 치료가 어려우니까 우리 할아버지 치료하는 곳에서 치료를 해드리자. 아레스가 모셔 오라고 했어!"

하지만 드레이크는 계속 울면서 이사벨을 말을 듣지 않았다. 그런데 울면서 몸을 흔들던 드레이크가 그의 아버지를 툭툭 친 충격으로 피에르가 조금 움직이며 정신이 돌아오려고 했다.

"아버지!"
"기사님! 정신이 드세요?"

피에르는 가까스로 정신이 돌아왔다. 그러나 목의 심각한 상처 때문에 말을 잘할 수가 없었다. 그러나 그는 기를 쓰고 드레이크에게 무언가 말을 하려고 했다.

"드레....이크, 실버... 드래곤을 찾아, 어....머니...를 차, 찾아.....가거라!"
"예? 그게 무슨 말씀이세요?"
"던전의 드래곤을 풀...어....주어라...이...거....."

피에르는 손에 무언가를 들고 드레이크에게 건네주려다가 숨을 거두었다. 그는 마지막 말을 다 하지 못하고 고개를 떨어뜨렸다. 대륙 최고의 발리스타 제작자이며 한때 시대를 풍미했던 최고의 드래곤 헌터가 그렇게 운명을 달리하게 된 것이다.

"아버지! 안 돼요! 돌아가시면 안 돼요!"

드레이크는 아버지의 죽음 앞에 그야말로 할 말을 잃었다. 곁을 지켜주던 세 친구와 수백 명의 용병들도 애도를 표했다. 드레이크는 아버지가 쥐여준 형겊은 요정의 명찰이었고 거기에 드레이크의 부모 이름과 자신 이름이 새겨있는 것을 보았다.

"아니? 이건 엘다르인의 표식?"

드레이크의 어머니는 소위 엘다르라고 불리는 요정이었다. 도리아스 출신의 엘다르인 어머니와 바르테르 출신의 인간인 피에르 트로페즈가 결혼하여 당대 왕가의 금기를 깬 것이다. 그 때문에 피에르는 왕국과 가문에서 축출당한 것이었다. 드레이크는 그제서야 아버지의 운명이 이해되었다. 옆에서 요정의 인시 명찰을 본 이사벨이 드레이크를 안아주었다.

"피에르 트로페즈 기사님이 엑스노르 기사단에서 축출된 것은 요정과의 결혼 때문이었구나. 괜찮아 드레이크?"
"그럼 얘가 엘다르와의 혼혈이야?"

분위기를 파악하지 못한 알제트가 고개를 끄덕이며 무언가 이해가 간다는 표정이었다.

"드레이크가 튀기였구나, 인간과 요정의 혼혈이었구나. 그래서 쟤가 그렇게 힘도 세고 활도 잘 쏘는 거였구나."
"뭔 소리야? 조용히 해 알제트!"

"미레이, 넌 잘 모르겠지만 원래 요정들은 다 활은 명사수야!"

"조용히 하라니까!"

리더를 잃은 슬픔도 잠시 수염이 무성한 중년 사내가 병력을 후퇴시키며 소리쳤다.

"일단 아버님의 시신을 가매장하시오. 우린 잠시 후 후퇴할 거요!"

"후퇴? 안돼! 블라트를 죽여야 해!"

드레이크는 루미에르 검을 뽑아 들고 손가락에 힘을 주어 칼의 길이를 열 배 이상 늘려 장검으로 만들고는 미친 사람처럼 전방의 적들을 향해 달려갔다.

"야아아아!"

드레이크는 눈이 부신 루미에르검으로 닥치는 대로 적을 죽여나갔다. 그것은 인간의 속도가 아니었다. 마치 번개가 치고 나면 나무들이 쓰러지듯, 드레이크의 검이 번쩍이면 오크들 여러 명이 쓰러졌다. 그 광기는 누구도 말릴 수 없었고 오크들마저 공포로 떨게끔 했다.

알제트와 소녀들도 합세하자 밀리고 있던 용병들도 다시 전투에 참여했다. 그러나 중과부적이었다. 아들인 타이움 카이스가 부상을 당하자 이번에는 그 아버지 키타이 카이스가 오크 정예군을 이끌고 왔다.

죽고 죽이는 처절한 백병전으로 시체가 산처럼 쌓였다. 그러나 드레이크만은 온몸에 피가 튀어 피칠갑을 한 붉은 인간이 되었지만 멈출 줄을 몰랐다. 하지만 알제트는 그런 드레이크의 모습을 보면서 군사들과 함께 피에르 트로페즈의 시신을 양지바른 곳에 가매장하였다. 한참 후에야 비로소 주위의 오크들과 사이베리탄 기사 수십 명을 다 죽인 드레이크가 지친 모습으로 돌아와 울면서 아버지 묘 앞에 무릎 꿇고 인사를 올렸다.

피에르 트로페즈가 이끌던 천명의 용병은 이제 이삼백 명밖에 남지 않았다. 또한 후방에서 온 샤르트르의 군사들도 반 이상 죽고 말았다. 성안과 밖에서 처절하게 패한 케멜리 군은 사이베리탄의 흑마법과 기사단에 의해 처절하게 패배한 것이었다.

패색이 짙어지자 원정대 중 이사벨과 미레이가 먼저 던전으로 들어왔고 뒤이어 따라오던 오크들에게 추격을 당하기 시작한다. 그리고 이사벨을 덮친 오크가 비명을 지르며 쓰러진다.

"크아아악!"

드레이크의 발리스타에 적중된 것이었다. 그리고 알제트가 뒤이어 합류하고는 신속하게 아레스가 있다는 던전 지하 오 층으로 이동한다. 지하 병실에는 마르티르가 죽고 나서 아레스가 아이언 케멜리 후작을 보살피고 있었다. 그런데 아레스가 드레이크 일행을 맞이할 겨를도 없이 뒤이어 지상군 패잔병들이 몰려 던전으로 내려오기 시작한다. 이사벨이 아레스에게 조심스레 묻는다.

"아레스 기사님, 후작님은 어때요?"

"조금씩 좋아지시는 것 같기는 한데...."

아직 코마 상태지만 아이언 케멜리의 혈색이 조금씩 되돌아오고 호흡도 안정을 되찾았다. 아이언을 간병하던 아레스가 지상의 소식을 듣고는 절망적인 표정을 지었다.

던전으로 피신한 케멜리 군 패잔병들의 떠드는 소리와 지상의 던전 문 부근에서 싸우는 소리가 뒤엉켜 던전은 웅웅 울리는 소음이 점점 심해졌다. 아레스는 무언가 비밀을 말하려다가 그만두고 드레이크 일행에게 지하 4층으로 올라가 더 이상 패잔병들이 아래로 오는 것을 막아 달라고 부탁했다. 알제트와 함께 한 층 위로 올라간 드레이크는 드넓은 지하광장에서 희미한 불빛을 발견한다.

"알제트, 지하광장 저 끝에 누군가 있는 거 같아? 불빛이 보이는 거 같은데?"

"글쎄, 난 안 보이는데? 넌 엘다르 혼혈이라 시력이 엄청난가 봐? 후후"

"농담이 아냐. 가보자."

토치를 들고 위층에서 사람들이 오는가를 살피던 드레이크가 계단과 반대 방향인 광장 쪽으로 향했다. 한동안 던전의 지하광장을 지나 반대 측으로 걸어간 드레이크는 얇은 대리석 벽 속에서 비쳐진 불빛을 확인하고는 작은 발리스타를 꺼내 장전을 한다. 그때 별안간 굉음이 아주 멀리서 들려온다. 그리고 메아리 소리가 동굴 특유의 울림소리로 바뀐다. 알제트가 유령의 소리라도 들은 듯 두려워하며 드레이크의 뒤로 바짝 붙는다.

"유, 유령인가 봐?"

"아냐! 저리로 가보자."

"안돼! 아레스 기사님이 삼 층의 패잔병을 막으라고 했잖아."

"그래도…. 이쪽에 혹시 출입구가 있을지도 몰라. 그리고 이쪽으로 사이베리탄군이나 스노우 어쌔씬들이 올 수도 있잖아."

그들이 승강을 하는 도중에도 던전의 벽 뒤쪽에서의 굉음이 계속 이어졌다.

"알제트, 저거 짐승 울음소리 같지 않아?"

"글쎄, 그런 것도 같고…."

조심스럽게 한발 한발 걸어갈 때 토치가 흔들리면서 지하 던전에 바람이 부는 것 같았다. 드레이크는 본능적으로 발리스타를 겨누며 누군가 가까이에 있다는 걸 직감했다.

"누구냐!"

"어어쿠? 대장?"

"아니? 너희들은?"

뜻밖의 카스텔과의 조우에 드레이크는 적지 않게 놀랐다. 드레이크는 서로 아주 가까이에 토치를 들고 또 카스텔은 야광석을 들고 서로를 겨우 확인했다.

"대장! 반가워! 헤헷."
"너 여기서 뭐 해?"

카스텔은 역시나 그의 일당들과 도굴이나 도적질을 준비하는 중이었다.

"전쟁으로 케멜리 성이 망하고 던전에 보물이 많이 있다고 해서 와봤는데 던전이 엄청 커서 길을 잃고 헤매고 있었어."
"그래? 너희들은 어떻게 던전에 들어왔니?"
"우린 북쪽 성의 던전으로 왔는데 다섯 개의 성 지하의 길이 모두 이어져 있더라고."
"그런데 저 유령들의 울음소리 같은 건 뭐야?"
"저건 드래곤 유령이라고 하던데...."
"드래곤 유령? 누가 그래?"
"그런 소문이 몇 년 동안 있었지 케멜리 성 던전에는 죽은 드래곤들이 밤마다 운다고 말이야. 난 그게 뻥이라고 생각했는데 실제로 드래곤 유령들이 저렇게 우네...."

알제트가 우겨서 일행은 삼 층이나 이 층에 있는 패잔병들이 지하 던전 아래로 내려오는 걸 막기 위해 일단 3층으로 향했다. 삼 층과 이 층에는 아직 패잔병들이 오지 않았지만 지하 일 층이 소란스러운 걸 보아 사람들이 몰려있는 것 같았다 드레이크와 알제트 그리고 카스텔 일행이 지하 이층으로 내려오는 길목을 막고 침입자를 들어오지 못하게 할 요량이었는데 별안간 칼 부딪치는 금속성의 소리와 전투 소리가 들린다.

"으아아아! 아아악!"

많은 사람들이 죽어 나가는 소리에 드레이크가 올라가려 했지만 친구들이 말려서 일단 어두운 계단 참에서 숨죽이고 기다리기로 한다. 그 때 또다시 비명 소리가 들리고 여러 명이 지하 이 층으로 내려오기 시작한다. 토치를 끄고 은폐해 있다가 기습을 하기로 했는데 지하 이층으로 내려오는 일단의 사람들의 토치가 너무 많아 대낮같이 환했다.

"너희들 여기서 뭐 하니?"

그들은 미셸과 장군들이었다. 그들은 사아베리탄 스노우 어쌔씬의 추격을 따돌리고 던전으로와 이미 침입한 사이베리탄 군사들을 없애고 아래로 오는 중이었다.

"어서 가자! 후작님을 모시고 던전을 탈출해야 해!"

드레이크는 마음이 복잡했다. 아버지가 죽고 후작도 가망이 없는데 사람들이 실낱같은 희망을 버리지 않는 게 신기했다.

"잠깐! 적들이 온다!"

미셸이 감각적으로 스노우 어쌔씬들의 추격을 눈치챘다. 그들은 토치를 켜지 않고 작은 야광석에 의지하여 던전에서 빠르게 이동했다.

"서둘러! 반대로 가자!"
"반대로요?"
"후작님을 노출시킬 수는 없어!"
"그러세요, 미셸님. 여기는 내가 막을게요!"

단톤 제라파가 기사 열 명과 함께 길목을 막고 일행은 던전 계단의 반대편으로 토치를 켠 채로 이동했다. 드레이크와 알제트도 남으려 했지만 미셸이 반강제로 끌고 가는 바람에 지하광장 반대편으로 달리기 시작했다. 금속성 소리가 지하에 울렸고, 여럿이 죽는 비명소리도 들려왔다. 일행은 빠르게 뛰면서도 뒤에서 싸우는 소리에 추격전의 긴장이 배가되었다.

"아! 그들이 다 당했어!"

달려가는 미셸의 한숨 소리가 앞에서 들리고 뒤쪽에서는 더 이상 칼 부딪치는 소리가 들리지 않았다.

"놈들이 쫓아와요!"

카스텔이 소리쳤고 그들이 달려가는 광장 끝의 새로운 계단 쪽에서 약한 불빛이 새어 나왔다. 십여 명의 도망자들은 누가 먼저랄 것도 없이 계단으로 내려가기 시작했다

"거기 서라!"

뒤에 바짝 추격하여온 것은 흑마법사 사디 카르노였다. 그리고 뒤에는 스노우 어쎄신 여러 명이 어둠 속에서 모습을 드러냈다.

"좋아, 내가 상대하마."

미셸이 몸을 날려 공중에서 허리춤의 쌍검을 발검하여 사디와 맞섰다. 사디가 흑마법으로 연기를 만들자 미셸은 세 개의 표창을 연속으로 던졌고 사방이 연기로 시야가 흐려졌을 때 드레이크가 루미에르검을 빼 들어 주위를 밝혔다. 그리고 그와 동시에 미셸의 등 뒤에서 그녀를 찌르려고 하던 사다카르노에게 드레이크가 루미에르검을 던져 죽어버렸다.

"으윽!"
"아아아...."

그러나 미셸도 등에 칼에 찔린 탓에 큰 부상을 입었다. 하지만 결국 미셸의 활약으로 사디카르노를 비롯한 스노우 어쌔씬들이 최후를 맞이했다.

"우와! 이게 뭐야?"

먼저 지하 계단을 다 내려간 카스텔이 소리쳤다.

"엄청나구나! 와아.....드래곤이 수백 마리야!"
"미친놈! 정신이 돌았나?"

알제트가 따라 내려가더니 역시 같은 비명을 질렀고, 던전의 어마어마한 드래곤 목장을 본 사람들은 모두 자신의 눈을 의심하지 않을 수 없었다. 천 마리 이상의 드래곤들이 있다는 사실에 경악을 금치 못했다.

"그대들은 누구인가?"

하얀 옷의 흰빛에 가까운 금발의 소녀가 온몸에서 광채가 나는 장식을 단 채로 나타났다.

"오오! 이럴 수가...."

그녀를 본 순간 피를 흘리던 미셸이 무릎을 꿇어 예의를 표한다.

"벨공주님!"

일행은 모두 환상을 보는듯한 착각에 빠졌고 드레이크는 중심을 잃은 미셸을 부축하면서도 벨공주에게서 눈을 뗄 수가 없었다. 그리고 그 뒤로 어마어마한 수의 드래곤들이 지하광장에 마치 우리에 갇힌 소 떼처럼 모여있다는 것을 믿을 수가 없었다.

11. 드레이크의 귀환

비밀리에 사파이어 드래곤 블러드를 구해 돌아온 클루니는 케멜리 서쪽 성문으로 향하는 얼음 협곡에서 두 마법사와 맞닥뜨린다. 클루니가 알라트라와 팔란도를 알아본 후 일단 결계를 풀었고, 세 사람은 잠시 서로의 손을 맞잡고 반가운 미소를 주고받았다. 그들은 대단히 평화스러운 표정으로 서로를 바라보았다. 그리고 클루니가 머리를 긁적이며 물었다.

"그대들은.... 그러니까.....그냥 돌아갈 수는 없겠나?"

알라트라 역시 매우 평안한 표정으로 귀를 후비며 대답했다.

"클루니. 다 알면서 그런 소리는 왜 하나?"

세 사람은 아무 말 없이 서로를 매우 온화한 표정으로 다시 처다보았고, 어느 순간 팔란도의 눈빛이 조금 변하는 것 같았다. 그 찰나에 클루니가 무언가 낌새를 채고는 경계를 하려는 순간 클루니 주변의 바위벽이 다시 빠르게 움직였다. 그리고는 마치 밀가루 반죽을 넓게 펴서 칼로 길게 잘라낸 파스타처럼 바위의 실이 생겨나기 시작했다. 그리고 그 바위로 된 실이 클루니를 감싸자 그는 영락없이 창살 속에 갇힌 죄수처럼 되어버렸다. 이 모든 게 눈 깜짝할 사이에 벌어졌다. 그는 결국 바위 속에 유폐된 것이었다. 클루니는 적지 않게 당황했다.

"바람의 수호자 알라트라! 그리고 물의 수호자 팔란도! 그대들이 나에게 이러는 이유를 물어도 되겠나?"

알라트라가 팔짱을 끼고 있다가 두 팔을 벌리면서 말했다.

"대지의 수호자 클루니! 그대는 미들랜드에서의 호출을 거역했네. 그것도 두 번이나!"

"그건 내 의사가 아니었네! 나도 어쩔 수가 없었지. 여기서 인간들을 구해야만 했다네. 자네들이라도 그렇게 했을 것이야."

"이제는 모든 게 달라졌네. 클루니, 백 년 전 우리가 푸른 마법사였을 때의 순수한 시대가 아니라네."

"그대들이 회색 마법사가 되니 세상이 달라져 보이나? 천만에! 세상은 달라지지 않아! 원래의 자연 그대로의 진실이 있는 법! 자네들의 옹졸한 마음 때문에 그리고 변화를 당연시하는 익숙한 선입견 때문에 달라졌다고 믿는 것일세. 평민이 귀족이 되면 안 된다는 혹은 늙은이가 까불면 안 된다는 그 바보 같은 편견 말일세. 그런 것은 애초에 다 자연스러운 것이었다네."

"글쎄. 후후."

팔란도는 미소를 보였다.

"예전에 자네는 자신의 능력을 믿는다고 했지? 인간을 구해낼 그 능력을 발휘하시게! 이게 우리가 자네에게 해줄 수 있는 최대한일세."

"고맙네. 난 그대들이 나를 그냥 데려갈 줄 알았네. 하지만 말일세, 그대들도 반성할 일이 있네. 나는 대마법사들이 인간을 돕는 일이 하늘의 이치라 배웠네. 그대들은 나와 인간들을 돕지는 못할망정, 나와 인간의 일을 망치지는 말아주시게!"

바위 감옥에 갇힌 클루니는 두 마법사에게 간곡하게 말했다. 그리고 클루니를 향해 목례를 하고 난 뒤 팔란도는 클루니가 갇힌 바위 창살 안으로 작은 도마뱀 한 마리를 집어넣었다. 클루니는 그것이 전설의 동물이라는 것을 직감했다. 아니나 다를까 그 손가락만 했던 도마뱀은 점점 자라나기 시작했다. 단순히 몸뚱아리만 자라는 것이 아니라 색깔도 회색에서 점점 붉은색으로 변했다. 도마뱀이 변함에 따라 클루니의 안색도 변했다. 이윽고 다 커진 도마뱀은 악어 정도의 크기가 되었다. 좁은 바위 감옥에 클루니와 도마뱀은 가까스로 서로에게 닿지 않을 정도로 마주하게 되었다. 그런데 도마뱀의 몸에서는 서서히 열기가 느껴졌다.

클루니가 뜨거운 열기를 느낀 순간 도마뱀의 몸 전신에 불이 타오르는 것이 아닌가. 그것은 불도마뱀, 이른바 살라만다였다. 케멜리 최고의 마법사인 클루니도 살라만다 앞에서는 겁을 먹고 말았다.

"허억! 살라만다!"

살라만다는 공격적으로 움직이지 않았지만 이글이글 타오르는 화염이 금방이라도 클루니를 태워버릴 기세였다. 클루니는 침을 삼켰다.

"그대들은 어찌 위대한 불의 수호자 미스란디르의 불로 나에게 협박을 하는가? 이보게들! 이거 너무하는 거 아닌가? 불의 수호자의 허락도 없이 살라만다를 데려와? 정말 내게 이럴 수 있나?"

클루니가 양손으로 화염을 가리며 외치자 팔란도가 다시 목례를 하며 말했다.

"미스란디르가 우릴 보냈다네. 후후후후후"
"으음...."

클루니는 살라만다의 눈을 정통으로 노려보았다. 그러나 일렁거리는 화염 때문에 집중하기가 쉽지 않았다. 그의 얼굴 전체와 눈까지도 그 강렬한 열기 때문에 살라만다를 정면으로 마주하기조차 불가능했다. 살라만다는 신화에 나오는 불을 먹는 불도마뱀으로, 마법사들은 살라만다를 이용해 납을 금으로 만드는 연금술을 창시했다. 마법계에서는 연금술에 매우 중요하고 신령스러운 존재로 알려졌지만 실제로 살라만다를 본 사람은 거의 없었다. 누군가는 살라만다가 평소에 투명하기 때문에 아무도 볼 수가 없다고도 했다. 그런데 지금 그 전설의 동물이 클루니를 가로막고 있는 것이었다.

"그럼, 우리는 자네의 현명한 판단을 기다리겠네."

팔란도는 말을 마치고 알라트라와 함께 연기처럼 사라졌다. 그러자 살라만다가 조금씩 움직이기 시작했다. 불꽃의 일렁임이 점점 파도처럼 출렁거리다가 마침내 활활 타오르자 클루니는 지체 없이 주문을 외웠다.

"아라지먼트!"

클루니의 마법주문과 동시에 바위 감옥은 열 배나 큰 곳으로 바뀌었다. 아니 정확하게 말하면 그와 살라만다가 작아진 것이다. 일단 살라만다와의 거리를 넓힌 클루니는 일정한 거리를 두고 살라만다의 움직임을 살폈다. 서로의 거리가 멀어지자 살라만다도 무언가 노림수를 찾기 위해 움직이지 않고 기회를 엿보고 있었다. 그때 클루니는 골똘하게 속으로 생각했다. '저들이 왜 살라만다를 데려왔을까? 살라만다는 부활을 하는 동물이기 때문에 죽여도 소용이 없다. 그렇다면 나를 여기 감금하여 밖으로 못 나가도록 하기 위해서일까? 사파이어드래곤의 피를 케멜리에게 가져다주지 않으면 케멜리가 죽게 되고 그러면 저 두 마법사에게 무슨 이득이 있단 말인가? 그나저나 내가 살라만다를 죽일 수 있을까? 만일 내가 저 살라만다를 죽이고 나서 저게 부활하는 동안 이곳을 빠져나간다면? 그러면 저들이 나를 저지할 테고, 그럼 나는……'

클루니는 살라만다와 거리를 두고 조금씩 움직이며 여러 가지 경우에 대해 다각도로 생각했지만 답이 나오지 않는다는 표정이었다. 그때 드디어 살라만다의 화염이 스스로 움직이기 시작했다. 불꽃은 점점 클루니에게로 밀려왔다. 마치 땅바닥에 불이 붙어 불 자체가 살아 움직이는 생명체처럼 화염이 움직였다.

"급하군! 흙으로 불을 꺼야 한다. 대지의 기운이여!"

클루니의 뜻대로 땅바닥이 뒤집히면서 불은 꺼졌지만 다시 새로운 불길이 밀려왔다. 클루니는 다시 한번 땅을 뒤집어 불을 끄고 또다시 그러기를 수십 차례 반복했다. 하지만 살라만다는 지칠 줄 모르고 지속적으로 불을 뿜어내었다. 살라만다의 몸에서는 거대한 불이 폭포수처럼 쏟아져나왔고 그 세기가 점점 더 강해졌다.

클루니는 절망했다. 아니 그 절망의 목소리가 바위 감옥과 절벽 너머 산 전체로 울렸다.

"아아! 안돼!"

클루니는 자신도 모르게 정령을 소환했다. 소환된 성수는 눈부시게 아름다웠다. 몸과 날개에 걸쳐 빛나는 진홍빛과 금빛 깃털을 가졌고 인간의 영혼을 빼앗는 아름다운 울음소리를 내는 새였다. 살라만다의 화염보다도 훨씬 그 새의 눈빛이 강렬했고 크기는 독수리 정도였다. 그 새가 날아오르면서 눈에서는 캄캄한 바다를 비추는 등대와도 같은 강한 광선 줄기가 쏟아져 나왔다. 그는 생명이 다할 때 자신의 몸을 태워 스스로 죽는 환상의 새, 그러나 다시금 살아나는 불사조, 바로 피닉스였다.

"휘리리릭"

불사조 피닉스는 엄청난 날갯짓과 함께 살라만다의 불을 흡수하기 시작했다. 그리고 스스로 자신의 몸을 태우는 불새가 되어 살라만다를 쪼아댔다. 불을 거의 빼앗기고 정수리를 수십차례 쪼임을 당한 살라만다는 맥없이 쓰러져 미동조차 없었다. 마침내 잿빛으로 변한 살라만다는 죽었다. 살라만다 며칠간 부활의 시간을 가질 것이다. 그리고 피닉스도 스스로의 몸이 다 타고나면 하나의 알로 변해 다시 부화되는 부활의 길을 갈 것이다.

겨우 살라만다를 죽인 클루니는 지치고 또 엄청난 열기를 당할 수가 없어서 엎드린 채 그대로 있었다. 그러나 그의 주위에 신비한 기운들이 떠다니면서 그의 몸을 천천히 변화시키고 있었다. 은빛 빛 덩어리들이 주위를 가득 메우며 찬란한 빛을 발하였다. 그것은 소위 승급이었다. 다시 말해 클루니가 갈색 마법사에서 회색 마법사로 변화되는 과정인 것이다. 다만 그는 신음 소리만 낼 뿐이었다.

"으으으...."

클루니의 머리카락부터 점차 색이 변하기 시작했다. 새치가 많았던 갈색 머리카락은 완전히 은빛으로 변했다. 그의 모자와 갈색 로브가 은 빛으로 서서히 변하면서 은은한 광채가 났고 심지어 그의 얼굴도 피부 색이 점점 변했다. 그가 겨우 서서 좌우를 둘러보자 은빛 기운들이 기다 렸다는 듯이 그의 몸으로 빨려 들어가 버렸다. 그리고 하늘 위에서 엄청 난 기운을 지닌 목소리 들렸다. 목소리는 보이지는 않지만 공중의 어떤 에너지의 덩어리로부터 나왔다.

"축하하네! 클루니! 회색 마법사여!"

클루니는 한쪽 무릎을 꿇어 예를 표했다.

"그대는 이제 승급되었도다. 회색 마법사는 바다를 날아서 건널 수 있다. 하지만 이제 정령 소환은 할 수 없다. 회색 마법사는 정령의 모든 힘과 능력을 스스로 갖췄기 때문이다. 회색 마법사는 더 이상 인간을 직접 도울 수 없다. 그리고 마지막으로 대지의 수호자인 클루니의 정령 소환 능력이 사라지면 케멜리 대륙의 모든 마법사들은 더 이상 대지의 기운을 빌린 정령 소환술을 할 수 없다. 알겠는가?"
"알겠습니다."

"회색 마법사여. 열흘 내로 아틀란티스로 돌아오라!"

"예. 회색 마법사 클루니. 삼가 말씀을 받듭니다."

그 엄청난 목소리의 주인인 그 기운이 사라지자 클루니는 다시 한번 하늘과 사방을 살펴보았다. 그리고는 두 손바닥으로 입을 막고 주위에 들리지 않게 하지만 온 힘을 다해 외쳤다.

"스피릿스플릿"

그는 마지막 주문과 함께 기절하고 말았다. 그런데 쓰러진 클루니의 정수리에서 모락모락 김이 나왔다. 처음에는 잘 보이지 않을 정도의 양이었지만 그 김이 연기처럼 서리서리 모이더니 점차 하나의 형상을 만들었다. 그것은 클루니 자신의 모습이었다. 클루니의 모습을 한 연기 덩어리가 한참 동안 쓰러진 클루니를 바라보았다.

클루니의 영혼의 기운이 연기로 모여 만들어진 새로운 클루니는 순식간에 창공을 날아 케멜리 성의 마지막 교전 성인 서쪽 성으로 날아들었다 하지만 이미 저항은 한계 부딪치고 다섯 번째 서쪽 성마저 함락되기 일보 직전이었다. 클루니는 사파이어 드래곤의 블러드를 담은 가죽 주머니를 다시 한번 더 꽉 묶고 지하 던전으로 향했다.

한편 던전의 드래곤 목장에서는 벨공주가 미셸을 알아보고 지혈을 하기 위해 천으로 허리와 등을 묶어준다. 드레이크가 그녀에게서 눈을 떼지 못하고 물끄러미 바라보고 있을 때 벨공주도 한두번씩 드레이크를 쳐다본다. 그때마다 드레이크는 가슴이 철썩 내려앉은 희한한 경험을 했다 그 순간 만큼은 드레이크가 숨도 제대로 쉴 수가 없었다.

잠시 후 위층 계단에서 일단의 사람들이 오는 소리가 들렸고 드레이크와 알제트가 검을 뽑아 들고 입구로 향했다

"와아! 저게 다 드래곤이야? 이럴 수가...."

미레이와 이사벨 그리고 아레스가 소음을 듣고 달려온 것이었다. 그런데 벨공주가 치료를 마치고는 눈을 위쪽으로 뜬다.

"그대들은 꼬리를 밟힌 것 같군요"
"뭐라구요? 아무 소리도 안 들리는데?"

그 순간 커다란 웃음소리가 났다.

하하하하하하

모두의 귀를 아프게 할 정도의 마력이 담긴 엄청난 웃음소리가 드래곤 던전에 울렸고 벨공주를 제외하고는 모두 귀를 막고 괴로워했다. 그런데 아레스가 그를 한눈에 알아보았다.

"저놈은 스노우 어쌔씬의 출신의 흑마법사 빅터 발랑스야!"

"오호라! 나를 아는 놈이 있다니! 신기하군?"

빅터는 맨손에서 별안간 긴 칼을 만들어내는 마법을 부리고는 곧바로 휘두르기 시작했다 문 앞에 서 있던 카스텔 일행이 한 번의 칼 공격에 모두 쓰러졌고 그나마 맨 뒤에 서 있던 카스텔이 어깨에서 피를 흘리며 쓰러졌다. 하지만 그는 죽지는 않았다.

"내가 죽여주마!"

아레스 기사가 특유의 장검을 들고 빅터를 향해 달려들었다. 그러나 빅터의 빠른 칼솜씨는 당할 수가 없었다. 두어 번의 칼이 서로 부딪친 끝에 아레스가 쓰러졌다 눈에서 불이 난 것 같은 드레이크와 알제트가 동시에 덤벼들었고 미레이와 이사벨도 끼어들어 일대사의 싸움이 되었지만 빅터는 조금도 밀리지 않았다.

"흐흐흐 모두 죽여주마."

빅터의 마법과 검 실력은 모두를 압도했다. 드레에크와 알제트 그리고 미레이와 이사벨이 모두 손과 팔다리에 부상을 당해서 제대로 그와 맞설 수가 없었다. 드레이크는 얼굴이 점점 더 파랗게 변했고 빅터가 드레이크를 놀렸다

"너는 엘다르인의 파란색 피가 섞였는데도 별 볼 일이 없구나. 가소

로운 놈! 흐흐흐"

그 말을 들은 드레이크가 이성을 잃고 빅터에게 달려들었고 결국 그의 루미에르검이 빅터의 검을 부러트렸다.

채쳉!
쳉강!

빅터가 다소 당황한 상태에서 드레이크의 복부를 주먹으로 강타하자 드레이크가 피를 토하면서 쓰러졌고 그 뒤에서 벨공주가 은빛 찬란한 단검으로 빅터의 등을 찔렀다. 우아하기 그지없었던 벨공주의 모습은 순간 살벌하기 짝이 없었다.

"으윽! 그, 그건 엘다르인의 실버검...."

빅터가 즉사하고 여기저기 피 흘리는 사람들을 벨공주가 치료하는 가운데 다시 적막을 가르는 무시무시한 목소리가 들렸다

"누가 아이언 케멜리의 딸인가?"

미셸은 하마터면 자기라고 손을 들 뻔했다. 그러나 미셸의 앞을 가로막은 벨공주가 그자를 노려보았다. 그리고 그는 듣기만 해도 소름이 끼치는 목소리로 말했다.

"나는 사이베리탄의 블라트다. 방금 내가 아이언 케멜리 후작을 죽였다."

"뭐?"

미셸이 자신도 모르게 소리치자 블라트가 그녀를 알아보았다.

"너로군! 케멜리 가문을 다 없애야겠는데, 나서주어서 고맙다."

"에이!"

미셸이 공격하려 했지만 너무나 부상이 큰지라 일어서지를 못하고 가슴이 먹먹하여 그저 울뿐이었다. 부친의 죽음을 바로 전에 겪었던 드레이크가 다시 검을 잡고 일어섰지만 그도 역시 더 이상 블라트의 상대가 될 수 없었다. 블라트가 검을 들어 천천히 미셸을 죽이려 할 때 누군가 나섰다.

"잠깐!"

벨공주의 점프력은 엄청났다. 삼사 미터를 날아올라 블라트 앞에 서는 놀라운 모습은 좌중을 압도했다. 순간 흑마법사 블라트가 다소 당황했다.

"넌 누구냐?"

"알 필요 없겠어요. 블라트라고 했나요? 그냥 돌아가거나 여기서 죽거나 선택하시지!"

"흐흐흐 귀엽군. 저리 비켜라! 아이언 케멜리의 딸을 먼저 죽여야겠다."

"나는 그대를 먼저 처단해야겠어요!"

벨공주가 믿을 수 없는 빠르기로 실버 단검을 휘둘렀고 동시에 블라트가 칼집으로 벨공주의 공격을 막아냈다. 그녀의 공격이 너무나 빨리 검을 미처 꺼낼 수도 없었다. 블라트는 의외라는 표정으로 검은 연기를 만들어 순간 검으로 사용하는 흑마술을 부렸지만 벨공주는 차분하게 블라트의 공격을 막아냈다. 벨공주와 블라트의 혈투가 계속될수록 벨공주가 밀리기 시작했다.

하지만 그녀는 흑마법이 잘 통하지 않는 사람이었다. 블라트가 검은 연기를 자신의 모습과 똑같이 생긴 분신을 만들어내면서 거의 대등하던 결투가 일방적으로 블라트에게 유리하게 기울었다. 두 명의 블라트를 벨공주가 당해낼 재간이 없었던 것이다.

"이야압!"

블라트의 연검이 마침내 벨공주의 어깨에 적중되었다.

"아얏!"

벨 공주의 부상으로 승기를 잡은 블라트가 미셸에게 날아와 그녀의 목에 검을 들이댔다.

"니가 아이언 케멜리의 마지막 후손인가?"

그때 미레이와 이사벨이 일어서면 동시에 외쳤다.

"우리도 있다. 우린 미셸 고모님의 조카들이다."
"호오? 그래? 모두 함께 죽여주마."

미셸이 말릴 겨를도 없이 블라트의 검이 허공을 갈랐다. 그의 검술 실력이면 세 사람을 동시에 죽이는 것은 식은 죽 먹기였다.

"이야! 어어? 어라?"

그런데 칼을 휘두른 블라트가 칼을 높이 쳐들고 중심을 잃고는 우왕좌왕하는 것이 아닌가? 그리고 어처구니없게도 자신의 칼을 던전의 축축한 바닥에 거꾸로 박아놓고는 그 날카로운 칼날 위에 엎드려버렸다.

"우윽!"
"아니? 저자가 별안간 자살을 하다니? 미쳤나?"

드레이크가 혼잣말을 하자 그 앞으로 누군가 부드럽게 다가왔다.

"미친 건 아니고 벌을 받은 거지."
"클루니 대마법사님!"

미레이가 달려가 클루니에게 안겼다. 클루니의 등장으로 비로소 살벌한 전투가 끝난 것이었다. 그런데 블라트의 죽음보다 벨공주의 부상에 모두의 관심이 쏠렸다. 그녀가 이미 푸른 피를 상당량 흘렸기 때문이었다.

하멜포트 왕가의 막내딸 벨공주, 그녀는 사실상 하멜포트 왕가에서 축출된 것이었다. 후궁인 그녀의 모친은 퀸으로 등극하지 못하고 왕도 유폐된 가운데 그녀가 죽게 될 것을 염려한 클루니 대마법사가 케멜리 성 던전에 숨겨준 것이었다. 그리고 그녀는 엘다르인 혼혈이었다. 드래곤을 치유할 수 있는 능력을 지닌 그녀는 소위 케멜리 던전의 드래곤 목장에서 드래곤 브리더의 역할을 하고 있었던 것이었다.

실질적인 드래곤 목장의 주인인 벨공주가 코마 상태에서 클루니가 그녀의 상태를 살피더니 고개를 세로로 끄덕해 보인다. 괜찮다는 의미였다. 클루니는 마법구슬을 들여다보더니 별안간 의자에 앉아 깊은 명상에 빠진다. 그가 한 시간 이상을 명상을 지속하게 되자 알제트와 미레이 그리고 이사벨이 쑥덕거리더니 드래곤 목장을 둘러보기 시작한다. 그리고는 알제트가 두 소녀에게 묻는다.

"우리 생각은 하나지?"

"물론!"

"이 어마어마한 규모의 감옥에 갇혀 있는 천 마리의 드래곤을 해방시키는 거야!"

"좋아!"

세 사람은 토치를 키고 묶인 드래곤을 풀어주고 날개를 강제로 접어 움직이지 못하게 만든 쇠사슬과 체인들을 풀기 시작한다.

"드레이크! 너도 이리와 그리고 이것 좀 봐."

알제트가 친구들에게 보여준 것은 언젠가 클루니가 원정대 일행들에게 만들어준 스테이크 판의 바로 그 돌이었다.

"이건 그 생장석?"

작은 고기도 몇십 배로 키워주는 그 돌들이 드래곤의 생장을 도와 빠른 시일 안에 성체로 만들어 준 모양이었다.

"와! 신기하네?"
"신기하긴! 드래곤을 학대하는 무서운 음모지!"

알제트가 드레이크를 면박하고는 드래곤을 해방시키기에 드레이크를 동참시킨다. 드래곤 수백 마리의 양육자인 벨공주가 코마 상태이고 클루니가 잠자듯 명상을 하고 있기 때문에 그들을 말리거나 제재하는 사람은 없었다. 드레이크 일행은 큐빅고기와 드래곤치즈의 비밀을 파헤치고는 용들 풀어주기에 본격적으로 나선다.
다들 병든 드래곤들이거나 오랜 시간 묶여있던 드래곤들어서 사람들을 공격하지 않았고 오히려 풀어주는 드레이크 일행에게 고마워하는 것 같았다.

힘이 쎄고 재빠른 드레이크의 활약 덕분에 대부분의 드래곤들을 체인과 쇠기둥에서 풀어주었다. 그리고 카스텔이 던전의 비상문을 발견하고는 던전에서 성벽의 절벽으로 통한 문을 열기로 했다. 알제트, 카스텔 그리고 드레이크와 미레이까지 힘을 모아 육중한 비상문을 개방하려 했지만 문이 열리지 않는다. 알제트가 고개를 갸웃했다.

"왜 안 열리지?"
"문을 연 지 너무 오래되어 아주 굳어버린 거 같아, 도끼를 가져와!"

드레이크가 수십 번의 도끼질 끝에 바닥에 아주 석화가 된 부분을 부숴버렸다.

"자! 한번 열어보자!"
"이야야아!"

모든 친구들이 힘을 합해 문을 잡아당기자 삐거덕하는 소리와 함께 육중한 문이 천천히 열리다가 급기야 활짝 열리면서 처음에는 강한 광선이 비쳐 들어왔고 그다음으로 폭풍 한설이 들이닥쳤다.

쏴아아아아아

드래곤들이 던전에서 해방되자마자 날아오르는 엄청난 혼란 속에서 인간으로서 거의 견디기 힘든 강추위와 얼음과 눈이 던전으로 몰려 들어왔다.

"우아아악! 사람 살려! 너무 춥다!"

케멜리 성 던전의 열린 문으로 마구마구 밀려 나가는 드래곤들 때문에 성벽과 성채의 기둥들이 걷잡을 수 없이 무너져내렸고, 케멜리 성은 가문의 멸망과 건물 붕괴와 함께 드래곤들이 모두 달아나버렸다. 드레이크는 그 와중에 힘차게 비상하는 아이스 드래곤의 은빛 날개를 한동안 바라보았다.

"모두 안으로 들어와라."

명상에서 깨어난 대마법사 클루니가 매직 원드를 내밀어 주위에 강한 열감을 거대한 방패막처럼 만들자 일행은 겨우 숨을 제대로 쉴 수 있었다. 클루니가 명상으로 알아본 바에 의하면 북극 빙하가 대폭발을 일으키며 대륙 전체가 전부 얼어버린 모양이었다.

클루니가 만든 원형의 열감 사정권 안에서 동시에 움직여 일행은 지상으로 나왔다. 시가지는 엄청난 북극 빙하의 대폭발로 인해 완전히 얼어버리기 시작했다. 북쪽 하늘과 지평선에서 엄청난 한기와 얼음 바람이 몰려오고 있었다.

"서둘러라! 포트무디로 가자!"

일행은 클루니가 인도하는 대로 항구로 이동했다. 드레이크가 벨공주를 업고 그녀의 커다란 백팩까지 챙겨 들었다. 그들은 빠르지만 조심스럽게 포트무디로 걸음을 옮겼다. 바닷가는 성보다는 덜 추웠지만 사방이 얼어붙은 것은 비슷했다.

"어서 배에 올라라! 이건 미들랜드로 가는 범선이야."

갑판에서 육지 바라보는 드레이크는 아버지 피에르 트로페즈를 가매장하고 온 것이 무척이나 후회되었다. 하지만 울면 곧바로 눈물이 얼어버리는 강추위에 선실로 들어가지 않을 수 없었다.

상상을 초월한 강추위가 대륙 전체를 집어삼키고 말았다. 예언자들의 말대로 십이 개월간의 강추위가 계속되면 대륙이 얼어붙는다는 예언은 사실이었다. 엑스노르 대륙이 영하 칠십 도의 강추위에 얼어버리고 부동항이었던 포트 무디 항구의 해수마저 살얼음이 끼기 시작했다. 돛이 올라가고 강한 바람을 받은 범선이 힘차게 출발한다. 항구를 일단 떠나 미들랜드로 출발하는 배 위에서 마지막으로 항구를 굽어보던 클루니가 탄식을 했다.

"오오! 안돼! 미셸!"

미셸이 배에서 내려 성으로 돌아가려는 것이 보였다, 그녀가 일행에게 손을 흔들고는 말을 타고 케멜리 성으로 향했다.

"성으로 가지 마라! 미셸! 얼어 죽는다!"

"고모! 안 돼요! 돌아와요!"

미레이와 이사벨이 절규했고 클루니가 불러보았지만 그녀는 케멜리 성의 마지막 후손답게 성으로 말을 몰았다. 그녀가 사라지는 쪽으로 폭풍과 한설이 흩뿌려지면서 더 이상 시야가 확보되지 않았다.

드레이크는 선실로 돌아와 벨공주를 살폈다. 그녀는 아직 의식이 돌아오지 않았지만 호흡은 안정적으로 유지하고 있었다. 드레이크가 무심코 벨공주의 백팩을 옮기다가 깜짝 놀란다.

"이게 뭐야? 뭐가 움직이잖아?"

공주의 백팩을 조심스럽게 열어본 드레이크가 아연실색한다.

"아니 이건?"

벨공주의 백팩 안에는 암탉만한 실버드래곤 새끼가 버둥거리고 있었다. 그제서야 드레이크는 벨레리안느의 고향 생각이 났다. 아버지의 유업인 왕위를 계승하기 위해서는 실버드래곤이 필요하다는 생각에 그는 허망한 웃음이 났다. 그의 곁으로 알제트가 다가와 드레이크를 빤히 쳐다본다.

"이 아이스 드래곤을 니 아버지가 찾으셨어야 했는데...."

"그러게...."

"드레이크. 넌 그럼 할아버지의 왕국으로 돌아갈 거야?"

"아니."

"그럼, 어디로 갈 거야?"

"엘다르 왕국으로 갈까 해. 벨 공주도 그리로 가야겠지."

실버 드래곤을 데리고 미들랜드로 복귀하는 드레이크의 눈에는 수평선 가득 하얀 눈과 강한 폭풍이 불었지만 그는 눈을 감지 않고 무언가를 골똘히 생각했다.

범선의 속도는 점점 더 났고 포트무디 항구는 이제 육안으로는 보이지 않았고 엑스노르 대륙은 시야에서만 사라진 것이 아니라 아예 얼어버려서 더 이상 인간이 살 수 없는 혹한의 지옥이 되어버린 것만 같았다.

용, 마법사 그리고 변신

| 초판 1쇄 인쇄일 | | 2023년 1월 24일 |
| 초판 1쇄 발행일 | | 2023년 1월 31일 |

지은이		김정진
펴낸이		한선희
편집/디자인		우정민 김보선
마케팅		정찬용 정구형
영업관리		한선희 정진이
책임편집		김보선
인쇄처		으뜸사
펴낸곳		국학자료원 새미(주)

등록일 2005 03 15 제25100－2005－000008호
경기도 고양시 일산동구 중앙로 1261번길 79 하이베라스 405호
Tel 442－4623 Fax 6499－3082
www.kookhak.co.kr
kookhak2010@hanmail.net

| ISBN | | 979-11-6797-101-2 *03810 |
| 가격 | | 22,000원 |